初恋写真

藤野恵美

角川文庫
23582

目次

主な登場人物

星野《ほしの》公平《こうへい》　大学二年生。男子校出身で女性に免疫がない。写真部所属。猫に好かれる。

花宮《はなみや》まい　大学一年生。料理と写真が好き。過去のある出来事がきっかけで男性に恐怖心を抱くようになる。

笹川勇太《ささがわゆうた》　大学二年生。星野の良き友人で、写真部とほかのサークルを掛け持ちしている。

ネム（伊東奏一郎《いとうそういちろう》）　星野の中・高時代の友人。いつも眠そうな目をしている。

椿《つばき》先輩　大学三年生。写真部の女性の先輩。部長の彼女で、カメラにはあまり興味がなさそう。

しず姉ちゃん（柴崎《しばさき》しずく）　大学三年生。まいの従姉で、保護者的な一面もある。

花宮《はなみや》カレン　まいの母。元アナウンサーでエッセイスト。

1

目が合っただけで、好きになってしまう。

我ながら愚かだとは思うが、中学高校と六年間も男子ばかりの環境で育ってきたので、女子という存在に免疫がさっぱりなく、ついつい妄想が暴走しがちなのである。

そのせいで、大学に入ってから数々の失敗をした。

入学してしばらくはおなじ教室内に女子がいるという状態に慣れず、過度に緊張して、会話を交わすどころか、そちらを見ることすらできなかった。ほかの男子たちは女子たちに声をかけ、仲良しグループを構成して、親睦《しんぼく》会などを行っていたようだが、もちろん輪に入ることはできず、ぼっち街道まっしぐらであった。

そんな折、ひとりの女子と目が合った。なぜか、視線が合う。相手は度々、ちらちらとこちらを見て、なにか言いたげにしていたのである。恋の始まりを予感した。運命の出会いだと確信した。

ある日、女子は近づいてきて、俺に声をかけた。わずかに頬を染め、はにかみながら言ったのだ。ノート貸してくれない、と。そんな出会いをきっかけに、ふたりの仲は深まったと思っていたところ、その女子はテニスサークルに所属しているチャラ男とつきあっていることが発覚したのだった。

大学一年目の失恋。まあ、すべてはこちらの勘違いであり、ひとり相撲に過ぎなかったわけだが、夢は打ち砕かれ、密《ひそ》かにむせび泣くしかなかった。

しかも、その女子とはそれからも何度か会話を交わしたのだが、俺の名前をホソノくんと呼んでおり、心のなかで「星野《ほしの》だから！」と叫びつつ、依然として訂正することができていない。

その後も、気を引き締めていたつもりなのに、学食でランチをしていたら女性に話しかけられて、もう少しで英会話教室の入会金を支払いそうになったり、キャンパスを歩いていたら女性に話しかけられて、よくわからない宗教のイベントに連れて行かれて這々《ほうほう》の体で逃げ帰ったりと、散々な目に遭ったのだった。

「はあ、結局、彼女ができないまま、一年が過ぎてしまった……」

行き交うひとびとを見ながら、つぶやきを漏らす。

今日は新入生歓迎祭が行われており、俺は友人の笹川勇太《ささがわゆうた》と並んで、ブースで待機していた。

我々が所属しているのは写真部なので、ブースのパネルにはこれまでに撮った写真が大きく展示されている。俺の写真は主に飛行機が被写体となっており、笹川の写真は野良猫が多い。

「なんだ、唐突に」

正面を向いたまま、笹川が言う。

「いや、新入生の若さがまぶしくて」

構内には爽《さわ》やかな風が吹いていた。

生い茂る木々が揺れ、幟《のぼり》がはためき、打ち捨てられたビラが舞う。新入生たちは初々しく、だれもがこれからはじまるキャンパスライフに胸を膨らませているようだ。

「若い、って……。一年しか変わらないだろ」

苦笑まじりの声で、笹川は返してきた。

「そうだけど、新入生は希望に満ちあふれてるよな。俺も去年はあんなふうだったなんて、信じられないっていうか」

暗黒の男子校時代には、大学に受かりさえすれば、汗臭い教室とはおさらばできて、薔薇色《ばらいろ》の日々が待っていると信じていた。それを楽しみに、勉学に打ち込んでいたのだ。しかし、実際の大学生活は、思い描いていたような甘いものではなかった。

たとえ女子と接する機会が増えたとしても、コミュ力がなければ、そこから発展していくことは至難の業だ。まわりに女子がいないときは、色恋沙汰《ざた》と無縁であることを環境のせいにできた。だが、自分の生活圏に女子が生息するようになったのに、彼女ができていないというのは、己のスキル不足、実力の結果であり、もはや言い訳ができない。

この一年で現実の過酷さを思い知らされ、いまの自分は去年とは別人のような気分であった。

「だいたいさ、彼女ってそんなに欲しいものか？」

笹川が言わずもがなのことを口にする。

「そりゃ、欲しいだろ。欲しいに決まってる。欲しくないわけがない。笹川、まさか、おまえ、いまの自分は彼女がいないわけじゃなく、欲しくないから作ってないだけだとか言い出すつもりか？」

「まあ、欲しくないわけじゃないが、でも、べつに無理して作ろうとも思わないかな」

「嘘つくな」

女子の前ならかっこつけて、彼女いらない発言をするのもわからなくはないが、男同士なのだから本音で話してもらいたいものだ。

「嘘じゃないって。つきあえたら、だれでもいいわけじゃなし。相手によるだろ」

「まあ、もちろん、よほどアレな女子だと考えるが。ふつうの彼女が欲しい」

「ふつうって、なんだよ」

「そんなに美人でなくていいから、ふつうに可愛くて、ふつうに優しい女子とつきあいたい」

「いやいや、ふつうに優しい女子とか、めっちゃレアだから」

やけにきっぱりと笹川は断言した。

「じゃあ、笹川はどういう女子とつきあいたいんだよ」

「えっ、それは……」

答えに詰まったあと、笹川は沈黙する。

「おいおい、そんなに真剣に考え込むなよ」

「ああ、ごめん。真面目に答えるか、アニメキャラでたとえようか、悩んでた」

「なるほど。それで、アニメキャラでたとえると、どんな女子が好みなんだ？」

そんな会話をしているあいだにも、多くの新入生たちが通り過ぎていく。

我々のブースの前で足を止める者はおろか、ちらりと見る者さえいない。

「新入生、来ないな」

笹川がぽつりと言う。

話をそらされた気がしないでもないが、深くは追及しないでおこう。

「来ないな」

正面を向いたまま、俺も答える。

ステージでは軽音楽やら英語劇やらよさこいやら、さまざまな催しが行われ、新入生歓迎祭は大盛りあがりだ。

運動部はユニフォームやそろいのジャージを着て、声を張り上げ、新入生に自分たちの部をアピールしている。特に華やかなのは、ラクロス部だ。ラクロス部は美人が多いという噂を耳にしてはいたが、集団となると圧倒的であった。まさに健康美という感じで、そこだけ光を放っているかのようだ。そのきらきらした雰囲気に引き寄せられるように、可愛い新入生たちが集まっている。

そして、我が写真部はといえば、冴《さ》えない容姿の男がふたり座っているだけで、呼び込みすらしていない。まったくもって目立たないブースであり、興味を示してくれる新入生はこれまでのところ皆無だった。

「でも、ほら、先輩たちがビラを配りに行ってから、まだそんなに時間も経ってないし。そのうち、だれかが新入生を連れて戻って来るって」

笹川がなぐさめるように言った。

その口調にどこか他人事《ひとごと》のような響きがあるのは、笹川はサークルを掛け持ちしているからだろう。写真部だけに所属しているわけじゃないので、もし、新入生が集まらなくても、ほかに居場所がある。

「笹川、映研のほうはいいのか？」

「あっちは人手が足りてるから」

二年生が俺と笹川しかいない写真部とちがって、映画研究会は人材が豊富でうらやましいかぎりだ。

「この調子だと、新歓コンパも、いつものメンバーだけかもな」

考えたくない事態ではあるが、そんな悲しい想像をしてしまう。

「たしかに」

「でも、笹川は俺のことは気にせず、映研のほうの新歓コンパに行ってくれ」

「そう言われると、すごく行きにくいんだが」

「映研のメンバーって、女子が半数を占めてるもんな。しかも、可愛い子が多い。女性の先輩が多いと、新入生の女子も入りやすいだろうし、ますます女子率が高くなるわけで。うちなんか絶望的だもんな」

よしんばカメラに興味のある新入生がいたとしても、それが女子であれば、いかにもモテなそうな男ふたりが並んだ地味なブースを訪れようという気にはならないだろう。

俺たちではなく、女性の先輩にブースを任せたほうがよかったのではないかという気がしないでもないが……。

「星野も映研のコンパ、来るか？」

「行けるわけないだろ。俺、二年だぞ」

「二年から入るってのもありだし」

「写真部を裏切ることはできん」

「なんだよ、それ。サークル掛け持ちしているぼくが、まるで浮気者みたいじゃないか」

冗談めかした声で言って、笹川は笑う。

「そういや、笹川はなんで写真部に入ったんだ？」

入部当初、笹川は自前のカメラを持っておらず、機材についての知識もほとんどなかった。

「なんとなく。それこそ、新歓祭でビラを渡されて、その流れでブースに連れて行かれて、気づいたら入部することになってたんだよな」

「写真に興味なかったのに？」

「新入生がひとりも確保できていないって聞いて、断りづらくて。だから、新歓で星野を見つけて、新入生がほかにもいるとわかったときには、ほっとしたよ」

こちらも、そのときのことはよく覚えていた。学部では特定のグループに入り損ねていたので、写真部で笹川という友人ができたことはまさに僥倖《ぎょうこう》であったと言えよう。

笹川はいちおうは共学の高校出身らしいのだが、遊び慣れた雰囲気は微塵《みじん》も感じられず、話しているると男子校時代のような安らぎがあった。

「映研のほうは？」

「そっちも、なんとなく流れで」

「おまえ、流されやすいにもほどがあるだろ」

「まあ、映画もそこそこ観るほうだから、話の合う友達ができそうかなと思って。実際に入ってみたら、ガチの自主映画作りサークルで、異常にコミュ力の高いひとらの集まりで、ビビったけど」

「とか言いつつ、あっちにも馴染《なじ》めてるんだから、笹川にも実はそういう素質があった、ってことだよな」

俺なんか、ものの見事に大学デビューを失敗してしまったのだが……。

「馴染めてるのか、いまいち自信ないけど。ぼくとしては、こっちで星野と喋《しゃべ》ってるほうが気楽だし。映研も楽しいのは楽しいんだけど、人数多すぎて、だれかと仲良くなるっていうより、自分の役割をこなしてるって感じだから」

「サークル内カップルも多いんだろ？」

「それも良し悪しみたいだぞ。別れたあと、気まずいし」

「ああ、たしかにそうか」

「写真部はひとりひとり勝手にやってる感じで、それがいいところだと思う。あ、でも、人数が少なすぎたら、廃部の危機とかそういうのあるのか？」

それについては、俺も不安を感じていたので、部長に確認したことがあった。

「もともと、うちの場合、写真部と言いながらも、ほとんどサークルだからな。かつては人数が多くて、歴代の先輩方がフォトコンテストとかで実績を上げたりしていたおかげで、いまも部活扱いで、それなりの予算がついてるらしいが」

「ほう、なるほど」

「で、もし、部員が五名以下になったら、解散して、新たに同好会として立ち上げる必要があるみたいで、そうなると予算も縮小されるってわけだ。このまま新入生が入らなくて、四年生が卒業すると、来年、やばいかもな」

「伝統のある部が、自分たちの代で潰《つぶ》れたりしたら、申し訳ないよな」

そう言いながらも、笹川はブースから立ち上がらない。俺も笹川も、自分から積極的に声をかけるタイプではなかった。だれかがやって来るのを、ここで待ちつづけているだけだ。

「これも時代の流れってやつだろうな」

半ば諦《あきら》めた気持ちで、俺は言う。

写真部に思い入れはあるものの、仕方がないという気もしていた。

「スマホでそれなりのクオリティの写真が撮れるんだから、いまどき、わざわざカメラを趣味にする人間なんて……」

言葉の途中で、俺は目を見開いた。

ひとりの女子が歩いてきたのだ。

まっすぐに、こちらへ向かって。

首にはカメラを下げている。

一瞬で、心を摑《つか》まれた。

新歓祭のざわめきが消え、背景はぼんやりとかすみ、その女子だけがくっきりと浮かびあがっていた。

「あ、カメラ女子、発見」

隣で笹川がつぶやいたが、いまさらである。そんなもの、俺はとうの昔に気づいていた。

そう告げようと思うのに、声が喉《のど》に張りついて、言葉が出ない。

視線は釘《くぎ》付けのままだ。

背が小さくて、華奢《きゃしゃ》な肩に、細い手足。儚《はかな》げで守ってあげたくなるような雰囲気の女子なのに、首から下げているのは無骨な一眼レフである。風にさらさらと揺れる黒髪に、真っ黒なボディがよく似合っている。

機種はなんだ？　この距離だとさすがに機種までは判別できないが、ペンタックスのようだ。俺もペンタックスユーザーなので、仲間を見つけた気分になり、俄然《がぜん》テンションがあがる。

女子は俺たちの後ろにあるパネルに視線を向けていた。

そこに展示してある写真を見ているのだ。

しばらくして、ようやく俺たちの存在に気づいたようだった。

ゆっくりと、こちらへ視線を向ける。

そして、目が合う。

好きにならないでいることなんて、不可能だった。

2

春の風には匂いがある。

わかりやすいのは沈丁花《じんちょうげ》だ。暖かい陽射しのなか、ふんわりと甘くて華やかな香りが漂ってくると、春が来たんだなあと感じる。

それから、桜の香りも好き。桜はあまり匂いがしないけれど、だからこそ、香りに気づくと、うれしくなる。風の強い日には、桜の花びらが風に舞い散って、ほのかな香りが鼻をくすぐる。桜餅《さくらもち》とか和菓子を思わせる感じで、ちょっとおいしそうな匂い。

大学の正門からは桜並木がつづいている。

私はそれを見上げて、シャッターを切った。

今日はよく晴れていて、空の青が美しい。透明感のある青。光が強く拡散している。満開の花にピントを合わせて、雲ひとつない青空といっしょに切り抜く。桜の淡いピンク色と空の青さのコントラスト。うまく写せているといいのだけど。

カメラを下ろすと、声をかけられた。

「ねえねえ、一年生だよね」

「サークル、もう決めた？」

おそろいの派手なピンク色のTシャツを着た女性がふたり、交互に話しかけてくる。

思わず身構えてしまい、とっさに返事ができなかった。

「うちら、吹奏楽のサークルなんだけど、楽器とかどう？」

「管楽器のできる子、募集中なんだけど」

強引にビラを渡され、期待に満ちた目で見つめられる。

知らない相手と話すことにはまだ慣れず、緊張してしまう。

「あの、私、楽器とかは全然で……、すみません」

なんとか言葉を絞り出して、そう伝える。

「うーん、残念。あ、でもさ、もし、時間あったら、新歓コンパだけでも来てよ」

「ここに時間と場所、書いてあるから」

ふたりが遠ざかると、私はほっと息をついた。

受け取ったビラを折りたたんで鞄《かばん》にしまうと、また歩き出す。

気がつくと、両手はカメラを触っていた。なにかを撮ろうと思ったわけじゃないのに、つい、カメラを持ってしまう。カメラに触れていると、なんとなく安心した。それに、手がカメラのところにあると、ひっきりなしに差し出されるビラを受け取らずにすんだ。

桜並木にはサークルのブースがたくさん並んでいる。あちこちから聞こえる呼び込みの声に、笑い声や音楽が響き、その喧騒《けんそう》に圧倒されそうだ。

匂いも、光も、音も。

外の世界は、刺激が強すぎる。

新歓祭のにぎやかさに、心は浮き立ちながらも、怖気《おじけ》づきそうな自分がいた。

学校という場所が、ずっと苦手だった。たくさんのひとが集まり、和を乱さないように気をつけなければならない。たいていのひとは、そこで集団行動や人間関係のノウハウを学び、大人になっていくのだろう。でも、私にはその経験がすっぽりと抜け落ちている。小学校と中学校はどうにか通えていたけれど、高校は……。

空白期間があるから、ちゃんと大学生としてやっていけるかどうか、不安でたまらない。

でも、変わるんだ。

これまでの自分とはちがう自分になる。

そう思いながら、ひとの流れをかきわけ、進んでいく。

すると、写真の展示が目に入った。

何枚もの写真がボードに貼り付けられている。カラーもあれば白黒もあり、展示に統一感はなく、自由な感じだ。大きさもさまざまで、迫力のある大判プリントもあれば、スナップ写真も並んでいる。

あ、猫の写真だ。とぼけた顔で可愛い。

それから、海辺に佇《たたず》む女性を写したポートレートが、はっとするほど素敵だった。水面《みなも》の煌《きら》めきと対照的な女性の気怠《けだる》げな表情。逆光の構図と露出のバランスが絶妙で、印象に残る一枚だ。

ほかにも、個性的な写真がたくさん展示されている。

ぼんやりと写真を見ていたら、視線を感じた。自分に向けられている視線に気づいたのだ。

そちらへと、目を向ける。

　ブースに男性がふたり座って、こちらを見ていた。ふたりとも眼鏡をかけていて、よく似た雰囲気だ。真面目そうなひとたち。向かって右側のひとは、少し驚いたような表情を浮かべたあと、顔をしかめて目をそらした。なにか気に障ったのだろうかと、ちょっと心配になる。

　でも、左側のひとは笑みを浮かべて話しかけてくれたので、ほっとした。

「こんにちは。一年生、ですよね？」

「はい」

「カメラを持ってるっていうことは、もしかして、入部希望者だったり？」

「えっと、それは……」

　そう言われて、ようやく気づく。

　ああ、そうか、私、カメラを持っているんだし、写真部のブースに近づいたら、入部希望だと思われても仕方ない。

　サークルについては、いまのところ特に希望はなく、どこに入るかは決めていなかった。今日はとりあえず新歓祭に参加して、いろんなところを見てみようと思っていたのだ。

「あの、まだ、考え中なんですけど……。写真部って、どういう活動をしているんですか？」

「撮影会を企画して、みんなで公園とかに行って写真を撮ったり、学祭とかで展示したり、フォトコンテストに応募したりするひともいるかな。でも、基本的には自由参加だから。それぞれ、好きなように写真を撮って、ゆるい感じで活動してます」

その説明を聞いて、自分に合っているかもしれない、と思った。

これまではひとりで写真を撮っていた。

でも、せっかく大学に入ったんだから、世界を広げていきたい。みんなで撮影会をするなんて楽しそうだ。

「入部するかはいま決めなくていいから、とりあえず、ここに名前と学部だけでも書いてくれないかな？　ちょっとは興味のある一年生が来てくれたってことで、部長とかにも報告しておきたいから」

ブースの上には、ノートが開いたままで置かれていた。

私はペンを握り、そこに「花宮《はなみや》まい。法学部です。よろしくお願いします」と書いていく。

ノートの横には、クラシックカメラが並んでいた。

アナログのカメラのことはあまり詳しくないけれど、いまでは手に入りにくい貴重なものだと思う。めずらしい二眼レフカメラもあった。縦長の特徴的なかたちが可愛くて、思わずじっと眺めてしまう。

「花宮さんか。おっ、法学部ってことはいっしょだ。ぼくは笹川で、こいつは星野。どっちも法学の二年だから、講義やテストのことなんかも、いろいろアドバイスできるかも。なっ、星野？」

笹川さんというその先輩は、とても話しやすくて、親切そうだった。

けれど、星野さんのほうは、どちらかというと無愛想で、ちょっと取っ付きにくい感じだ。

「は？　あ、ああ、うん」

気のない様子で返事をして、ちらりとこちらを見たかと思うと、また目をそらされる。

そこに、聞き慣れた声がした。

「あ、いた！」

振り返ると、しず姉ちゃんが立っていた。

「まい！　やっと、見つけた。なかなか来ないから、心配したよ」

私は写真部のひとたちにぺこりと頭を下げると、しず姉ちゃんのほうに走っていく。

しず姉ちゃんとは、講堂前で待ち合わせの予定だった。

「ごめんね。ちょっと寄り道というか、いろいろ引っかかって」

しず姉ちゃんは従姉《いとこ》で、二つ年上だ。

優しくて、頭がよくて、幼いころから憧《あこが》れの存在だった。私がこの大学に進むことを決めたのも、しず姉ちゃんが通っているからという理由が大きい。

「さっきのって、写真部？」

「うん。展示を見てたら、声をかけられて」

並んで歩きながら、しず姉ちゃんと話す。

「入るの？」

「うーん、まだ迷い中。写真は好きだけど、ちゃんと勉強したわけじゃないから、下手すぎて恥ずかしいし」

「そんなに気負わなくていいと思うけどね。写真部か。悪い噂を聞いたことはないけど、念のため、ちょっと探ってみよう」

そうつぶやくと、しず姉ちゃんはスマホを取り出して、文字を入力した。

「大学はどう？　慣れてきた？」

「広いから迷いそうになる。でも、だんだんと場所もわかってきた」

「学食は使った？」

「ううん、まだ」

「時間帯にもよるけど、だいたい、第一より第二食堂のほうが空《す》いてるんだよね。落ちつけるのはカフェテリアだけど、値段がちょっと高めだし、学生はあんまり利用しないかな」

しず姉ちゃんからの情報を私はしっかり頭に入れておく。

私が高校生でなくなり、何者でもない存在になって、家で過ごしていたころ、しず姉ちゃんは大学生活について、いろいろと教えてくれた。

高校までとはちがって、クラスが固定されるわけじゃないから、人間関係が気楽だということ。自分で授業を選んで、時間割を組めるということ。とにかく自由で、学びたいことを自分で見つける場であるということ。

その説明を聞いて、大学に行ってみたいと思った。

そして、高卒認定試験を受けて、大学に進むことを決めたのだった。

「新歓コンパとか、誘われた？」

「うん。ビラもいっぱいもらったよ」

「お酒を飲ませようとするところは絶対に参加したらダメだからね」

「わかってるって」

「だいたいは学内でお花見だと思うけど、場所が居酒屋になっているようなサークルは危険だから」

「はーい、気をつけます」

しず姉ちゃんは過保護と言えるほど、私のことを気遣ってくれる。

だいじょうぶ。心配しないで。

そう言いたいけれど、実際、高校に行けなくなっていた時期があるだけに、しず姉ちゃんが過保護になるのも無理はない。

「私、いまでも信じられない気分。自分が大学生になって、しず姉ちゃんとおなじ場所にいるなんて」

そう言いながら、しず姉ちゃんの前に出ると、私は振り返って、カメラを構えた。

「撮っていい？」

「もちろん」

しず姉ちゃんは、にっこりと微笑む。

素早くシャッターを切って、また歩き出す。

しず姉ちゃんは歩きながら、スマホを取り出した。

メッセージが届いていたらしく、熱心に読んでいる。

「写真部、まあ、よさそうだね。人数が少ないから、あんまり実情を知っている子はいないけど、いまのところ、悪い評判はないみたい」

「しず姉ちゃんの情報網、すごいね」

スマホの画面を指で撫《な》でて、しず姉ちゃんはそこに書かれていることを読んでいく。

「写真部の新歓コンパは、三号館の裏手か。あそこ、隠れ花見スポットなんだよね。

どうする？　参加するなら、私もつきあうけど」

「うん、行ってみたい」

新歓コンパの時間まで、私たちはもう少し学内を見てまわることにした。

「時間割はもう作った？」

「いちおう、作ったんだけど、いろいろ勉強したくて、詰めこみすぎちゃった」

「無理しすぎないようにね」

冷静な声で、しず姉ちゃんは言う。

「やる気に満ちあふれているのもわかるけど、ほどほどに。最初から飛ばしてると、あとで疲れが出ちゃうかもしれないから」

しず姉ちゃんのアドバイスはもっともだと思う。

でも、春の陽気に浮かれて、私はなんでもできそうな気分だった。

まっさらな自分になって、新しい人生を踏み出して、過去の嫌なことはすべて忘れてしまいたい。

3

ブースを撤収すると、俺たちはまったく成果のないまま、新歓コンパの場へと向かった。

新歓コンパは居酒屋などの飲食店で行うサークルと、学内で行うサークルがあるが、我が写真部は後者である。カメラは機材にこだわりだすときりがなく、趣味に金がかかるゆえ、飲み会は安く済ませようという方向で、メンバーの考えは一致していた。

そもそも、部員の大半は下戸《げこ》であり、買い出しでもアルコールよりジュースやお菓子のほうが歓迎されるくらいだ。

飲み会とは名ばかりで、紙コップに注いだジュースで乾杯して、紙皿に盛られたビーフジャーキーやナッツをつまむのが、写真部の流儀であった。

そのような地味な新歓コンパは、おごってもらう立場の新入生にしてみれば「うまみ」がなく、わざわざ参加しようという気にもならないだろう。

結局、写真部のブースに来て、話を聞いてくれたのは、たったひとりだけだった。

「あの一年の女の子、可愛かったな」

三号館に向かって歩きながら、そのすがたを思い返して、俺は言う。

「花宮さん、だっけ」

笹川はあっさりと名前を口にした。

もちろん俺も名前を覚えていたが、どうにも気恥ずかしくて、女子の名前を気軽に呼ぶことはできなかったのだ。こういうところで、笹川は共学出身の余裕とでもいうべきものを見せつけてくる。

「たしかに可愛い子だったたな。小動物系っていうか。カメラ女子だし、入部してくれるといいんだが」

笹川の意見に、俺もうなずく。

「俺の愛機もペンタックスで、彼女もペンタックスユーザーだなんて、これはもう運命と言っても過言ではないかと」

「いやいや、言い過ぎだろ。落ちつけ」

「まあ、それは冗談だが、あの初々しい新入生が、どこぞの変なサークルに引っかかって無理やり酒を飲まされたりしないか、どうにも心配だ。この時期はいろいろとよからぬ噂も耳にするだろう。うちに来てくれたら、それはそれは大切にもてなすのだが……」

「星野。おまえ、それ、本人に言えよ」

笹川が呆《あき》れたような声を出して、こちらに目を向ける。

「せっかくの勧誘のチャンスだっていうのに、部のアピールとか一切せず、黙りこくっていたのはだれだ」

「それはだな、俺が下手なことを言って女子にドン引きされては元も子もないと考え、あえて沈黙は金なりを貫いたという、いわば深慮遠謀の結果だ」

そんな会話をしていると、部長たちのすがたが見えてきた。

桜の木の下にブルーシートを敷き、すでに紙コップ片手に盛りあがっている。部長のそばには、新入生らしき見知らぬ男子が三人ほどいた。

花宮さんはいない。

そりゃ、そうだろうな。

まあ、そこまで甘い夢を見ていたわけじゃないので、ショックも受けない。

俺たちも靴を脱いで、ブルーシートの上にあがる。

「おっ、来たか。そっちはどうだった？」

部長の問いかけに、俺は首を横に振った。

「見てのとおり、さっぱりでした」

横で笹川がフォローするように言う。

「いちおう、興味を持ってくれた子はいたんですけど」

女子でした、とつけ加えようかと思ったが、わざわざアピールするのもみっともない気がして黙っておいた。

「そっか。まあ、こっちは有望な人材をゲットしたから」

部長に視線を向けられ、新入生の男子たちが会釈する。三人とも胸にはガムテープが貼られ、名前と学部と出身地が書かれていた。

俺と笹川も、ガムテープで名札を作ったものの、新入生とは特に交流せず、部長たちに任せておいた。新入生三人組は撮り鉄らしく、おなじく電車好きの部長やほかの先輩らと盛りあがっている。

俺はブルーシートの端のほうで胡座《あぐら》を組んで、笹川と話す。

「債権法の教科書って、なに買った?」

「まだ迷ってる。先輩の話だと、全部揃える必要はないみたいだけど」

「図書館もあるしな」

授業によっては指定教科書が一冊ということもあるが、債権法の場合、文献をいくつかあげ、そこから選んで目を通すようにと告げられていた。

「でも、古い文献を参考にすると、法改正っていう罠《わな》があるぞ」

笹川はスルメの袋を開けて、紙皿に盛った。手を伸ばして、そこから一本つまむ。

「そうなんだよな。それであやうく特許法を落としかけた」

「あの授業、出席を取らない代わりに、レポートが容赦ないからな」

「特許法は再提出して、どうにか許してもらえたからいいとして、俺、民法概論を落としたんだよな」

「それはやばいな」

「試験で大失敗したんだ。ポケット六法を鞄《かばん》に入れてきたはずなのに、それがロシア語辞典だったときの絶望感たるや……」

俺の言葉に、笹川は同情のまなざしを浮かべ、大きくうなずいた。

「似てるもんな。ぼくもヒンディー語のテキストとコミケのカタログを間違えそうになったことある」

「いや、それはおかしいだろ」

「分厚さがまったくおなじなんだよ、あの二冊」

「てか、笹川、第二外国語はヒンディー語なのか？　なんで、わざわざ、そんなマイナー言語を……」

「マイナーじゃないぞ。ヒンディー語の話者人口は、中国語と英語に次いで多い」

「ああ、そうか、インドってひと多いもんな」

「星野にも、梵字《ぼんじ》とかマントラとかサンスクリットに憧《あこが》れた年頃があっただろ。それで、つい、ヒンディー語を選んでしまったわけだ」

遠い目をする笹川に、俺はいたく心を打たれた。

「わかる、わかるぞ、同志」

ぽんぽんと肩を叩《たた》いて、またスルメに手を伸ばす。

スルメを嚙《か》んでいると、どこからか騒がしい笑い声やコールが聞こえてきた。

そちらに目を向けると、四号館のあたりでいかにもチャラチャラとした男子が立ちあがり、瓶入りの酒を一気飲みしていた。嬌声《きょうせい》が響き、拍手が広がる。

どんちゃん騒ぎが苦手な俺としては、ああいう集まりはなにが楽しいのか、さっぱり理解ができない。

「そういや、笹川はバイトやってるんだよな」

「うん、塾で教えてる」

「どんな感じ？」

「う―ん、どんな感じって言われても。うちは個別指導だから、基本、ふたりくらいの生徒に問題を解かせて、わからないところを教える感じかな。試験期間はシフトも調整してもらえるし、バイトとしては悪くないと思う。なんで？」

「実は、俺もバイトしようかと思って」

「あれ？　学生の本分は勉強だから、バイトはしない主義だとか言ってなかった？」

笹川が少し意地の悪い口調で、俺の過去の発言を蒸し返す。

学業優先という考え方は、いまでも間違っていないと思っている。しかし、最近では働くことで得られる人生経験もあるのではないかという気がして、バイトのひとつでもはじめてみようかという心持ちになっていた。

「バイトなんかしたら留年するって、先輩たちに脅されてたからな。けど、笹川はバイトできているわけだろ？」

「言っておくけど、出会いは期待しないほうがいいぞ。塾講師ってほかの先生とそんなに交流する機会ないから」

「べつにそういうつもりでは」

笹川は俺のことをどういうやつだと思っているのだ。

そのような魂胆などこれっぽっちもないというのに。

「時給が高いと思ったんだけど、授業の準備をする時間も含めると、そんなに割がいい気もしないし。あと、うちの塾、スーツ着用なんだよな。初期費用というか、ふだんは行かないような店でスーツを買うはめになって、その出費もわりと痛かった」

「マジか」

「いちおう先生って立場なわけだし、身だしなみにはかなり気を遣う」

「それは面倒だな」

そんな会話をしていると、膝《ひざ》に重みを感じた。

猫が一匹、のっそりと俺のジーンズに前脚をかけ、のぼってくる。

そして、さも当然という態度で、胡座のなかでまるくなった。

「お、また来たな」

笹川がそう言って、カメラを取り出し、シャッターを切った。

「星野といると、被写体に不自由しないよ」

この猫はよく学内をうろついていて、隙あらば俺の膝にのぼってくるのだ。

「にゃんこ先生、こっちに目線、お願いします」

そんなことを言いながら、笹川は腹ばいになり、写真を撮りつづける。

「スルメはやらんからな」

猫にそう釘《くぎ》を刺すと、俺は気にせず、飲み食いをつづけた。猫も、俺の持っている食べ物を欲しがることはなく、ただ、膝の上でまるくなっているだけだ。

「ほんと、この猫、星野になついてるよな。餌付《えづ》けしたわけじゃないんだろ？」

「ああ。こいつ、俺のこと、クッションかなんかだと思ってるみたいだ」

学部で友人を作りそこねた結果、学食やカフェテリアには行きづらく、昼食はひとり、講義棟と研究棟のはざまにある空きスペースでパンやおにぎりを食べることが多かった。すると、どこからともなく猫がやって来て、いつのまにやら膝を占拠されていたのだった。最初は食べ物が目当てなのかと思ったが、そうでもないらしい。

「猫に好かれる体質、うらやましいよ」

「そうか？」

笹川は猫派らしく、よく猫の写真を撮っている。

だが、俺は別段、猫という生き物が好きなわけではない。

「冬場は暖かくてよかったが、さすがにそろそろ暑苦しいんだが」

言いながら、ちらりと視線を落とすが、猫は呑気《のんき》に目を閉じている。

「結構、重くて、足、痺《しび》れるし」

少し動いて足の位置をずらすと、猫は顔をあげて、迷惑そうな目つきで、こちらを見た。

こいつ、いま、絶対に「勝手に動くなよ、このクッションが」とか思ったよな……。

堂々たる体格のせいで、愛らしいというより、ふてぶてしいという言葉が似合う猫である。

でも、まあ、耐えられないほど重いわけではないので、もうしばらく我慢してやろう。

そのとき、背後から声が聞こえた。

「ほらほら、まい、あれじゃない？」

「あ、ほんとだ」

女子の声がして、足音が近づいてくる。

振り向いた俺は、そのまま硬直した。

花宮さんだ！

「写真部の新歓コンパって、ここですよね？」

花宮さんはそう言って、微笑みかけてくる。

俺が固まっている横で、笹川が立ちあがった。

「さっきは、どうも。来てくれたんですね。どうぞ、どうぞ、座ってください」

俺も立ちあがろうと思ったが、猫が重いし、足が痺れていて動けない。

「お邪魔します」

花宮さんは靴を脱いで、ブルーシートにあがると、こちらを見た。

「あ、猫！」

弾むような声でそう言うと、カメラを構える。

「可愛い！　撮っていいですか？」

カメラを向けられ、俺は戸惑いながらも、うなずいた。

「え？　ああ」

「すごく慣れてますね」

カメラ越しに、花宮さんが話しかけてくる。

俺が口を開こうとすると、横から部長が会話に入ってきた。

「一年？　もしかして、入部希望者？」

部長の言葉に、笹川が答える。

「さっき、ブースに来てくれた子です」

「花宮です。よろしくお願いします」

ぺこりと頭を下げた花宮さんの横には、もうひとり女子がいた。

部長がそちらに目を向けると、相手は素っ気ない口調で言った。

「私はこの子の従姉《いとこ》で、今日は付き添いで来ただけなので、お構いなく」

「そうなんですか。まあ、せっかくだし、飲んで行ってくださいよ。あ、このガムテープに、名前とか書いて」

花宮さんの従姉は、柴崎《しばさき》という苗字《みょうじ》をガムテープに書いた。

学部は工学部なのか。知的な美人で、まさに理系女子という感じだ。

俺の好みは断然、花宮さんだが、しかし、柴崎さんもなかなかの逸材である。

「飲み物はなにがいい？」

紙コップを配りながら、そう声をかけたのは三年の椿《つばき》先輩である。

椿先輩は部長の彼女であり、本人はカメラにあまり興味がないようだが、被写体になるために写真部の活動に参加している。女子同士のほうが打ち解けやすいと考えて、この輪に入ってくれたのだろう。

部長はまた新入生の男子たちのほうへと戻り、花宮さんのとなりには椿先輩が座る。逆のとなりには柴崎さんが座り、つづいて笹川と俺という並びで、車座になって、会話をすることになった。

4

「花宮さんのカメラって、自分で選んだの？」

名札に「椿」とだけ書かれた写真部のひとに言われて、私はうなずく。

椿先輩というこの女性は、ブースに展示してあったポートレートのひとだ。海辺で佇《たたず》んでいたアンニュイな女性。いまは特に気怠《けだる》そうにはしていないので、あの写真はそういう瞬間の表情をうまく切り取ったものなのだろう。

「はい。自分で選びました。あんまり性能とかわかってなくて、見た目とか、持ったときのフィット感で選んだんですけど」

「なるほど。フィット感、大事だよね」

そう言って、うなずいたのは笹川先輩だ。

それから、猫とくつろいでいるのが星野先輩である。

猫、可愛いな、猫。

そのやわらかそうな毛並みに触りたくて、うずうずしてしまう。

「カメラに興味を持ったきっかけは？」

椿先輩の質問に、私は少し考える。

きっかけ……。

うーん、なにかあったかな。特にこれといった出来事は思いつかない。

「うち、母子家庭なので、父親のことをよく知らないんですね。それで、母はくわしくは教えてくれないんですけど、私の父親というひとは、どうやらカメラマンだったみたいなんです。だから、なんとなく、私もカメラやってみようかなと思って」

そんなふうに話すと、変な空気になった。

ああ、そうか。

母子家庭とかいきなり言われたら戸惑うんだ、一般的な家庭のひとは。

失敗だ。こういう場でのあたりさわりのない会話というものに慣れていないので、つい、思ったことをそのまま正直に口にしてしまった。

しず姉ちゃんが「あっちゃー」という顔をする。

それから、フォローするように言った。

「ちなみに、まいの母親って、花宮カレンなんですよ」

すると、椿先輩が私の顔をまじまじと見て、納得したように声をあげた。

「ああ、そう言われたら、似てるかも！　私、結構、好きなんだよね、花宮カレン」

椿先輩は花宮カレンと言われてすぐにわかったみたいだけれど、笹川先輩と星野先輩は曖昧《あいまい》な表情を浮かべている。

それに気づいて、椿先輩が説明してくれた。

「知らない？　花宮カレン。元アナウンサーで、最近はエッセイストとしても活躍している。恋愛の達人っていうか、恋多き女として有名だよね」

椿先輩の言葉に、しず姉ちゃんがうなずく。

「そうなんです。だから、まいの家庭って、ちょっと、ふつうとはちがうんですよ」

「そっか、花宮カレンの娘なのか」

それなら仕方ないわね、とでも言いたげな目つきで、椿先輩は私のことを見た。

花宮カレンの娘。

その事実をしず姉ちゃんがばらしてしまったことについて、複雑な心境になる。

母のことは自分から積極的に知らせたいとは思わない。そのせいで嫌味や悪口を言われることもあった。どちらかといえば意識されたくないことだ。けれども、こちらが隠したり騙《だま》したりするつもりはなくても、あとで知ったときに「裏切られた」とか思うひともいたりする。それなら、最初から知らせておいたほうが面倒がないかもしれない。しず姉ちゃんもそう考えたから、先に話してしまったのだろう。

「ちなみに、私の母は花宮カレンの妹なんですけど、べつに美人でもなんでもなくて、ただの主婦です。私、ちいさいころから、いつも綺麗《きれい》なカレンさんに憧《あこが》れてましたけど、実際、ああいうひとが母親だと大変なことも多いだろうなと思いますよ」

しず姉ちゃんの言葉のおかげで、羨望《せんぼう》とか嫉妬《しっと》とかじゃなく、同情するような方向で、その事実は受け入れてもらえたようだった。

「じゃあ、やっぱり、自分も芸能界とか目指してたりするの？」

「まさか、まさか」

両手を大きく振って、椿先輩の言葉を否定する。

さっき、椿先輩は「似てるかも」と言ってくれたけれど、母に似ていないことは自覚していた。

幼いころから「花宮カレンの娘にしては期待はずれだな」というまなざしを向けられることが多かった。私は母のように華のあるタイプではなく、地味な顔立ちで、背も低い。

「私が目指しているのは、法曹界です」

「ああ、法学部だもんね。そこのふたりも法学部なんだよ。いろいろ教えてもらったら？」

椿先輩に視線を向けられ、笹川先輩が言う。

「そうそう、さっきも、履修とかアドバイスするからって話をしてたんですよ。な、星野」

笹川先輩に言われて、星野先輩も「ああ」とうなずく。

相変わらず、その膝《ひざ》の上では猫がまるくなっていた。

猫、いいなあ、猫。

なでなでしたい……。

「教科書って、もう買った？」

笹川先輩の言葉に、私は首を横に振る。

「まだです」

「去年の分とか、よかったら譲るけど」

「えっ、いいんですか！」

「どうせ使わないし。星野、去年の時間割は？」

「え？　あ、ああ、あるけど」

星野先輩は膝立ちになって、ポケットからスマホを取り出す。星野先輩が動いたので、猫は膝からひょいと降りると、どこかに走っていった。

ごめんよ、猫……。

せっかく気持ち良さそうに寝ていたのに、邪魔をしてしまった。

「これ、去年の」

星野先輩はそう言って、スマホの画面を笹川先輩に向ける。

「だからさ、ぼくじゃなくて、花宮さんに見せようよ」

笹川先輩が苦笑しながら言うと、星野先輩はこちらにスマホを差し出した。

そこには履修表の写真があった。

私は手帳を広げて、自分の時間割と照らし合わせる。

「こういう感じで、時間割を組んでみたんですけど」

「数学とか、取ってるのか」

星野先輩が驚いたように言った。

「えっ、ダメですか？」

「いや、めずらしいなと思って」

「あ、でも、星野先輩も、数学、取ってますよね」

見せてもらった時間割を見て、そのことに気づく。

「法学部なのに、わざわざ数学を取るやつなんか、俺くらいだろうと……」

「私、数学わりと好きなんです」

「前期は代数で、テキストあるから」

「ありがとうございます」

星野先輩は不愛想だけれど、いいひとみたいだ。

私たちは連絡先を交換して、教科書を受け取る日を決めた。

それから、新歓撮影会にも誘われた。

ゴールデンウィークの最終日に、薔薇《ばら》園に行って、みんなで写真を撮る予定になっているそうで、私も参加させてもらうことにした。

そんなに遅くならないうちに解散となり、私はしず姉ちゃんと駅に向かった。

「写真部にするの？」

「うん、決めた」

やっぱり、自分の好きなことをやるのが一番だと思う。

学内ではまだ飲み会をつづけているサークルもあった。大きな声で話したり、背中を叩《たた》いて笑いあっていたりして、楽しそうではあるのだけれど、ちょっと怖いと思ってしまう。

写真部の新歓コンパは騒ぐひとがいなくて、落ちついていた。そういう雰囲気も、自分に合っている気がした。

「先輩たちも、すごく親切だったし。教科書、譲ってもらうことになっちゃったけど、なにかお返しとかしたほうがいいかな？」

私の言葉を打ち消すように、しず姉ちゃんは片手を振った。

「お返しなんかいいって。新入生がゲットできるなら、去年の教科書くらい安いもんでしょ」

夜空に半月が浮かんでいた。

私はカメラを構えて、シャッターを切る。

「月の写真って、難しいんだよね」

カメラを下ろして、私は言った。

「望遠レンズがあったら、もっと上手に撮れるのかなあって思うんだけど」

さっき、写真部の先輩たちと話していたときにもレンズの話題になり、単焦点レンズのつぎに手に入れるべきは、望遠レンズか、広角レンズか、という議論が交わされていた。

これまで、ずっと、ひとりで写真を撮っていた。

写真を見せる相手も、母やしず姉ちゃんくらいだった。

それが、大学という場所で、同好の士と出会って、いろんな話ができるのが、楽しくてたまらない。

「サークルって、べつに入らなくてもいいんだからね。学部の授業だけで精いっぱいだからって、課外活動は一切しないひともいるんだし。しばらく様子を見て考えるっていうのもありだよ？」

しず姉ちゃんは、私が高校に行けなくなった理由を知っている。

だから、どこか腫《は》れ物にさわるようなところがある。

そんなふうに気を遣わないでほしい。

私はもう吹っ切れているのだから。
いつまでも引きずっていても仕方ない。囚《とら》われていたら苦しいだけ。
忘れてしまおう。
そう思えるまで、二年かかった。
平気。
特別なことじゃない。
さっきだって、男のひとたちがいたけれど、ふつうに過ごすことができた。
少しは緊張したけれど、恐怖を感じたりはしなかった。
「ほんとに、写真部でいいの？」
しず姉ちゃんが心配そうな表情を浮かべて、私に確認する。
「女の子ばかりのサークルとかのほうがよくない？」
以前の自分だったら、そうしたいと思っていたかもしれない。
安全な場所にいることを選んだ。
でも、傷は癒《い》えたから。
たった一度のことで、人生の選択肢を奪われたくない。
怯《おび》えて、立ちすくんで、動けないのは、もう嫌だ。
自分の意思で、決めたい。

前を向いて、進んでいきたい。

それは私にとって、自由を取り戻すということなのだ。

「だいじょうぶだって」

しず姉ちゃんは、私がこれ以上、傷つかないようにと考えてくれている。私はとても酷《ひど》い目に遭った可哀想な子で、心に大きな傷を負っている、と思っているのだ。

「椿先輩とか女のひともいるんだし」

私は明るい口調で言うけれど、しず姉ちゃんはまだ表情を曇らせたままだ。

「でも、ほんと、気をつけるんだよ？　わかってるとは思うけど」

「うん、わかってる」

隙を見せない。常に警戒を怠らない。異性とふたりきりにならない。

もう二度と、あんな目に遭わないために。

駅までの道にも桜がたくさん咲いていた。

夜桜は幻想的で美しい。けれども、地面に視線を向けると、空き缶や割り箸《ばし》などのゴミが落ちているのに気づいてしまう。

この世界が綺麗《きれい》なだけじゃない場所だってことはわかっている。

私は顔をあげて、カメラを構えた。

レンズ越しの世界。

桜にピントを合わせて、背景となるショーウィンドウの灯《あか》りや車のライトなどの光をうまく玉ボケにすれば、きらきらと輝く宝石箱みたいな写真になるはずだ。

写真を撮ることで、私はどうにか、この世界は美しいと信じることができた。

5

ゴールデンウィーク初日。

特に予定もないので、部屋でごろごろしながらネットを見ていたところ、インターフォンが鳴った。

玄関ドアを開けて、宅配便を受け取る。

ずっしりと重い段ボール箱。

実家からの仕送りである。段ボール箱の側面には「われもの注意」のシールが貼られていた。おそらく、カメラのレンズが入っているのだろう。

先日、実家に電話をして、使っていないレンズを送ってくれと頼んだのだ。

段ボール箱を開封すると、レンズと並ぶようにして、旅行の土産らしき塩まんじゅうや手作りの南瓜《かぼちゃ》の煮つけが入ったタッパーなどが詰めこまれていた。

しかも、妙に重量感があると思ったら、醤油《しょうゆ》まで入っている。

なぜに、醤油……。

思うことはいろいろあれど、とりあえず、実家に電話をかけることにした。

「ああ、母さん？　俺だけど」

「公平《こうへい》？　荷物、届いた？」

甲高い声が耳元で響き、俺は思わず、スマホを耳から離す。

「うん、ありがとう。でもさ、カメラのレンズといっしょに、汁漏れの危険性があるようなもの、入れるの、やめてくれよ」

「だいじょうぶ、だいじょうぶ。プチプチでしっかり包んでおいたから。料理はちゃんとしているの？」

「まあ、それなりに」

「食物繊維は大事だからね。ごぼうも食べなさいよ、ごぼう。週に一回は、きんぴらごぼうを作りなさい」

「わかってるって。それが言いたくて、醤油も入れたわけ？」

「あれは、お歳暮のおすそ分け。うちじゃ、ああいう醤油は使わないから。アミノ酸とか入ってるの、お父さん、嫌がるでしょう」

「ああ、なるほど」

うちの父親は、自分では一切、料理をしないくせに、味にはうるさいのだ。

母は愚痴を言いながらも、父の味覚に合わせて、好みの料理を作りつづけている。そして、息子である俺に対しては「将来、お父さんみたいにならないために、自分で食べたいものは自分で作れるようになりなさい」と言って、幼いころから料理を手伝わせていたのだった。おかげで、ひとり暮らしをするようになっても、自炊という面では特に困ることはなかった。

「親父は？」

「いるわよ。ちょっと待って。おとーさーん」

母が電話口で叫ぶので、俺はまたスマホを耳から遠ざけた。

「公平か？」

「レンズ、届いたから。ありがとう。これって、もう、俺がもらうってことで、好きにしちゃっていい？」

「おお、好きにしろ。どうせ、使わんで、物置に仕舞っといたやつだからな。でも、おまえ、望遠は持ってなかったか？」

「まあ、いろいろあったほうがいいかなと思って」

「なにを撮りに行くんだ？」

「花。ゴールデンウィークの最終日に大学のメンバーと花を撮りに行く予定があって」

「そうか。父さんはな、今度、オーロラを撮りに行こうと思ってるんだ」

「オーロラ？」

「ただなあ、母さんが寒いのは嫌だと言って。アイスランドには温泉もあるぞと誘ってはいるんだが」

「寒そうだもんな。まあ、頑張って」

「このあいだは白川郷《しらかわごう》に行ってきたんだぞ。メール、見たか？」

「ごめん、まだ見てない。チェックしとく」

父は自分の撮った写真をことあるごとにメールで大量に送りつけてくるのだ。なので、親元を離れても、あまり疎遠になった感じがしない。

「白川郷、知ってるか？　合掌造りのあれだ、ほら。桜を撮りに行ったんだが、山にはまだ雪も残っていてな、実によかったぞ」

「へー、いいなあ」

「国内なら母さんも行きたがるんだが、オーロラが見られるところは遠いからなあ。防寒具も必要で、出費がかさむと文句を言われとるわけだ。しかし、オーロラ、一度は実物を見てみたいじゃないか。公平も来るか？」

「いや、いいよ。ふたりで行ってきて」

「おうよ。引きつづき、母さんを説得してみるか。じゃあな、体に気をつけて、しっかり勉強しろよ」

そう言って、父は電話を切った。

母が渋ったところで、最終的には父は自分の思うとおりにするのだろう。いつものパターンである。母はよく冗談めかした口調で、父のことを「我が家の長男」と言っていた。子供である俺よりも、父のほうが「手がかかる」とこぼすこともあった。家事を分担しないどころか、食べ終わった食器をシンクに運ぶことすらしない男だ。時代がちがうとは言え、よく結婚できたものだと思う。

俺はまず、南瓜の煮つけを冷蔵庫に入れた。

それから、望遠レンズとマクロレンズを手に取る。両方とも傷や汚れなどもなく、状態はかなりよかった。

クリーニングキットを取り出して、念のため、ほこりを吹き飛ばしたり、アルコールで拭《ふ》いたりしておく。

レンズの手入れを終えると、スマホを手に取り、父からのメールを開いた。本人が自慢げに話していたとおり、白川郷の風景を切り取った美しい写真が、これでもかというほど添付されている。

父のメールに返事を書き、それから、高校時代の友人たちのSNSにも「いいね」をつけておく。

そこで、ふと、先日の新歓コンパで、花宮さんの母親の話題が出てきたことを思い出した。

たしか、元アナウンサーで、花宮カレンという名前だったはず……。

ちょっとした好奇心から、検索をしてみると、たくさんヒットした。さすがに美しい。ショートカットがよく似合う知的な女性だ。自信に満ちた笑みを浮かべており、若々しく、うちの母親とおなじ年代とはとても思えない。大量の画像のなかには、若いころの写真もあった。水着のグラビアっぽい写真を見つけて、少し気まずいというか、微妙な気持ちになる。

花宮さんと似ているかというと、俺にはそうは思えなかった。花宮さんは小柄で守ってあげたいタイプであり、雰囲気がまったくちがう。

プロフィールを読むと、花宮カレンは帰国子女で、祖父は地方議員、父は外交官だと書かれていた。人気アナウンサーだったのに、結婚をせずに、父親のわからない子供を産んだので、当時は話題になったらしい。

この「父親のわからない子供」というのが、花宮さんのことなのだろう。

ネット上の情報によると、花宮さんの父親については、いろいろと噂されているものの、明らかにはされていないようだ。本人は父親はカメラマンらしいと話していたが、真相はどうなのか……。つい、気になって、信憑性《しんぴょうせい》の低そうな掲示板の書き込みまで追っていく。そこには「花宮カレンの娘はレイプ被害者」なんて誹謗《ひぼう》中傷まであり、思わず眉《まゆ》をひそめた。

花宮カレンはネット上でも恋愛相談に乗っていて、女性が男性に選ばれるのを待つのではなく、自分から積極的に行動しようと主張していた。女性が精神的にも経済的にも自立することが大事だと考えていて、結婚という制度には否定的であるようだ。熱狂的なファンがいる一方、嫌いだというひとも多く、恋愛について書かれたエッセイも賛否両論という感じだった。

見ず知らずの相手に陰口を叩《たた》かれ、あれこれ詮索《せんさく》され、家族まで貶《おとし》められるなんて、有名人というのも大変なものだな……。

ほんの出来心から、花宮さんの母親について調べてみたが、そこに書かれている内容は好ましいものばかりではなかった。

プライベートを覗《のぞ》き見てしまったようで、やましい気持ちになる。

これ、一歩まちがったら、ストーカーじゃないか、俺。

いやいや、でも、ネット上の情報は公開されていて、だれでも見ていいものだし、ちょっと検索してみたくらい、セーフだよな。

花宮さんとは、新歓コンパのあと、一度だけ会った。

教科書を譲る約束をしたので、部室で落ち合ったのだ。写真部に入ることはもう決めたようだった。連絡先もゲットしているので、その気になればメッセージのやりとりもできる。しかし、用件もないのに、メッセージを送ったりできるわけもない。

つぎに花宮さんと会えるのは、ゴールデンウィーク最終日の新歓撮影会だ。

そういえば、薔薇《ばら》園の場所、わかるだろうか。

現地集合ということになっているのだが、最寄駅からの道が少しややこしいのだ。

都心の穴場スポットというか、地元のひとしか知らないような公園であり、案内の看板などもなく、はじめてだとわかりにくい。実際、去年は俺も途中で迷いかけた。

このあいだ、部室で会ったときには、時間と場所を口頭で伝えただけだ。

お節介かもしれないが、いちおう、地図を送っておいたほうがいいのでは……。

そう考えた結果、最寄駅から薔薇園の場所までのルートを地図アプリで検索して、メッセージに貼りつけてみた。

〈こんにちは。新歓撮影会の場所ですが、念のため、地図を送っておきます〉

そんなふうに文章を打ったあと、スマホを手に、送信するかどうか、少し悩む。

迷惑がられたりしないだろうか。

でも、業務連絡みたいなものだし、いきなり送信してもおかしくないよな……？

意を決して、送信ボタンを押す。

そのままの姿勢でしばらく返信を待つが、既読にもならない。気づかれていないようだ。

　じっと待っていても仕方がないし、塩まんじゅうでも食べるか。

　そう思って、茶を淹《い》れるために湯を沸かそうとしたところ、着信音が響いた。

　あわててスマホをチェックすると、花宮さんからの返信があった。

〈地図、ありがとうございます！　方向音痴なので、助かります〉

　文章を読みながら、無駄にドキドキして、鼓動が速くなる。

　どうしよう。このメッセージにも返信をするべきか。でも、なんて書けばいいんだ？　落ちついて文面を考えたいところだが、会話をつづけるためには早く返信しなければという気もして、焦ってしまう。

〈方向音痴なんですか？〉

　とりあえず、そう聞き返してみた。

〈はい。よく道に迷ってしまうのです〉

　その言葉を読んで、俺は反射的にこう返事を書いた。

〈駅で待ち合わせて、案内しましょうか？〉

〈いいんですか？〉

〈どうせおなじ場所に行くんだし。俺も去年、駅からの道で迷いかけたので〉

　急いで返事を打ったので、ですます調じゃなくなってしまった。

　花宮さんからは、すぐに返事がなかった。

図々《ずうずう》しいことを言ったので、警戒されてしまったのだろうか。

だいたい、駅で待ち合わせてから、花宮さんとふたりで薔薇園に向かったら、ほかの先輩たちになんでいっしょに来ているんだと訝《いぶか》しがられるだろう。それに、ふたりだけで薔薇園までの道を歩くのも、かなりハードルが高い。なにを話せばいいんだ。

ここは笹川も召喚するとしよう。

〈笹川とも、現地集合の十分くらい前に、駅で落ち合おうと思っていたから、遠慮しないでください〉

すると、いくらもしないうちに返信があった。

〈そうなんですね。それでは、私もごいっしょさせてください〉

〈了解です。改札はひとつしかないので、そこを出たところで〉

花宮さんからは、またすぐに返信があった。

〈わかりました。ありがとうございます〉

花宮さんからはメッセージにつづいて、可愛らしいイラストも送られてきた。猫がぺこりと頭を下げ、感謝を伝えており、そのまわりにはハートマークが飛んでいる。

深い意味はないのだろうとわかってはいるが、それでも感動に打ち震えた。

俺はついに、女子とメッセージのやりとりをして、ハートマークをゲットできるまでになったのである。

6

ゴールデンウィーク最終日。

私はベランダでシーツを干しながら、青い空を見つめる。

うーん、いい天気。

今日はこれから薔薇園に行く予定なので、晴れてよかった。

タオル、バスタオル、パジャマはそのままピンチで挟んで、シャツ類はハンガーにかけて、下着は室内干しに……。

洗濯物をすべて干し終わると、つぎは朝ごはんの用意だ。

キッチンに行って、人参と大根をいちょう切りにした。冷蔵庫から小鍋《こなべ》を出して、一晩水に浸しておいた昆布を取り除く。人参と大根を煮ているあいだに、豆腐を切って、鰹節《かつおぶし》をのせ、醤油《しょうゆ》を垂らす。冷奴《ひややっこ》は手軽にできるから、暑い時期はついつい出番が多くなる。

コンロの火を止めて、小鍋に味噌《みそ》を溶き入れ、味見をする。

うん、いいお味。

野菜だけの味噌汁は、幼いころによくシッターさんが作ってくれた。

母が仕事に出ているあいだ、私の面倒を見てくれるのはシッターさんだった。シッターさんは、だいたい、決まったひとだったけれど、たまにちがうひとが来ることもあった。私は人見知りするほうなので、新しいシッターさんのときには緊張した。

野菜だけの味噌汁を作ってくれたひとは、スガワラさんと呼ばれていた。どんな字を書くのかは知らない。スガワラさんの作る料理は全体的に薄めの味つけで、どれも私の好みに合っていた。

いま、どうしているのだろう。シッターの仕事はまだ、つづけているのかな。元気にしているといいな……。

小学校の高学年になると、ひとりで留守番ができるようになって、シッターさんは来なくなった。シッターさんを頼んだ最後の日には、スガワラさんじゃないひとが来た。だから、スガワラさんにさよならを言うことはできなかった。

おばあちゃんと孫みたいな感じがしていたけれど、結局、お金を介した関係で、ビジネスライクなものだったんだ。契約が終わったら、もう二度と会うことはない。

味噌汁ができたので、炊飯器のご飯をしゃもじで十字に切って、ひと混ぜする。この作業を「天地返し」というのだと教えてくれたのも、スガワラさんだった。

ダイニングテーブルにランチマットを敷いて、自分と母の分のお箸《はし》を置く。

それから、母の寝室へと向かった。

「ママ、朝ごはん、できたけど」

「えー、もう？　早くない……？」

ベッドから眠そうな声が返ってくる。

「私、このあと、出かけるから」

「そうだっけ。どこ行くの？」

「大学の部活で、写真を撮りに行くの」

「ああ、そういえば、言ってたっけ……。いま、何時？」

「もうすぐ八時だよ」

「先に食べて……」

「うん、わかった。お味噌汁は、お鍋に入れたままにしておくからね」

そう言うと、キッチンに戻り、母の分の冷奴にラップをかけて、冷蔵庫にしまう。

それから、自分の分だけ味噌汁とご飯を器によそって、ダイニングテーブルに運んだ。

私が高校に行けなくなって、いわゆる「不登校」という状態になっても、母はそのことを責めたりしなかった。私が家にいればなにかと便利だと言って、むしろ歓迎しているそぶりさえあった。

家事をすることは、私にとって「免罪符」みたいなものだ。学校という居場所がなくなって、これでいいのだろうかと不安だったけれど、家のことをして、母の役に立つことで、存在を許されている気分になれた。

朝食のあと、身支度を整え、カメラを持ち、玄関を出る。

大学とは逆方向の電車に乗り、一度だけ乗り換えて、目的の駅に着いた。

改札を抜けると、すでに先輩たちは待っていた。

小走りで近づいて、ぺこりと頭を下げる。

「遅れて、すみません」

星野先輩は驚いたような顔をして、こちらをまじまじと見た。

「えっ？　いや、俺たちが早く着いただけだから」

「ああ、よかった。ほっとしました。余裕を持って家を出たつもりだったけど、遅刻かと思っちゃいました」

星野先輩は大きなバッグを肩から下げて、三脚も持っている。

「本格的ですね」

私が言うと、星野先輩はなぜか少し顔を赤くした。

「三脚はあると便利だから」

「私、三脚って使ったことないんです。持ち歩くの、大変じゃないですか？」

「これはわりと軽いけど」

星野先輩はそう言って、わざわざ三脚を持ちあげて見せた。

「手振れしそうなときは、ガードレールとか使ってます」

「ああ、あるな。それ、俺もやる」

私と星野先輩が並んで、そのあとを笹川先輩がついてくるというかたちで歩く。

今日の笹川先輩はなんだか無口だ。

その代わりに、不愛想だと思っていた星野先輩のほうが話しかけてきた。

「花とか、よく撮る？」

星野先輩の質問に、私はうなずいた。

「はい。でも、花って、意外と難しいですよね。実物はすごく綺麗《きれい》なのに、写真だとその美しさがうまく表現できてなくて、がっかりすることが多いです」

「一輪で撮ると、特に難しいよな。花畑とか風景のほうがわりとごまかせるというか」

「このあいだ、桜を撮ったんですが、どれも色味がいまいちでした」

「露出をかなりプラスに補正して、明るめに撮るほうが、綺麗に仕上がるかと。やりすぎると白飛びするけど」

「なるほど」

「そんで、今日、撮影する薔薇《ばら》ってのは、実はかなり難易度が高いから」

「そうなんですか？」

「彩度の高い赤って、デジカメだと再現性がいまいちなんだよな。朱《しゅ》みがかった赤になりがちで、鮮やかな赤い薔薇って、なかなかうまく写せない」

「たしかにそうですね。赤色、難しいです」

「紫っぽい薔薇なんかも、写真だと青が強くなったり。そういうときはレタッチするって手もあるけど」

「レタッチって、私、やったことないんです。ソフトも持ってなくて」

「部室のパソコンでもできるから、今度、教えるよ」

「ありがとうございます！」

そんな会話をしながら歩いていると、目的の場所にたどり着いた。

坂を登り、階段をあがったところにあるので、屋上庭園といった雰囲気だ。

「素敵な場所ですね」

緑が多く、空が広くて、気持ちがいい。

色とりどりの薔薇を見ていると、早く写真を撮りたくて、うずうずしてきた。

「猫もいるって噂なんだが……」

笹川先輩がそう言って、きょろきょろとあたりを見まわす。

「あっちのほう、探してくる」

カメラを手に持つと、笹川先輩は遊具があるほうへと歩いて行った。

入れちがいに、部長さんと椿先輩が駅のほうからやって来た。

「おはようございます」

私が挨拶《あいさつ》をすると、椿先輩が手を振った。

「おはよー。いい天気だね」

椿先輩はレースの日傘を持ち、ウエストのきゅっと締まったスカートをはいていて、深窓の令嬢みたいな装いだ。

椿先輩の着ている白いブラウスは生地が薄くて、黒いキャミソールが透けていた。

まぶしさと気まずさが入り混じったような気持ちになって、そちらを直視できない。

私はなるべく、体の線が目立たないような服を着て、男性から性的なまなざしを向けられないよう気をつけている。自分が選べるものは制限されていて、ファッションを楽しめないでいることを考えると、理不尽さを感じずにはいられない。

「そのストラップ、可愛いね」

カメラのストラップに目を向けて、椿先輩が微笑んだ。

「ありがとうございます。レザーだとベタベタするので、コットンのものを探したんです」

そう答えながら、ストラップを指で撫《な》でる。チロリアン模様が可愛くて、お気に入りのアイテムなので、ほめてもらえてうれしかった。

「先輩の日傘も、素敵です」、

「今日は暑いからね。白い日傘はレフ板代わりにもなるし」

しばらくすると、ほかの写真部のひとたちも集まって、笹川先輩も戻って来た。

「えー、メンバーもそろったんで、新歓撮影会をはじめたいと思います」

部長さんが片手をあげて、宣言をする。

「まあ、各自、好きに撮ってくれたらいいんで。新入生は知りたいことがあったら、どんどん質問してください。上級生はいろいろ教えてあげてください。正午くらいになったら、昼メシを食べに行く予定です。以上」

さっそくカメラを構えて、花壇のほうに近づこうとしたら、星野先輩に呼び止められた。

「あの、花宮さん」

「はい、なんでしょう？」

星野先輩は肩に下げていた大きな鞄《かばん》を開けると、レンズを取り出した。

「マクロレンズ、使ってみないか？」

「えっ、いいんですか？」

「うん、貸そうと思って持ってきたから」

星野先輩はレンズを差し出しているけれど、私は受け取ることをためらってしまう。

「えっと、私、レンズを交換したことがないので……」

「あ、そっか。ちょっと、カメラ、いい?」

自分のカメラをだれかに触られることには抵抗があった。

けれど、私は首からストラップをはずして、カメラを渡す。

星野先輩はしゃがみこむと、素早い手つきでレンズのキャップを外して、私のカメラにレンズを装着した。

「これで、のぞいてみて」

カメラを構えて、私はファインダーをのぞく。

「どう?」

言われても、正直、よくわからない。

「こっち、見てみて」

星野先輩が指差した薔薇にピントを合わせてみる。

「あ、すごい、近い」

これまでとはちがった感じで、花弁がくっきり大きく見えた。

「設定とかわからないことあったら言って」

「わかりました。ありがとうございます」

星野先輩にお礼を言って、私はいつもより重いカメラを構える。

薔薇の花に近づくと、甘い香りが鼻をくすぐった。

うーん、いい匂い。

甘やかで優美な香りに、うっとりと幸せな気持ちになる。

赤い薔薇に、ピンク色の薔薇に、黄色い薔薇に、白い薔薇……。淡い色の花びらはまわりが濃かったりして、微妙なグラデーションが美しくて、いくら見ていても飽きない。

ファインダーをのぞくと、薔薇の花びらが持つラインの美しさが、一層、際立った。

マクロレンズだと思いきり寄って、花をアップで撮ることができるので、表現の幅が広がる。そこにはこれまで知らなかった世界があった。楽しくて、つぎからつぎにシャッターボタンを押したくなる。

夢中で写真を撮っていたら、星野先輩がそばにやって来た。

「どう?」

「マクロレンズ、楽しいです!」

興奮を抑えきれなくて、私は早口で言う。

「ピントが合いやすいし、背景がうまくボケて、めちゃくちゃいい感じの写真が撮れました」

星野先輩が満足そうに笑みを浮かべる。

「気に入ったなら、あげるけど」

レンズのことを言っているのだとわかって、大きく首を横に振った。

「ええっ、そんな、こんな高価なもの、いただけません！」

「使ってないやつだし」

「でも、ダメですって」

「そうか。気にしなくていいのに」

しょんぼりとした声で言われ、親切を無下にしたようで、申し訳ない気分になる。

でも、なにかをもらったりすると、こちらもお返しをしなきゃいけないのだし、受け取ることはできなかった。

7

新歓撮影会はつつがなく終了した。

薔薇《ばら》園で写真を撮り、近くの店でランチを食べて、解散となった。

部長だけはアナログカメラを使っているので現像をするために大学に寄るということだが、ほかのメンバーはデジタルなので撮った写真をすぐに共有アプリにアップすることができる。そこにコメントを書き込んでいくのも、写真部の活動の一環である。

花宮さんを駅まで送ったあと、俺と笹川はファミレスで喋《しゃべ》ることにした。

「花宮さんが可愛すぎるんだが」

ドリンクバーでジンジャーエールを入れてきたものの、それには口をつけず、俺はつぶやく。

「そうだな」

笹川はそう言うと、ホットコーヒーに砂糖を入れた。

「おい、笹川。そうだな、って、まさか、おまえも花宮さんのこと……」

思わず目を見開くと、笹川は苦笑を浮かべた。

「心配するな。たしかに可愛らしい子だとは思うが、特別な感情は持っていないから。ぼくはどちらかというと、ああいう守ってあげたくなるような妹系よりも、しっかりしたお姉さん系のほうが好きなんだ」

「そうか。それを聞いて、安心した」

「正式に入部を決めてくれたみたいで、よかったな」

笹川の言葉に、俺もうなずく。

「おまえのアドバイスどおり、できるだけ積極的に話しかけるようにしてみたのだが、あれでよかったのだろうか」

花宮さんと駅で待ち合わせることになり、笹川も呼び出そうとしたところ、ひとつ条件をつけられた。

それは笹川もいちおう同行するが、あくまでも補佐であり「俺が主となって花宮さんと会話をする」というものだった。

女性の扱いに不慣れな俺が会話の相手をするより、共学出身の笹川のほうが適任だと思って、新歓コンパのときなどは黒子に徹していたのだが、その態度に指導が入った。花宮さんにしてみれば、俺の態度は不愛想で、取っ付きにくいものであり、写真部に対する心証も悪くなってしまうかもしれない。笹川にそう忠告され、行いを改めることにしたのだ。

そのような事情もふまえて、新歓撮影会においては、最大限の努力をして、花宮さんをもてなしたつもりだが……。

「基本的な部分での会話は悪くなかったと思うぞ」

笹川の発言に、俺は眉根《まゆね》を寄せた。

「なんか引っかかる言い方だな。悪かった部分は、どこだよ」

「うーん、悪いってわけじゃないけど。撮影会のとき、レンズをあげようとしただろ？　あれはやりすぎだ」

「え、そうなのか？」

「ああ。花宮さんも、ちょっと引いてたぞ」

「レンズを欲しがっていたみたいだし、喜んでくれるかと思ったんだが」

「ふつう、ものをもらったらお返しとか考えるからな。レンズってそこそこ高価なものだし、そりゃ、遠慮するだろ。ちょっと好意が先走ってる感があったかな」

「うわー、しまった」

なんたる失態。

自分では問題なくやりおおせたと思っていただけに、ダメージが大きい。

俺は頭を抱えて、ファミレスのテーブルに突っ伏した。

「まあ、でも、そこまでドン引きってこともなかったし、許容範囲内だと思うぞ」

「そんなの見極められるか。難易度高すぎだろ！」

どこまでが許される親切心で、どこから先が好意の押しつけになるのか。

俺の見たところ、花宮さんはとても可愛らしい笑みを浮かべており、その表情からは迷惑がっている様子などまったく読み取れなかった。

しかし、言われてみれば、笹川の指摘は正しいような気もする。

ドン引きではなかったものの、困らせてしまったのかもしれないと知り、ショックを隠せない。

「難しい……。女子の気持ちなんか、どうやったらわかるんだよ……」

「星野は相手が女子だってことを意識しすぎなんじゃないか。べつに男女関係なく、後輩に親切にする、って心構えでいればいいと思うのだが」

笹川はしたり顔でそんなことを言う。

「いや、そうは言っても、意識してしまうだろ」

「結構、慣れるもんだよ」

「おまえ、共学出身だからって、いい気になりやがって……」

冗談半分で、俺は笹川をにらみつける。

経験値の差というものは大きい。こちらは中学高校と六年にもわたって、女子と接する機会がなかったのだから、そのブランクたるや相当なものである。

「だいたい、笹川だって、えらそうに言うけど、彼女いるわけじゃないだろ」

一矢報いようと思ったのだが、笹川は俺の発言にダメージを受けた様子はなかった。

「だが、ぼくには恋愛関係における実績がある」

「実績？」

「ぼくの的確なアドバイスによって、高校時代に親友が恋愛を成就させ、超絶可愛い彼女を作った、という実績だ」

「マジか。師匠と呼ばせてくれ」

俺の高校時代なんて、恋愛どころか、女っ気すら一切なかった。

それを思うと、いま、こうして友人とファミレスで気になる女子のことについて話しているのだというだけで、胸が熱くなる。

「それで、その的確なアドバイスとは、具体的にはどういうものなんだ？」

笹川は顎《あご》に手をあて、しばし考えたあと、口を開いた。

「星野の場合だと、さっきも言ったけど、あんまり女子ってことを意識しないで、自然にふるまうのがいいんじゃないかと思う。前のめりで来られると、相手は引くから。緊張せず、落ちついて、相手を観察することだな」

「観察しても、女子の考えていることなんか、さっぱり読めないんだが」

「男子も女子もそんなに変わらないって。星野は空気が読めないわけじゃないんだから、相手の反応を確認すれば空まわりはしないだろ」

「まあ、心がけるようにはしてみるが……。でも、それって、失点しないための方法にしか過ぎないよな。もっと、こう、すごいアドバイスはないのか？」

「焦らず、こつこつ、距離をつめていくことが大切だと思うぞ。単純接触効果って、知っているか？」

笹川の言葉に、俺は首を横に振る。

「はじめて聞いた」

「簡単に言うと、ひとはたくさん目にしたものに好意を持つということだ」

「いやいや、それは簡単に言いすぎだろ。じゃあ、なんだ、俺が花宮さんとたくさん会えば、好きになってもらえるとでも？　そんなうまくいけば苦労はせん」

的確なアドバイスで恋愛を成就させたとか豪語していたから、どんな秘策があるのかと期待したのに、とんだ肩透かしであった。

「星野はさ、男子校をデメリットばかりみたいに言うけど、女子がいない環境っていうのも、それはそれでいいよな。自由にのびのび過ごせそうだし。恋愛に煩わされないのは、気楽っていうか」

笹川はそう言って、ふと遠い目をした。

「だれかを好きになっても苦しいだけってこともあるわけで」

含みのある言い方をする笹川に、越えられない壁を感じる。

俺だって、そんなこと言えるような経験してみたかったぜ。

持てる者には持たざる者の悲しみはわかるまい……。

負けた気持ちでスマホを取り出して、写真部で使っている共有アプリを確認する。

「あっ、花宮さんがコメントつけてくれてる！」

俺の撮った写真の下には、花宮さんのアイコンと〈青空とのコントラストが素敵です〉という文章があり、一気にテンションが上がった。

もっとも、よく見ると、俺の写真だけではなく、ほかの部員たちの写真すべてにコメントがついていたのではあるが……。

その後、俺と笹川は「花宮さんの写真にどのようなコメントをつけると好感度が上がるか」ということについて、一時間近く作戦会議を行ったのであった。

写真部は週に一回、定例会を行っている。

定例会といっても、イベント前でなければ打ち合わせをする必要もないので、だらだら喋《しゃべ》ったり、部室にあるゲームをやったりと、写真と関係のないことをして過ごす場合も多い。

花宮さんは入部届を出して、正式に部員となったあと、欠かさず定例会に出席していた。

定例会のある水曜の昼休みには、必ず、花宮さんと会うことができる……。

それによって、俺の人生にどれだけ彩りが与えられたことか。

食堂にある購買部でパンを買ってから、部室へと向かう。

購買部はあまり混んでいなかった。最初は真面目に大学に通っていた新入生たちも、サボることを覚えはじめたのだろう。

そんなことを考えながら歩いていると、花宮さんを見かけた。

花宮さんはこちらに気づいていない。

これは親密度を上げるチャンスだと考えるべきだろうか。

一瞬、ひるんだが、勇気を出して、近づいていく。

「花宮さん。これから、部室？」

俺が声をかけると、花宮さんは振り向いた。

「あ、星野先輩。はい、部室に向かうところです」

「俺も。花宮さんは今日も弁当？」

「はい、今日も作ってきました」

にっこりと微笑んで、花宮さんはうなずく。

その仕草の可愛さに、俺は悶絶《もんぜつ》しそうになった。

「えっ、あれ、自分で作ってんの？」

花宮さんはいつも弁当を持ってきているのだが、自作しているとは驚きだ。

弁当というと、親が作ってくれるものだというイメージがあった。しかし、ひとり暮らしなら自分で作るしかないわけだし、大学生ともなれば弁当を自作していてもおかしくはないか。

「簡単なものばかりですけど。昨日の夕飯の残りとか、朝ごはんとおなじおかずとか」

「いや、それでも、自分で作るってすごいよ。ひとり暮らしなんだっけ？」

「いえ、実家から通っています」

「そっか。俺、夕飯だけは自炊してるけど、弁当はさすがに……」

「そういえば、このあいだ、先輩、ごはんの写真、アップしていましたよね。鮎《あゆ》の塩焼き、おいしそうでした」

それを聞いて、気持ちが舞いあがりそうになる。

花宮さん、俺の写真、よく見てくれているんだな……。

「料理って食べるとなくなるから、不毛な感じするだろ。写真で残すと、モチベーションが保てるんだよな」

「そうですよね。私も気合を入れて作ったときは、写真を撮るようにしています。でも、料理の写真って難しいですよね」

「色味とか光沢の加減で、めちゃくちゃマズそうな写真になったりもするもんな」

そんな話をしながら歩いていると、部室までの道はあっというまだった。

部室に入ると、すでに部長と椿先輩がいた。

「合宿の写真ですか？」

テーブルに広げられた何十枚もの写真を見て、俺は言う。

そのほとんどが海の風景で、何枚かは見覚えがあった。

「そう。今年の夏合宿はどこにしようかと思って」

部長のとなりで、椿先輩が一枚の写真をつまみあげた。

そこには海辺で花火をしている俺たちが写っている。

「まずはテーマを決めないとね」

去年もこれくらいの時期に、夏の合宿についての話し合いが行われていた。

「ちなみに、去年の夏合宿のテーマは『海と花火とスイカ割り』だった」

花宮さんのほうを見て、俺はそう説明をする。

「スイカ割りって、楽しそうですね」

花宮さんは興味を持ったようだったが、こちらは曖昧《あいまい》な表情を浮かべるしかなかった。

「それが、実際にやってみると、そんなに楽しいものではなかったんだよな。食べ物を無駄にする罪悪感もあって、俺はもうやりたくないかも」

去年の微妙な空気を思い出しながら話すと、部長もうなずいた。

「そして、致命的なことに、あんまりフォトジェニックじゃないんだよな」

「どちらかというと動画で撮るべきネタで、撮影のタイミングが難しくて、まったくもって写真映えしませんでしたね」

「そうなんだよな。あれは失敗だった」

「でも、花火はよかったですよ。線香花火とか、うまく撮れました」

そんな話をしつつ、俺はパンをかじる。

花宮さんも弁当を広げていた。

さりげなく弁当の中身を観察する。プチトマトと卵焼き、それからピーマンとちりめんじゃこの炒《いた》め物だろうか。弁当箱は楕円《だえん》形で、全体的にこぢんまりとしており、ご飯の分量も少なく、それでおなかいっぱいになるのかと心配になるほどだ。

いかにも女子の弁当だなあと思って、いつも可愛い花宮さんがますます可愛く見えたのであった。

8

しず姉ちゃんから聞いていたとおり、大学での生活は高校生のころに比べると、とても自由で過ごしやすかった。

午前中の講義を受けたあと、私は教科書やお弁当などが入ったトートバッグを肩にかけ、大学の敷地内を歩きまわる。

定例会があるときは部室に行くけれど、だいたい、いつも昼食はひとりだ。

校舎は冷房が効きすぎで、体が冷えていたから、太陽の熱に心地よさを感じる。

けれど、さすがに日差しがきつすぎるので、木陰のベンチでお弁当を食べよう。

そう思って、七号館の裏手にまわったところ、知っているひとを見つけた。

星野先輩だ。

石のベンチに座って、文庫本を読んでいる。

その膝《ひざ》の上に、猫がいた。

たぶん、新歓コンパのときに見かけたのとおなじ猫だろう。

気がつくと、私はカメラを構えて、シャッターを切っていた。

その音に気づいて、星野先輩が顔をあげる。

「あ、花宮さん」

「先輩、動かないでください」

立ちあがろうとした星野先輩を制して、私はもう一度、シャッターを切る。

まるまっている猫のアップ。

目を閉じて、前脚を重ねて、尻尾《しっぽ》はくるんと体に沿わせて、全身から力が抜けている。結構おでぶちゃんの猫なので、首まわりの肉がたるんで二重になっており、そこがなんともキュートで、うずうずしてしまう。

うう、触りたい……。

でも、撫《な》でたら、嫌がるだろうな。逃げられちゃうかも。

せっかく気持ちよくお昼寝しているのに、邪魔をするわけには……。

でも、あのふわふわの毛並み。もふもふしたい……。

そんなことを考えながら、角度を変えて、また一枚撮って、カメラを下ろす。

「ありがとうございます」

星野先輩は文庫本を持ったまま、両手を上にあげ、ホールドアップみたいになっていた。自分の手が猫の写真に写りこまないよう、気を遣ってくれたのだろう。

「この猫って、新歓コンパのときにも、星野先輩の膝に乗っていた子ですよね」

私が言うと、星野先輩は困ったような表情を浮かべ、手をさげた。

「ああ。どうやら、俺のことをちょうどいいクッションだと思っているらしい」

「すごく慣れていますよね」

「重いし、暑いし、こっちとしてはいい迷惑なんだが」

「先輩は、猫、好きじゃないんですか？」

「まあ、嫌いではないが、そんなに好きというわけでも……」

「私なんて、猫、大好きなのに、なかなか近づかせてもらえなくて、撫でることもできませんよ。こんなふうに膝に乗ってもらえるなんて、うらやましい限りです」

「乗せてみる？」

星野先輩はそう言って、自分の横のスペースに目を向けた。

そこに座ることを促されているのだろう。

私は少し逃げ出したい気持ちになった。

けれど、男性の近くだということはあまり意識しないようにして、平静を保って、星野先輩のとなりに座った。

「猫、こっちのほうが寝心地よさそうだぞ」

そんなことを言いながら、星野先輩は猫を持ちあげ、私の膝へと移動させる。

あたたかくてずっしりとした感覚が膝の上に伝わったかと思うと、すぐに猫は飛び降りて、植えこみのほうへと走って行ってしまった。

「なんで行くんだよ。俺なんかより、女子の膝の上のほうが絶対にいいと思うのに」

猫が走り去ったほうを見ながら、星野先輩が怪訝《けげん》な顔をして言う。

「あの、先輩、すみません、邪魔しちゃって……」

「いやいや、全然」

ベンチに並んで座ったまま、私たちは話す。

ここは開けた場所だし、ふたりきりというわけでもなく、人通りもあるのだから、そんなに緊張する必要はない。

そう思うのに、どうしても体が硬くなる。

でも、これはちょうどいい機会かもしれない。

恐怖を克服するためには、少しずつ慣れていくのが大切だと、カウンセラーさんは話していた。曝露《ばくろ》療法というものがあって、不安の原因となる刺激に段階的に触れることで、不安を消していくことができるのだ。

いま、星野先輩のとなりに座っていて、ふたりのあいだの距離は二十センチというところだろうか。

これくらい接近すると、さすがに全身が警戒モードになってしまう。でも、どうしても耐えられないとか、フラッシュバックが起きるとかいうことはない。

自分がどれくらい回復しているのか、男性とほとんど接することなく生活していたころは、あまりわからなかった。

けれど、こうして、星野先輩とおなじベンチに座ることになったおかげで、どんな反応が起きるのか、自覚することができた。

「これから、昼？」

私のトートバッグに目を向けて、星野先輩が尋ねる。

「はい、お弁当を食べる場所を探していて」

「俺、もう昼は済ませたけど、よかったら、気にせず、食べて」

私はお弁当箱を取り出して、ふたを開けた。

星野先輩の視線の動きから、お弁当の中身をチェックされているのが伝わってくる。

すごく手抜きのお弁当だし、あんまり見られると、恥ずかしいのだけど……。

「猫に好かれる秘訣《ひけつ》って、なんなのでしょうか？」

お弁当から気をそらすため、私はそんな質問をしてみた。

星野先輩は視線を外すと、さっき猫が走って行ったほうに目を向けた。

「笹川が言うには、俺は無関心なところがいいらしい。猫は基本的に構われるのが好きじゃないから、テンション高く近づいていくと逃げるって」

「それ、まさに私のことです。猫が好きすぎて、テンションあがってしまうから、たいてい、逃げられます」

「笹川も、猫の写真を撮るときには気のないそぶりをして、それとなく近づくテクニックが必要だって言ってたな」

「難しいですね。可愛いと、つい、見ちゃうし、触りたくなっちゃいますし」

「だよなあ」

そう言って、星野先輩はまたこちらをじっと見つめてくる。

「夏の合宿、今年はどこになると思いますか？」

無言で食べているのも気まずいので、私はまた質問をした。

このあいだの写真部の定例会では、いろんな案が出たものの、結局、決まらなくて、次回に持ち越しになったのだ。

「どうだろうな。沖縄の離島って案は捨てがたいが、予算のことを考えると難しいだろうし、伊豆《いず》あたりが妥当なところかもな」

「どちらにしろ、海になる可能性が高そうですよね」

「海は嫌なのか？」

私の声の響きに否定的なニュアンスを感じ取ったのか、星野先輩はそう問いかける。

「嫌なわけではないのですが……。みなさんが海で泳いでいるあいだ、ほかのところで写真を撮ったりしていてもいいですよね？」

「ああ、自由参加なんだし、好きにしていいから。椿先輩も日焼けを気にして、海に入ってなかったし。でも、せっかく海に行くのに、泳がないのは、もったいない気もするけど」

本当は、私だって海に入りたい。

泳ぐのは好きだ。

でも、まだ、そこまでは……。

急に強い感情がこみあげてきて、涙がこぼれそうになった。

悲しさと、怒り。綺麗《きれい》な海に行っても、泳げないのだと思うと、どうしようもなく悲しかった。そして、それが高校時代の理不尽な出来事のせいだと考えて、猛烈に腹が立つ。悔しい。たった一度の、あんなことのせいで、いまだに行動を制限されているなんて、悔しくてたまらない。

「花宮さん？　どうかした？」

お弁当を食べる手を止めた私に、星野先輩は心配そうな声で言った。

「いえ、合宿、楽しみだなと思って」

その言葉は、嘘じゃない。

合宿のことは楽しみで、自分がそれを楽しみだと思えることが、うれしい。けれど、楽しみだと思うのとおなじくらい、警戒をしなければならないのでストレスも感じてしまう。

「その前に試験があるわけだが。テスト対策はどう？　ノートとか必要なら言って」

「ありがとうございます。論述が大変だと聞くので、いまからドキドキしています」

私は最後に残しておいたプチトマトを食べて、お弁当箱をトートバッグに仕舞った。

それから、水筒を取り出して、お茶を飲む。

星野先輩もペットボトルに口をつけたあと、こちらを見た。

「花宮さんは真面目に授業にも出ているみたいだし、そんなに心配しなくてもいいと思うが、不安なら、教えられそうなところは教えるから」

星野先輩は親切だ。

でも、甘えるわけにはいかない。私はもう子供じゃないから、男性の優しさの裏側にどのような思惑があるのかを想像できる。

あのとき……。

男性がどんなふうに豹変《ひょうへん》するのかということを知っていれば、私は被害に遭わずに済んだかもしれない。

でも、無知だった。
そこに付け込まれた。
まさか、自分がそんな目で見られているなんて思いもしなかったのだ。
教育熱心で、相談に乗ってくれて、信頼できる大人だと思っていたのに……。
いつ、牙《きば》を剝《む》くか、わからない。
そんな男性という生き物が、いまもとなりにいる。
そろそろ、限界かもしれない。
私はトートバッグを肩にかけ、ベンチから立ちあがった。
「もう行きますね。次の授業の準備とかしなくちゃいけないので」
「ああ、また」
星野先輩はひらひらと手を振って、私を見送る。
ベンチから離れて、まっすぐ歩いているあいだも、背中に視線を感じた。
角を曲がったところで、私はふうっと息を吐く。
疲れた……。
ずっと気を張っていたので、ものすごくエネルギーを消耗してしまった。
けれども、やり遂げたという充実感もあった。
大学生活がスタートしてから、私はいろんなことをうまくやれていた。

たくさんの学生がいる教室で授業を受けることができているし、部活に入って男性の先輩とも親しくなり、ふつうの女の子みたいにふるまえている。少なくとも、傍目《はため》にはおかしなところはなかったはずだ。

でも、本当は、わかっている。

まだまだ、元どおりには程遠い。

だって、水着になることもできないんだから……。

9

花宮さんが可愛すぎて、つらい……。

毎週、部活の定例会で顔を合わせるのが、待ち遠しいような、もういっそ、逃げ出したいような複雑な心境になる。

言葉を交わしたり、笑いかけてきたりするのが、可愛くて可愛くて、幸せではあるのだが、好きになればなるほど苦しい。

高校時代の自分からすれば、なんて贅沢《ぜいたく》な悩みなんだというところだが……。

可愛い女子の後輩がいる。

男だらけの環境に比べたら、まさに天国みたいなものであり、それだけで満足できればいいのに、そうはいかない。

人間とは、なんと欲深いものか……。

今日は高校時代の友人が遊びに来るので、部屋の片づけをしている。その最中に、プリントアウトした写真を広げ、花宮さんが写っているものを見つけて、つい見入ってしまった。

物思いにふけっている場合ではない。

そろそろ、ネムが来るので、掃除を終わらせないと……。

ネムと会うのは、半年ぶりだ。

中学高校を通して、もっとも仲の良かった友人のひとりで、伊《い》東《とう》奏《そう》一郎《いちろう》という名前があるのだが、いつも眠そうな目をしているので、ネムと呼ばれている。

ネムから「話したいことがあるから、遊びに行っていい？」と連絡が来たのは、先週のことだった。

話したいことって、なんだろう。

彼女ができた、とかいう報告だとショックだな……。

大学に入ってからというもの、かつてのクラスメイトに続々と彼女ができている。直接、話を聞いたやつもいれば、ＳＮＳでそれとなくアピールしているのを見てしまったというパターンもあるが、うらやましいことには変わりない。

前回みんなで集まったときには、ネムは浮いた話はまったくないと言っていた。課題に追われ、色恋沙汰《ざた》の入る余地がない大学生活を送っており、俺は思わず「同志よ」と肩を叩《たた》いたのであった。まさに最後の砦《とりで》というか、先を越されたくないところではあるが、ネムはひょろりと背が高く、顔もまあまあ整っているので、それなりにモテるんだよな……。

実際、おなじ塾に通う女子から告白された、という経験の持ち主である。

ちなみに、俺もせめて学校から帰ったあとに女子と接することができる場所があればという思いから、親に「塾に行きたい」と申し出たところ、家庭教師をつけられることになったのだった。もちろん、白いブラウスがよく似合う美人家庭教師が……なんて展開はあるわけもなく、男子校出身で国立大に通う常にチェックのシャツを着た「自分の未来図」みたいな大学生に教えてもらうことになり、おかげで数学の成績はかなり向上したが、甘酸っぱい思い出などなにひとつないのであった。

そうこうしているうちに、インターフォンが鳴った。

玄関ドアを開けると、ネムが立っていた。

「迷わなかったか？」

「全然。駅からすぐだったし」

「まあ、あがれよ」

ネムは靴を脱ぐと、手に持っていた紙袋を差し出した。

「ケーキ、買ってきた」

「マジで？　さすが気の利く男」

俺たちはふたりとも甘党で、高校時代には男同士でケーキ食べ放題にチャレンジしたという剛の者なのである。

「飲み物いれるから、適当に座って」

やかんで湯を沸かして、マグカップと紅茶のティーバッグを用意する。

「すげえ、広い部屋だな」

「そうか？」

「あ、これ、見覚えある。高校のときにも使ってなかった？」

アナログの目覚まし時計を見て、ネムが言った。

「そうそう。実家から持ってきたはいいが、よく考えると、スマホでアラームかけてるから使わないんだよな。だから、電池が切れたあと、そのままで、動いてない」

「相変わらず、本が多いね。おお、六法全書だ。法学部っぽい」

「武器にできそうな分厚さだろ。持ちあげると、ちょっとした筋トレにもなるぞ」

俺はケーキを皿に載せ、紅茶といっしょに、ローテーブルに運ぶ。

「わざわざ来てもらって悪かったな」

「いいよ。家のほうがゆっくり話せるし。それに、ホッシーがどういうところで暮らしているのか、見たかったから」

星野だから、ホッシー。安直につけられたあだ名である。まあ、公共の場ではとても口にできないような名で呼ばれていたやつもいるので、それに比べたらマシだろう。

「実家にいたときの部屋と、あんま、変わらないと思うが」

「いいなあ、ひとり暮らし」

「ネムは自宅生だっけ？」

「そう。第一志望に受かっていたら、俺もいまごろは京都で下宿生だったはずなんだけど」

ああ、そうだった。大学受験のときのことなんてずいぶんと遠い記憶になっていたので、うっかり地雷を踏んでしまった。

「すまん」

俺が謝ると、ネムはやんわり笑った。

「いいって。もう、吹っ切れたから」

それから、キッチンの棚に目を向ける。

「なに？　この赤いやつ」

「自動調理鍋《なべ》。材料を入れて、ほったらかしておくだけで、煮物ができる」

「へえ、すごいね」

「実家で使っていたらしいが、母親が新しいのを買ったからって送ってきたんだ」

そんな会話をしながら、ケーキを食べる。大学生活のことやほかの友人らの近況などを話したあと、俺は切り出した。

「で？　話したいことって？」

ネムはフォークを置くと、真剣な顔つきをして、こちらを見た。

「あのさ、告白ってしたことある？」

うわ、やっぱり、恋愛関係の話か……。

高校時代の仲間が、ひとり、またひとりと、大人になっていくことに、一抹のさみしさを覚える。

「いや、ない」

俺は正直にそう答えた。

「じゃあ、いまも彼女は？」

その問いかけにも、首を大きく横に振る。

「そっか」

ネムはどことなく、ほっとしたような声を出した。

なんだ？　彼女ができたとかいう自慢話じゃないのか？　むしろ、その様子は現在進行形で悩んでいるようであり……。

そこで、ぴんと来た。

俺とおなじく、片思いなのだろう。

「もしかして、ネム、好きな相手がいるのか？」

俺の問いかけに、ネムは曖昧《あいまい》にうなずいた。

「うん、まあね」

「どんな子なんだよ」

「ホッシーは？　好きなひと、いる？」

「いちおう、気になる相手はいるけど」

そう答えながら、うれし恥ずかしで、くすぐったいような気分になった。

こんなふうに恋愛トークをできる日が来るなんて、暗黒の男子校時代からすると、格段の進歩である。

片思いは、つらく苦しい。

しかし、その苦しみさえも、女子がいる環境だからこそ味わえるのだと思うと、甘さを帯びてくる。

「どんなひと？」

「大学の後輩。俺、写真部に入ったって話はしたっけ？　そこに、一年が入ってきたんだけど、めちゃくちゃ可愛い子で」

「へえ、そうなんだ」

「写真、見る？」

「あるの？　見せて見せて」

俺はアルバムを広げ、秘蔵の一枚をネムに披露した。

「可愛いだろ」

「これ、隠し撮り？」

「ちがうって！　薔薇《ばら》を撮っていたら、たまたま、彼女もいっしょに写っていただけで……」

「可愛いね」

ネムは写真をまじまじと見て、そう感想をつぶやいた。

「だろ、だろ」

花宮さんの可愛さについて、俺が自慢する筋合いはないのだが、なんとなく誇らしい気持ちになる。

「告白しないの？」

「えっ……」

直球の質問に、俺はたじろぐ。

「いやあ、まあ、告白したところで成功率が低いっていうか、限りなくゼロに近いと思うし」

「なんで？」

「だって、どう考えても無理だろ。花宮さんが俺のことを好きになる理由がない」

自分で言っておきながら、心にぐさりと刺さった。

そうだよな、苦しみの原因はまさにそういうことだ。

「でも、告白をしないと、自分の気持ちは伝わらないよ？　黙っていたら、ずっと、いまのままだけど、勇気を出してみれば、もしかしたら、なにか進むかもしれないじゃない？」

めずらしく熱心な口調で、ネムはそう語る。

「まあな、そういう考え方ができるっていうのも、わかるけど」

俺はうなずいたあと、言葉をつづけた。

「でもさ、やっぱ、おなじ部活だし、断られたら気まずいだろ。こっちとしては、良き先輩でいるのがベストかなあと思うので、告白とかは考えてない」

「そんなこと言っているあいだに、ほかのだれかに取られちゃうかもしれないけどね」

「おい、ネム、おまえ、なんて嫌なことを……」

「ごめん。いまの全部、ほんとは自分に言いたいこと。なかなか、勇気が出なくてさ」

ネムはそう言って、困ったように笑った。

「告白する勇気か？」

「そう。好きだとか、言えないよな」

ネムの言葉に、俺も大きくうなずく。

「だよな」

「でも、俺は勇気を出す」

「マジか。すごいな、ネム」

「俺が好きなの、おまえだから」

一瞬、ネムの言ったことの意味がわからなかった。

「は……？」

おまえ、って？

ネムが見ているのは、俺だ。

「だから、俺はホッシーのことが好きなわけ。そんなこと言われても困るとは思うけど、でも、伝えたくて」

「俺も、ネムのことは友達としてかなり好きだが、そういう意味じゃないってことだよな？」

「うん。恋愛的な意味」

「えっと……。すまん、頭が混乱して、ちょっと理解が追いつかないんだが」

男子校時代、ゲイだという噂の先輩がいたり、仲良すぎてカップル扱いされているやつらもいたりしたが、ネムがそうだなんて思いもしなかった。

「ネムって、男が好きな、その、同性愛のあれだったのか？」

「うーん、それが自分でもよくわかんなくて。好きになったのは、ホッシーだけだし。でも、女の子とつきあってみても無理だったから、たぶん、そうなんだと思う」

「そうなのか……」

衝撃の事実に、なんと言っていいのか、わからない。

「気持ち悪い、って思う？」

ネムの問いかけに、俺は勢いよく首を横に振った。

「いやいやいや、それはない」

実際、驚きはしたものの、悪い気はしなかった。

「驚いたっていうか、どう受け止めていいのか、わからんが……。でも、気持ち悪いとか、そういうふうには絶対に思わないから、そこは気にするな」

「よかった」

ほっとしたように、ネムはつぶやく。

「まさか、ネムがそんなふうに思っているなんて、まったくの想定外だったから、どうしたらいいか、わかんなくて……」

真っ先に頭に浮かんだのは、傷つけたくない、ということだった。

ネムは俺にとって、大事な友達だ。

もちろん、俺の気持ちは恋愛感情ではないので、ネムの好きだという気持ちに応《こた》えることはできない。それでも、どうにか、ネムが悲しい思いをしないようにしてやりたかった。

ネムが勇気を振り絞って告白したというのがわかるからこそ、受け入れることができないのが、心苦しい。

「べつに、どうもしなくていいよ」

ネムはそう言って、諦観《ていかん》をにじませた笑みを浮かべた。

「ホッシーが同性に興味ないのわかってるし、つきあうとか、そういうことは考えてないから。ただ、気持ちを伝えたかっただけ」

よくわからないまま、俺は言葉のつづきを待つ。

「俺、自分がゲイだってこと認めるっていうか、本当にそうなのか確かめるために、男の恋人を作ろうと思って」

「え？」

「そういうコミュニティーがあるから、参加してみようかと……。でも、その前に、自分の気持ちに決着をつけたくて、無理だってわかってるけど、告白した。ホッシーは優しいから、たぶん、カムアウトしても、受け止めてくれるだろうなと思って……。それでも、友情を裏切ったみたいに思われたら、嫌だなって気持ちはあったけど」

ネムがすごく悩んだのであろうことは想像がつく。だからといって、完全に理解することは不可能なので、安易なことは言えない。

「なんで、俺なんだ？」

たしかに俺たちは仲が良いが、それが恋愛感情になるというのは、どうしても理解できなかった。

「マラソン大会のときに『おまえ、手、つめたいなあ』って言って、俺の手をあたためてくれただろ。あれで自覚した」

そういえば、そんなことをした気がする。

俺はわりと体温が高いほうなので、寒がっているやつがいたら手袋やマフラーを貸してやるようにしていたのだ。そんな流れで、つめたかった手をあたためた覚えがあった。

「ホッシーに手を握られて、ドキドキしまくって、相手は男なのに、これはやばいだろうって思ったわけ」

「そうだったのか。全然、気づかなかった」

「ずっと、気づかれないように、必死で隠してたから。でも、これ以上、自分の気持ちに嘘つくのがつらくて、結局、言っちゃったけど」

「俺、ネムの気持ちには応えられないけど、友達であることには変わりないから」

そう伝えると、ネムは泣きそうな顔になった。

「だから、そういう器のでかいところが、惚《ほ》れるんだって」

震える声で言われて、俺は返答に困る。

「ごめんな」

謝るべきところなのかはわからないが、告白されて断るという立場なので、そう言うしかなかった。

「こっちこそ、変なこと言って、ごめん。でも、言いたいこと言えて、すっきりした。これで、前に進める気がする」

ネムは立ちあがると、帰り支度をはじめた。

「また今度、みんなで会うときにはふつうに接してもらえるとうれしい」

「ああ、わかった。あのさ、なんかあったら、連絡しろよ。友達としては、いつでも力になってやるから」

「うん。じゃあ」

ネムが帰るのを俺は玄関で見送る。

部屋でひとりになったあとも、しばらく信じられない気分で、ぼんやりとしていた。

まさか、男で、友達だと思っていた相手に、告白をされるとは……。

数時間前には、自分の身にこんなことが起きるなんて考えもしなかった。

10

何度も何度も考えてしまう。

考えても無駄だとわかっていても、ふと気がゆるむと、頭に浮かんでしまうのだ。

あのとき、どうして逃げられなかったのだろう……。

時間が巻き戻せるものなら、過去に戻って、やり直したい。いまなら、きっぱりと拒否できる。

けれども、あのときは……。

うまく言えなかった。

適切に対応できなかった自分を思い出すと、悔しくて悔しくて涙がにじんでくる。

恐怖のあまり、なにも言えず、相手の為《な》すがままにされてしまった。

やめてください、という一言すら口にすることができなかった。

自分を責めてはいけない。

それはわかっているのに、考えずにはいられない。

あのとき、拒否できていれば……。

もっと、必死に抵抗していれば……。

後悔のループに陥りそうになったので、私は首を横に振り、椅子の背もたれに体をあずけた。

それから、腕を大きく伸ばすと、拳《こぶし》を強く握り、全身に力を入れて、筋肉を緊張させる。ゆっくりと十まで数えたあと、腕を下げ、ほっと力を抜いて、全身がゆるんでいく感覚を味わう。

負の感情にとらわれそうになったときには「ストレスを緩和するためのリラクセーション法」を行うよう、カウンセラーさんに言われていた。恐怖や不安を感じると、体も強張《こわば》ってしまう。それをほぐすことで、心をリラックスさせるのだ。

実践してみると、気持ちが落ちついてきた。

意識を「いま、ここ」に集中させる。

ここは私の部屋。目の前にはノートパソコンがあって、レポートは書きかけで、後半が真っ白のままで……。

過去のことをくよくよと考えてしまうのは、座りっぱなしで疲れて、集中力がなくなっているからかもしれない。

よし、休憩しよう。

レポートはまだ途中だけど、気分転換をすることに決めた。

部屋を出て、キッチンに向かうと、母がリビングで原稿を書いていた。

「コーヒー飲むけど、ママは？」

私が声をかけると、母はキーボードを打つ手を休めることなく答えた。

「飲む」

「ラテにする？」

「なんでもいい」

母の返事を聞いて、私は大きめのカップをふたつ用意した。

エスプレッソマシンにコーヒー豆を詰め、ミルクピッチャーに牛乳を入れて、フォームドミルクを作る。エスプレッソを抽出したら、高い位置からフォームドミルクを中心に向かってゆっくりと注ぐ。エスプレッソの表面にミルクの泡が浮かびあがってくると、マグを傾け、ミルクピッチャーを近づけて、丸い模様の真ん中を切るようにして、ハートを描いていく。

うん、可愛くできた。

一時期、ラテアートに凝っていて、何度となく練習したので、シンプルなハートなら、ほとんど失敗することはない。

高校に行かなくなったあと、母は「好きなことをすればいいわよ。いまの時代、好きを極めれば仕事になるんだから」と言って、あまり気にしていないようだった。ラテアートに興味を持ったときには、いろんな店に連れて行ってくれて、バリスタという職業があることを教えてくれたのだ。結局、飲食店で働くのはハードルが高くて、仕事にはつながらなかったけれど、自己流でもそこそこのレベルまでは上達できた。

ほかの子たちが学校に通っているあいだ、自分はなにもしていない……。

みんなとおなじような高校生活を送ることが、自分にはできなかった……。

そんなふうに思って、たまに落ちこみそうになる。でも、その時間に身につけたものがあると考えることで、前向きな気持ちになれた。

ちょっとした特技が、私にささやかな自信を与えてくれる。

もうひとつには、リーフを描くことにした。カップの中心を通るように端から端までミルクを垂らして、リーフのかたちを作っていく。

うまくできたので、写真を撮っておこう。

そう思って、私は部屋からカメラを持ってきた。

真上から撮影したあと、斜めからも撮ってみる。真上からのほうがラテアートの絵柄がわかりやすいけれど、角度をつけたほうが立体感があっていい気がする。

でも、どちらにしろ、写真としてはいまいちの出来だ。実物の可愛さや湯気の立っているあたたかな感じが、ちっとも写せていない。

マクロレンズだったら、もっとうまく撮れたかもしれないけど……。

先日の新歓撮影会で、星野先輩からマクロレンズを借りて、至近距離から薔薇《ばら》を写したときは、すごく楽しかった。花びらについた水滴の透明感は美しく、黄色い花粉の発色の良さにうっとりして、背景のやわらかなボケに感動して、夢中でシャッターを切ったのだった。

写真部のひとたちは、撮影会のときだけでなく、普段から写真を共有アプリにアップしている。

私もラテアートの写真をアップしようかなと思ったけれど、そんなにうまく撮れていないので、やめておくことにした。

「できたよ」

カップを運び、母のそばに置く。

「ありがと」

母はノートパソコンの画面に目を向けたまま、カップに手を伸ばすと、ごくごくと一気飲みした。

せっかくのラテアートには気づいてもらえなかったようだ。

ちょっとがっかりしつつ、私は自分のカップに口をつける。

「よしっ、終わった」

キーを強く打ったあと、母は手を止めて、こちらを見た。

「お疲れさま」

私が言うと、母はノートパソコンを閉じて、大きく伸びをした。

「そっちは？　レポート、やってたんでしょう？」

「まだ終わっていません、しくしく」

おどけて泣き真似をすると、母は笑った。

「手伝ってあげようか？」

「いいよいいよ、自力でやるから」

「少年院見学のレポートだっけ？」

「そう。どんなふうにまとめたらいいか、迷って……」

大学の授業で少年院の見学に行ったのだけど、その経験をまだ消化できずにいた。

私たちが訪れたのは、女子少年院だ。保護処分となった未成年者に、適切な教育を受けさせ、社会復帰を目指すための施設である。

荷物をロッカーに預け、施設を見学したあと、少年院の職員から改善更生への取り組みなどについての説明があり、質疑応答となった。

施設内を歩いているあいだ、私はずっと違和感を抱いていた。いっしょに見学をしているひとたちが発する気配やちょっとした一言に、引っかかりを感じたのだ。

そして、質疑応答のときに、その違和感がどこから来るのか気づいた。

真っ先にあがった質問は「仕事のやりがい」についてだった。

そう、教授もあらかじめ言っていたのだ。法学の徒として、家庭裁判所で審判を受けた者がどのような場所に送られるのか知っておく必要がある、と……。

いっしょに少年院を訪れたひとたちが行っていたのは、まさに「見学」だった。

知識を得るために、見ている。

それは共感性のないまなざしに思えて、胸の奥がもやもやしたのだ。

自分たちは試験を受けて、少年院の職員として働くことがあったり、少年院への送致を決定したりする立場になるかもしれない。そんな想像はするものの、少年院に収容されているひとたちとのあいだには、くっきりと線を引いているようだった。

でも、私は身を以《もっ》て知っている。

どんな人間だって、被害者にも加害者にもなり得るのだと……。

「まーた、まいの考えすぎの癖が出てるんでしょ」

母に言われて、私は苦笑を浮かべる。

「考えすぎって言われたら、そうかもしれないけど。でも、レポートは自分の考えを書くものだし」

「大学のレポートに、オリジナリティなんて求められてないって。テンプレに沿って、ちゃちゃっと書いちゃえばいいじゃない」

「もう、ママってば。すぐ、そういうことを言う」

真面目な考え方をする私に、母が茶化すようなことを言うのが、我が家ではよくある会話の流れだ。

私と母の性格は、真反対と言っていいほど似ていない。

母の言うとおり、私は何事も重く受け取って、考えすぎる傾向がある。一方、母は細かいことに動じず、楽観的だ。

「あのね、今度……」

ちょうどいいタイミングなので、頭を悩ませているもうひとつの件についても、母に相談してみることにした。

「写真部で合宿があって、夏休みに泊まりがけで海に行くみたいなんだけど、どう思う?」

「いいじゃない。楽しそう」

母は明るい口調で答えた。

「でも、海だよ? 水着とか、無理だし」

「ああ、そっか。まだ気にしてるのね」

こういう能天気ともいえるようなところが、鋼のメンタルの持ち主と称される所以《ゆえん》だろう。

たぶん、母ならたとえ過去になにがあったとしても、水着になり、堂々と肌を見せることができるのだと思う。

私が「考えすぎ」なだけだろうか。

けれど、どうしても身構えてしまう。

「気乗りしないなら、行くのやめたら？」

母はそう言って、私の顔をのぞきこんだ。

私が高校に行けなくなったときも、母はあっさりと「つらいなら、やめちゃえば？」と言ったのだった。

常識や世間体にとらわれない母のそういう態度に、私はずいぶんと救われている。

「でも、行きたいっていう気持ちもあって……」

「そうなのね。どこ行くの？」

「場所はまだ決まってないけど、海水浴をするのは確定みたい。いちおう、泳ぎたくないひとは、別行動でもいいって」

「泊まり？」

「うん。椿先輩もいるし、不安になる必要はないと思うんだけど……」

「たまにタチの悪いサークルがあるって聞くもんね。まいの入ったところは写真を撮ることが目的のちゃんとしたサークルみたいだけど。メンバー的にはどうなの？　要注意人物はいる？」

私は即座に首を横に振った。

「ううん。写真部の先輩たちは、みんな、いいひとたちだし、そういうことを心配しているわけじゃない」

男性だというだけで犯罪者予備軍みたいな扱いをするのは、いくらなんでも失礼だということはわかっている。

写真部の先輩たちを疑っていたり、信用していなかったりするわけではないのだ。

「それなら、だいじょうぶなんじゃない？」

私を勇気づけるように、母はにっこりと笑った。

「泊まりがけの旅行ができた、っていうのも、ひとつの成功体験になると思うし。せっかくの人生なんだから、楽しまなくちゃね。いつまでも怯《おび》えて、閉じこもっているのは、もったいないもの。楽しい経験で、どんどん上書きしていきましょ」

母の意見を聞いていると、私もなんだかチャレンジできそうな気持ちになってきた。

「そうだよね。私、大学に通うことで、いろいろと自信もついてきたし」

「うんうん。大学のみんなと海に行くなんて、いいわねえ、青春って感じで。それで、逆に、好きになれそうな相手とかはどうなの？」

母の問いかけに、私は考える。

逆に、というのは、要注意人物とは反対の存在、ということだろう。

好きになれそうな相手……。

写真部にはおなじ新入生の男子もいるけれど、私とは学部もちがうし、いつも三人でかたまって喋《しゃべ》っているので、輪に入りにくい。

なにかと会話をする機会が多いのは、星野先輩と笹川先輩で、ふたりとも親切なひとだとは思うものの、恋愛感情を抱くというのは想像がしにくかった。

「わかんない。そもそも、好きって気持ちが、よくわかんないし。私、いつか、男のひとを好きになったりできるのかな……」

「焦らなくていいわよ。恋愛なんて嗜好品《しこう》みたいなものなんだから」

母は余裕に満ちた声で言って、自分の片手の中指を見つめた。

そこには、恋人から贈られたという指輪が輝いている。

指輪なんて数えきれないほど持っているはずなのに、新しいプレゼントはうれしいものらしい。

「恋愛に限らず、食べ物でも洋服でも音楽でも、自分の『いいな』『好きだな』『素敵だな』という感性を大切にすること。それが、いい恋愛にもつながっていくのよ」

恋愛指南本を出しているだけあって、母の言葉は心に響いた。

母は恋愛の達人と言われており、人間の心理にくわしくて、アドバイスにも含蓄がある。

けれど、私は思わずにはいられない。

それならどうして、私の父だという相手と別れてしまったのだろう……。

たくさんの愛を得ることより、ひとりを愛しつづけることのほうが、私には価値があることのように思えた。

もちろん、母の人生を否定するつもりはないが……。

私と母の考え方は、まったくちがう。

母とはなんでも話せる関係だ。

あのときも、私は自分の身に起こったことをすぐに相談することができた。被害に遭ったことを親に打ち明けられず、ひとりで抱えこむひとも多いらしいので、その苦しみを思うと、母に話せてよかったとつくづく思う。

母はだれよりも、私のことを考えてくれている。

けれど、やっぱり、わかりあえないところも多くて、ときどき、孤独を感じるのだった。

11

恋愛対象だと思っていない相手に告白されるのって、結構、負担になるものなんだな……。

これまで告白という行為とは無縁に生きてきたので、真剣に考えたこともなかったが、我が身に起きて、はじめて理解した。

俺も、気をつけないと……。

花宮さんへの思いが募るあまり、変なことをしでかさないよう自戒する。

しかし、そうなると、ひとはどうやって恋愛を成就させればいいのだろうか。

自分の思いを伝えたくとも、下手に告白はできない。片思いをしている状態で、一方的に気持ちを押しつけると、相手を困らせてしまう事態にもなりかねないのだ。

つまり、告白をする前に、相手に好きになってもらわなければならない、ということになる。

ネムが言うには、俺のことを好きになったきっかけは「寒いときに手をあたためたこと」だったらしいが、相手が仲の良い男友達ならともかく、女子にそんなことをしたらセクハラだと訴えられるかもしれない。

考えれば考えるほど、恋愛というのは無理ゲーなのでは……という気持ちになった。

まあ、いいか。

とにかく、いまは合宿を楽しむことだけを考えよう。

そう考えて、俺は待ち合わせ場所へと向かった。

東京駅の銀《ぎん》の鈴《すず》広場は多くのひとでごった返していたが、写真部のメンバーはすぐに見つけることができた。

花宮さんは大きなリュックを背負って、首にカメラをかけ、となりにいる笹川と話している。

「おはよう」

声をかけると、花宮さんがこっちを向いた。

「あ、おはようございます、星野先輩」

見たところ、ほかの一年男子や先輩たちもいる。

部長と椿先輩だけがまだ来ていないようだ。

「部長たちは？」

俺の問いかけに、笹川が答える。

「さっき、連絡があって、椿先輩が寝坊したからちょっと遅れるかも、だって」

「そういや、部長と椿先輩って、いっしょに住んでるんだよな」

それを聞いて、花宮さんは驚いた顔をした。

「えっ、そうなんですか」

「俺も本人からはっきり聞いたわけじゃないが、どうも、そういうことらしい」

「恋人っていうより、もはや夫婦だもんな、あのひとたち」

笹川が訳知り顔に言う。

「さすが大学生、おとなですね」

花宮さんは感心したようにつぶやいた。

そんな会話をしているところに、部長と椿先輩がやって来たので、少し気まずかった。

椿先輩はいつものように美しく着飾っており、荷物はすべて部長が持っている。夫婦というか、お姫様とその召使いに見えなくもないが……。

俺はちらりと横目で、花宮さんのリュックを見た。

重そうなので、持ってあげたい気になるが、先輩後輩の関係として、それは行き過ぎだよな。ほかの一年の男子だって重そうな荷物を持っているが、それは持ってあげないわけだし……。そんなことを考えながら、改札へと向かう。

写真部のメンバーのうち、撮り鉄勢は東京駅のホームで目当ての電車を激写していた。俺は鉄道系はもう撮り飽きているので、笹川や花宮さんと雑談しながら、ほかのメンバーが撮影を終えるのを待つことにした。

「今回も、マクロレンズ、持ってきたから。使いたいときは、いつでも声をかけて」

俺の言葉に、花宮さんは顔をほころばせた。

「ありがとうございます。私、サボテンをいっぱい撮りたいんですよね」

これから向かう場所には、めずらしい動物が放し飼いされており、サボテンがたくさん生えた植物園もあるらしい。

「あと、カピバラ、だよな」

俺が正しい言い方を強調すると、花宮さんはくすくす笑う。

「そうです、正解です」

先日、うっかり「カピパラ」と言ってしまったところ、花宮さんに「カピパラじゃなく、カピバラです」と突っ込まれたのだ。

紆余曲折《うよきょくせつ》の末、今年の合宿のテーマは「伊豆の踊子とカピバラの旅」と決まった。

当初、花宮さんは伊豆の海という案にあまり乗り気ではないようだった。しかし、椿先輩が「伊豆にはカピバラのいる動物園があって、至近距離で写真が撮れる」という話をしたところ、目を輝かせたのだった。

椿先輩がいきなりカピバラとか言い出したときには、いったい、なぜ……と疑問に思ったのだが、どうも花宮さんの弁当箱にはカピバラのキャラクターが描かれていたらしい。

俺も花宮さんが弁当を食べているすがたをよく見ていたのに、そこに描いてあるキャラクターなんて、気にしていなかった。椿先輩の観察眼、おそるべしである……。

「はい、そんじゃ。電車、乗るぞ。忘れ物ないようにな」

部長が引率の先生っぽい感じで言って、俺たちはぞろぞろとついていく。

撮り鉄勢は特急「スーパービュー踊《おど》り子《こ》」号をカメラに収めていたが、それは見送り、俺たちが乗るのは、ただの特急「踊り子」号である。

平日ということもあって、自由席はわりと空《す》いていた。

四人がけのクロスシートに俺と笹川が並び、花宮さんのとなりには椿先輩が座る。

花宮さんがリュックを網棚に載せようとするが、背が低いので、どうも危なっかしい。

「やろうか？」

少し迷ったが、手を貸すことにした。

「あ、はい、お願いします」

リュックを受け取り、網棚の上に置く。

よく考えると、不親切な設計だよな、この網棚って。俺くらいの身長があれば問題なく荷物を載せることはできるが、花宮さんの背丈だと無理がある。

いままで気にも留《と》めなかったが……。

「いつも、どうしてるんだ？」

俺が訊《たず》ねると、花宮さんは小首を傾げた。

「え？　なんですか？」

「荷物。届かないと、困るだろ」

「基本的に手で持っています」

花宮さんが答えると、笹川が口を開いた。

「ぼくもあんまり網棚って使わないけど。置き忘れそうで、不安だから」

「星野くん、降りるときも、忘れずに下ろしてあげなさいよ」

椿先輩の言葉に、俺はうなずく。

「ええ、もちろんそのつもりですけど、そもそも、この網棚のあり方に俺はちょっと疑問を持って……」

そんな会話をしているうちに、電車は動き出した。

カピバラという生き物について、正直、俺はまったく興味がなかった。

しかし、花宮さんがあまりにも楽しみにしているので、その気持ちが伝染したのか、ついに対面したときにはちょっとした感動があった。

こいつが、カピバラか……。

「思ったより、でかいな」

そう感想を漏らすと、となりで笹川もうなずく。

「さすがは世界最大のげっ歯類だ」

ぬぼーっとした顔つきで、毛もごわごわしてタワシみたいだ。

可愛いかどうかというと微妙だが、何匹かで仲良さそうに身を寄せて、日向《ひなた》ぼっこをしているすがたは、ほのぼのとした雰囲気があって、たしかに微笑ましい。

「わあ、こっち、すごくちっちゃい子、いますよ！」

花宮さんは大はしゃぎで、写真を撮りまくっている。

「カピバラの赤ちゃん、可愛すぎます！」

俺にとっては、いつもよりテンション高めの花宮さんこそ、可愛すぎなわけだが……。

園内では、各自、好きに撮影をするということになり、俺と笹川と花宮さんはなんとなくいっしょにまわっていた。

花宮さんが撮りたいものに向かって行き、俺と笹川はそれについていくという感じだ。

その途中で、俺はあるものと目が合った。

巨大なクチバシに青みがかった灰色の羽を持つ背の高い鳥が、こちらをじっと見ていたのだ。

「あ、この鳥、なんか知ってる気がする」

「ハシビロコウだろ」

笹川の言葉に、ぽんと手を打った。

「それだ。ハシビロコウ」

「やばいよな、あの貫禄《かんろく》」

「眼光、鋭すぎだろ」

「脚とか鉤爪《かぎづめ》とか、恐竜っぽいよな」

笹川は言いながら、シャッターを切る。

ハシビロコウは微動だにせず、その場に佇《たたず》んでおり、存在感が半端なかった。

「だが、正面から見ると、意外とマヌケ……いや、愛嬌《あいきょう》のある顔を……」

俺がそう言いかけたところ、笹川があわてて止める。

「おい、やめろって。ハシビロコウ先生を怒らせたら、生きて帰れないぞ」

迫力に押されて、ついにハシビロコウ先生とか呼び出したぞ。

まあ、たしかに呼び捨てにできない雰囲気があるよな……。

俺も、笹川のノリに合わせて、ハシビロコウに頭を下げた。

「失礼しました。俺も、一枚、撮らせてもらっていいっすか？」

舎弟口調で言って、カメラを取り出す。

すると、ハシビロコウが大きく羽を広げた。

おおっ、これはシャッターチャンス！

すかさず連写して、その動きをカメラに収めていく。

ひととおり見たあと、花宮さんはまたカピバラのところに行き、エサをやった。細長い草を手に持って、カピバラに食べさせている。

その様子をひっそりカメラに収めていると、背後にひとの気配を感じた。

「星野って、カピバラに似てるよな」

部長の声がして、びくっとなる。

振り返ると、椿先輩もいた。

「うん、そっくり」

それを聞いて、笹川までうなずく。

「カピバラ的な雰囲気、ありますよね」

「あそこでいっしょに水浴びしてても、違和感ないんじゃないか」

部長がそんなことを言う横で、椿先輩も一匹のカピバラを指差す。

「あの寝そべってるカピバラとか、星野くんっぽい」

そのカピバラの背中には子カピバラが乗っており、たしかに俺の膝《ひざ》に猫がいるとあんな感じなのかも……と思った。

しかし、カピバラに似ているって、ほめ言葉として受け取っていいのだろうか。

ぬぼーっとした顔つきとか、さっき俺がカピバラに対して思ったことがブーメランとなって返ってくる。

それから、俺たちは部長や椿先輩とも行動を共にすることになり、園内のレストランで昼食を取って、午後はサボテンの撮影会となった。約束どおりマクロレンズを貸すと、花宮さんはとても喜んで、サボテンを撮影していた。

土産物売り場などを見ているうちに時間となったので、宿泊施設へと向かう。

写真の講評会をしたあとは、夕飯を食べ、風呂《ふろ》に入り、酒盛りをしながらトランプやウノで盛りあがったりして、あっというまに夜は更けていく。

そして、布団に入り、眠ろうとしたところで、はたと気づいた。

花宮さんはカピバラが好き。俺はカピバラに似ている。つまり、俺＝カピバラだ。

ということは「花宮さんの俺に対する気持ち＝好き」の図式も成り立つのではないか！

突如として勝機が見えたような気がして、眠気が吹き飛び、俺は悶々《もんもん》と夜を過ごしたのであった。

翌朝、眠い目をこすりながら、食堂に行った。

昨日の夜は睡眠不足とアルコールで朦朧《もうろう》としていたせいで、おかしな結論に達したが、冷静になって考えてみれば、詭弁《きべん》のための三段論法だよな……。

食堂にはほかの宿泊客たちもいて、とても混雑していた。朝食のトレーを持って、写真部のメンバーが集まっているテーブルに近づき、空いている席を探す。

花宮さんの近くの席は埋まっていたが、笹川がテーブルの端におり、正面の席が空いていたので、そこで食べることにした。

「おはよう、星野。やっと、起きたか」

笹川は朝食をほぼ食べ終わっていた。

「食堂に行くなら、起こしてくれよ」

眼が覚めると、となりに笹川のすがたはなく、布団も畳まれていたので、かなり焦ったのだった。

「すまん。気持ちよさそうに寝てたから、起こすのも悪い気がして」

まあ、アラームを止めて、二度寝した俺が悪いのではあるが……。

納豆をかきまぜていたところ、部長が花宮さんに声をかけたので、耳をそばだてる。

「花宮さん、海は？」

「すみません。やっぱり、別行動を取らせてもらおうと思います」

「それは構わないんだけど、今日はどうするつもりかなと思って」

「今日もカピバラに会いに行こうかと……」

「えっ、また行くの？」

部長が大きな声で聞き返すと、花宮さんは怯《おび》えたようにびくりと体を震わせた。

「えっと、その……」

花宮さんがなにか言おうとするが、部長の言葉がそれを遮った。

「せっかくだから、ほかのところ、行けばいいのに」

余計なお世話かなと思いつつ、俺は口を開く。

「まあ、いいじゃないっすか。本人が行きたいところに行けば」

会話に参加するには席が離れすぎていて、少し不自然な感じがしないでもなかったが、花宮さんはこちらを見て、うれしそうにうなずいた。

「はい、あの、昨日、お土産売り場でぬいぐるみを見て、かなり心惹《こころひ》かれたんですけど、さすがに大きすぎるかなと思って、買わなかったんです。でも、このまま、帰ったら、後悔しそうで……」

花宮さんが説明するのを聞いて、椿先輩がうなずく。

「ああ、あの巨大カピバラね。私はハシビロコウのぬいぐるみが気になったけど」

椿先輩はそう言うと、俺のほうを見た。

「うん、やっぱり、ハシビロコウ、欲しい。ちょっと、星野くん、買ってきて」

「えっ、なんで、俺が……」

戸惑っていると、花宮さんが言った。

「あの、私、買ってきましょうか？」

椿先輩はそちらを見て、首を横に振る。

「それは悪いよ。巨大なぬいぐるみをふたつも抱えて、帰ってくるのは大変でしょう。私、男子にはおつかいを頼んでいいと思ってるけど、女子をパシリにするつもりはないから」

いま、パシリって聞こえた気が……。

「ちょうどいいじゃん。星野くんを荷物持ちにしたら、花宮さんも好きなだけ買い物ができるわけだし」

あ、もしかして、椿先輩は俺と花宮さんがいっしょに行動できるように、気を利かせてくれたのだろうか。

しかし、そうだとすると、俺の気持ちを椿先輩はお見通しってことで、かなり恥ずかしいのだが……。うーん、椿先輩の場合、本当にハシビロコウのぬいぐるみが欲しくて、いつものようにわがままを言っているだけという可能性もあり、判断がつきかねるところだ。

「わかりました。俺、買ってきます。ハシビロコウのぬいぐるみですよね。大きさって、どれくらいのやつですか？」

俺は椿先輩に確認する。

「一番、大きいの。よろしくね。あとで、ちゃんと代金は支払うから」

「あたりまえですよ。なんで、俺が自腹で椿先輩にぬいぐるみをプレゼントしなきゃならんのですか」

そういうわけで、俺は花宮さんと行動を共にすることになった。

ふたりきりで出かけるなんて、もう、これ、デート以外のなにものでもないだろ。

めちゃくちゃ緊張するじゃないか……。

12

星野先輩とふたり、バスに乗って、またカピバラを見に行くことになった。

「あの、すみません、つきあわせてしまって……」

バスに揺られながら、私は謝る。

「いや、全然」

そう言ったきり、星野先輩は黙りこんだ。

「やっぱり、私、椿先輩の分も買ってきましょうか？」

思わず、そう提案する。

せっかく、ひとりで気楽に過ごせると思っていたのに、同行者がいると気を遣ってしまう。だから、別行動がとれるならそうしたいという気持ちもあった。

「でも、頼まれたのは俺だし。椿先輩も言ってたけど、大きいの、ふたつも持って帰るのは大変だろ」

そう言ったあと、星野先輩はつけ加える。

「花宮さんにしてみたら、迷惑かもしれないけど」

「いいえ、迷惑とか、そういうことは……」

またしても、沈黙が流れる。

ひとりなら静かなのはあたりまえで、むしろ、そこに心地よさを感じるのだけれど、だれかといっしょなのに会話がないと、気詰まりだと感じるのは、なぜなのだろう。

「試験、どうだった？」

星野先輩の唐突な質問に、少し戸惑う。

「えっと、なんとか乗り切ることができました。過去問とテキスト、すごく助かりました」

「役に立ったなら、よかった」

会話はそれで終わりだった。

沈黙が重い。

しばらくして、星野先輩は口を開いた。

「苦手な科目は？」

新たな質問に、私は少し考えて答える。

「商法に苦戦しました。会社法とか、あまり馴染《なじ》みがないので、イメージしにくいところが多くて難しいです」

「改正も多いし、ややこしいよな」

「試験で『法の理念と実態の乖離《かいり》』の問題があって、私、信義則で答えたんですけど、よく考えたら商慣習について書くべきところだったんじゃないかなという気がして、あとで、かなり、へこみました」

「ああ、それな。ちょうどいい判例が思いつかないと、とりあえず信義則でなんとかしてみようと考えるのはあるな」

「信義誠実の原則って、もう、言葉からして、かっこいいですもんね」

信義則とは「お互いに相手の信頼を裏切らず、誠意を持って行動しなければならない」という法原則で、私はその言葉を学んで「うんうん、そうだよね」と非常に共感したのだった。

また会話が途切れたので、私は口を開く。

「えっと……」

「あのさ……」

同時に、星野先輩もなにか話そうとしたので、声がかぶさってしまった。

「あ、どうぞ」

「いや、俺の話はどうでもいいから」

「いえ、私の話もたいしたことじゃないので……」

お互いに遠慮して、口をつぐむ。

星野先輩のほうを見ると、目が合った途端に、視線をそらされた。

「たぬき・むじな事件って、やった？」

またしても唐突に、星野先輩は言った。

私とおなじように沈黙を気まずいと思って、話題を提供してくれているのだろう。

「はい、やりました。どんな事件かと思っていましたが、事実の錯誤についての有名な判例なんですよね」

「むささび・もま事件ってのもあるな」

「ありますね。可愛い名前のおかげで、故意の成立要件と違法性の錯誤については、ばっちり理解できました」

私はそう言って、星野先輩を見あげる。

星野先輩は居心地悪そうに目を泳がせると、そわそわとした様子で顔を背けた。

その反応を見て、星野先輩も緊張しているのかな……と思った。

いつもより無口なのも、緊張しているせいなのだろう。

私もいっしょにいる相手には気を遣うほうだけど、星野先輩はそれ以上に緊張しているみたいだ。

不思議なもので、ガチガチに緊張している星野先輩を見ていると、こちらはかえって落ちついてきた。

バスを降りて、星野先輩といっしょに、またカピバラを見に行く。

園内に入ってしまえば、動物たちを眺めたり、カメラを向けたりと、広々とした場所でいろいろな行動ができる。バスに乗っていたときのように会話で間を持たせなければというプレッシャーもなく、のびのびと過ごせた。

私が写真を撮っているあいだ、星野先輩もいろんなところにカメラを向けていた。

私が移動すると、星野先輩もついてくる。

お互い、好きに写真を撮っているので、気楽といえば気楽だけど、星野先輩はどう思っているのだろう……。

「あの、私、このあと、カワウソを見に行きたいのですが」

自分の行きたいところばかりにつきあわせているので、なんだか申し訳ない気分になる。

「ああ、わかった」

カワウソの可愛らしさを満喫して、星野先輩のほうを見ると、見知らぬ家族連れの
写真を撮っていた。

星野先輩は写真を撮ったあと、カメラを父親らしきひとに返して、こちらを見た。

「写真を撮ってください、って頼まれて」

私の視線に気づいて、星野先輩はそう説明する。

「一眼レフを下げてると、頼まれがちですよね」

「だよな」

「他人のカメラで写真を撮るのって苦手だし、私はすごく嫌なのですが……」

「そうなのか？」

「家族の思い出になるような写真を自分が撮るって、責任重大じゃないですか。玄人
っぽいカメラを持っていることから、たぶん、写真がうまいひとだと期待して頼むと
思うんですよね。でも、私、実際のところ、腕はないですし、上手に撮れないのが、
申し訳なくて」

「いや、観光写真を頼むのに、そこまで期待しないだろ」

星野先輩はちょっと呆《あき》れたように笑った。

「俺、そんなふうに考えたことなかったな。頼まれたら、はいはい、撮りますよーって気軽に引き受けて、シャッターを押してるけど。友達と金閣寺《きんかくじ》に行ったときなんか、外国人観光客に撮影を頼まれすぎて、危うく置いて行かれそうになった」

星野先輩のおおらかさに、私も思わず笑ってしまう。

動物の写真を撮ったあと、私たちはサボテンの温室に向かった。

昨日は動物のエリアをまわるのに時間をかけたので、こちらはじっくりと見ることができなかった。

両手をあげてバンザイしているみたいなサボテンが面白くて、いいアングルを探していると、後ろのほうで声が聞こえた。

「すみませーん、撮ってもらっていいですか？」

「はい、撮りますよー」

どうやら、またしても、星野先輩は撮影を頼まれているようだ。

振り返って、星野先輩のほうを見ると、恋人同士らしき男女に、お礼を言われていた。

私と目が合って、星野先輩はわずかに苦笑する。私も「またですね」という意味をこめて、微笑みを返す。

星野先輩には親しみやすい雰囲気がある。撮影してもらうためには自分のカメラやスマホを渡すことになるので、信用できそうな人物に声をかけるだろう。そう考えると、星野先輩を選ぶのはわかる気がした。

「つぎは？　どうする？」

星野先輩の問いかけに、私はサボテンを販売しているコーナーを目指した。

「サボテン狩りをしたいのです」

地面にさまざまな種類のサボテンや多肉植物が植えられていて、気に入ったものを選び、お土産として持ち帰ることができるのだ。

「へえ、面白そうだな」

星野先輩も乗り気だったので、ふたりでサボテンを選ぶことにした。

サボテンは素手では触れないので、長いお箸《はし》を渡されて、それでつまみあげる。たくさん並んでいるサボテンたちのうちから、私はころんとしたまるいサボテンを選んだ。

細くて短いトゲがたくさんついている。うまく育てたら、白い花が咲くらしい。

慎重にサボテンをお箸でつまんで、カゴへと移動させる。砂はさらさらしており、根も深くなく、思ったよりも簡単に、地面から引き抜くことができた。

「それ、まるっこくて可愛いな」

私のサボテンを見て、星野先輩が言う。

星野先輩が選んだのは、平べったくて肉厚でトゲの太いサボテンだった。

「先輩のは大きいですね」

「ちゃんと世話できるか自信がないので、丈夫そうなのを選んでみた」

それぞれのサボテンを係のひとに鉢植えにしてもらったあと、私たちはレストランに向かうことにした。

「おなか、空《す》きましたね」

「ああ、かなり」

ゆっくり見ているうちに、いつのまにかランチの時間も過ぎていた。

「ごはんのこと、すっかり忘れていました」

「マジか。俺、空腹で死にそうなんだが……」

「えっ、すみません。気づかずに、つきあわせてしまって」

私が謝ると、星野先輩はあわてたように言った。

「あ、いや、そういう意味じゃなく。べつに責めてるわけじゃないから」

レストランはあまり混雑しておらず、私たちが案内されたテーブルの椅子には、カピバラのぬいぐるみが置かれていた。

「カピバラと相席ですね」

席に着いて、カメラを構える。まずはカピバラのぬいぐるみだけを大きく撮り、それからレストラン全体の雰囲気もわかるように引きで撮った。店内にはほかにも動物のぬいぐるみがたくさん置かれ、ジャングルみたいで楽しい。

料理を注文したあと、星野先輩は自分の指先が気になるようで、こすり合せたり、じっと見つめたりしていた。

「指、どうかしましたか？」

「いや、ちょっと痛いっていうか、チクチクして」

ひとさし指の先を見て、星野先輩が答える。

「だいじょうぶですか？」

「ああ、トゲっぽいものが刺さっているみたいだけど、まあ、平気だろう」

「えっ、サボテンのトゲですか？」

「刺さったときは気づかなかったんだが」

「見せてください」

私が手を出すと、星野先輩は手のひらを上に向けて、そこに重ねた。

指の先を見ると、たしかに黒っぽいものがあった。

「ちょっと待ってください。五円玉を使って、トゲを抜く方法があるんです」

私はそう言うと、財布から五円玉を取り出して、穴の部分をトゲが刺さっているところに当てた。そうすることで、周囲の肉が盛りあがって、トゲを抜きやすくすることができるのだ。子供のころ、スガワラさんに教えてもらったことがあった。

「ほら、取れました」

「おお、すごい。助かったよ」

トゲを抜くため、私は星野先輩の手を握っていた。

深く考えず、自然と体が動いたのだ。

星野先輩の手に触れても、あまり心理的な抵抗がなかった。

これまで感じたことのない感覚に、自分でも驚く。

食事を済ませたあと、私たちはお土産売り場に行った。

カピバラの大きなぬいぐるみを抱きあげて、うん、やっぱり、この子を連れて帰ろう……と決意する。

星野先輩も、頼まれていたハシビロコウのぬいぐるみを無事に手に入れることができたようだった。

「荷物、持とうか？」

片手にサボテン、片手にぬいぐるみの入った袋を持っていると、星野先輩が言った。

「えっと、だいじょうぶです」

「いや、でも、どっちか持つよ」

星野先輩が手を差し出したままなので、ぬいぐるみを持ってもらうことにした。

「代わりに、私、サボテン、持ちますね」

星野先輩の持っていたサボテンを受け取って、私たちはバス停へと向かう。

並んで座って、バスに揺られながら、星野先輩と会話をする。

話題は期末試験の対策についてだった。

バスに乗っているあいだ、星野先輩はぬいぐるみの入った袋をふたつ膝《ひざ》の上に乗せて、しっかりと手で押さえていた。

楽しかったな、と思う。

行きのバスのときには、同行者がいると気を遣ってしまうから、ひとりになりたいと思っていた。

けれど、星野先輩とふたりでいても、そんなに疲れなかったのだ。

どうしてなんだろう……。

私は不思議な気持ちで、星野先輩を見あげた。

13

宿泊施設に帰り着くと、すでに部長たちも海水浴から戻っていた。

ご所望のぬいぐるみを椿先輩に渡して、俺の今日の任務は完了となった。ちなみに、立て替えた分の代金は部長が払ってくれて、椿先輩は財布を出すこともなかった。

これがいわゆる尻《しり》に敷かれているという状態なんだろうな……と思って、部長に同情するが、ちょっとうらやましい気もした。

「で、こっちがカピバラだ」

ぬいぐるみが入った袋を渡すと、花宮さんはそれを受け取り、ぺこりと頭を下げた。

「今日はありがとうございました」

「いや、俺、べつに、なんもしてないし。椿先輩におつかいを頼まれただけで」

一旦《いったん》、部屋に戻ったあと、夕食のために食堂に集まる。

花宮さんが座った席はふたつ挟んだ斜め前で、会話をするには遠い距離だった。

俺は笹川とばかり話していたのだが、ちらりと花宮さんのほうをうかがうと、目が合った。

花宮さんはすぐに目をそらしたが、俺を見ていたのではないか……という気がして仕方ない。浮かれそうになるが、しかし、変な期待はしないほうがいいだろう。好意的な意味で、こちらを見ていたとは限らない。俺におかしなところがあるのが気になって、こっちを見ていただけかもしれないわけで……。

「なあ、笹川。俺の顔に、なんかついてたりしないよな？」

「口の横に、ご飯粒がついてる」

「マジか」

笹川の指摘に、あわてて手で顔を撫《な》でる。

これか、花宮さんがこっちを見ていた理由は……。

みっともないところを見られてしまって、地味にダメージを受けた。

男だらけの環境なら、顔になにがついていようが、食事中にどんな行為をしようが、笑いが取れればそれでよしというところがあった。しかし、女子がいると行儀よくしなきゃいけないので、常に気を張っている感じだ。

夕飯のあと、部長たちは風呂《ふろ》へという流れになったが、俺は少し体を動かしたくて、笹川を誘った。

「卓球やろうぜ、卓球」

レクリエーションルームに卓球台があって、宿泊客は自由に使えるようなのだ。

「星野とぼくのふたりで？」

笹川は呆《あき》れたような声を出すと、花宮さんのほうへと視線を向けた。

それから、なにか言いたげに、俺のほうを見る。

「べつに、ふたりでいいんじゃね。卓球はふたりいればできるし」

俺の答えを聞いて、笹川はやれやれというように、首を左右に軽く振った。

「星野、おまえ……」

「うん？　なんだ？」

「だから、ほら、卓球にもダブルスはあるだろ」

「ああ、あるな」

男女混合という言葉が頭に浮かび、つい、男子校的なノリで反応しそうになったが、思いとどまった。

俺が沈黙していると、笹川はくるりと背を向けて、椿先輩に近づく。

「このあと、卓球しません？」

笹川の誘いに、椿先輩はうなずいた。

「いいけど」

それから、ごく自然な流れで、花宮さんにも声をかける。

「花宮さんもどう？」

「あ、はい」

すげえな、笹川……。

俺だって、笹川が言外に示していることに気づいていないわけではなかった。せっかくの機会なんだから花宮さんを誘えとプレッシャーをかけられているのもわかっていたが、あえてスルーしたのだった。

もちろん、この合宿で花宮さんと少しでも仲良くなれたらいいとは思っている。だが、その一方で、女子がいると緊張するから、息抜きとして、笹川とふたりで気楽に卓球をしたいと思う俺もいて……。今日は花宮さんといっしょにサボテン園をまわったことで、気力を使い果たしていた。だから、ちょっと休みたかったのだ。

しかし、こうなった以上、覚悟を決めるしかないか。

卓球はわりと得意だ。いいところを見せれば、花宮さんからの好感度を上げることができるかもしれない。

俺たちは四人でレクリエーションルームに向かった。

まずは男子チーム対女子チームで対戦することになり、俺はラケットを構えて、笹川の斜め後ろに立つ。

椿先輩もラケットを握って、素振りをしながら、こちらを見た。

「で、なに、賭《か》けるの？」

「いや、なにも賭けませんから」

俺が答えると、椿先輩はつまらなそうに口を尖《とが》らせる。

「そんなぬるい試合じゃ、燃えないんだけど。負けたら、ジュースね」

「それくらいならいいですけど」

椿先輩の素振りが妙にうまくて、本気っぽいのが、なんとも不気味なところだ。

「あの、椿先輩、私、運動神経が良くなくて、卓球の経験もあまりないので、足を引っ張ったら、すみません」

花宮さんが心配そうに言って、椿先輩の左後ろに立つ。

笹川が椿先輩にジャンケンで勝ったので、こちらが先攻となった。

「まあ、勝負っていうより、ラリーをつづけていく感じで」

笹川はそう言って、ピンポン球を持ち、サーブを打った。それを椿先輩が返して、俺が打ち、花宮さんが空振りする。

「あっ！　ごめんなさい！」

花宮さんはあわてた様子で、ピンポン球を追いかけた。

なかなか追いつけず、ピンポン球はかなり遠くまで転がっていく。

重ねた椅子の下に入り込んだピンポン球をどうにか拾い上げ、花宮さんはこちらへと戻ってきた。

俺は手を伸ばして、花宮さんからピンポン球を受け取った。

「サーブ権って、二本交代だっけ？」

俺の問いに、笹川がうなずく。

「ああ。でも、そのへん厳密にしなくても、ひとり一回ずつとかでいいんじゃないか」

俺はいちおう、花宮さんが打ちやすいようなところに、ゆったりとサーブを打ったつもりであった。しかし、花宮さんは今回も見事に空振りをしたのだった。

謙遜《けんそん》とかじゃなく、本当に運動神経があれなんだな……。

花宮さんはまたしてもピンポン球を追いかけ、弾んでいるところをキャッチしようとしたが、それすらも受けそこねていた。

なんというか、もう、可愛すぎてたまらんのだが。

ようやくピンポン球を捕まえ、花宮さんは急ぎ足で戻ってくると、それを椿先輩に渡した。

「いくよ!」

椿先輩が勢いよくサーブを打ち、ピンポン球は目にも留《と》まらぬ速さで、俺と笹川のあいだを抜けていった。

マジかよ、椿先輩、おとなげないな……。

俺はピンポン球を拾いに行き、花宮さんに渡す。

「サーブ、できるのか?」

「なんとか、やってみます」

花宮さんはピンポン球を片手に持ち、ラケットを構えたものの、サーブもやっぱり空振りしたのであった。

そんな感じで最初は空振りばかりだった花宮さんだが、途中からはコツを摑《つか》んだようで、サーブを打てるようにはなっていた。

「じゃあ、今度は、スキルの高い椿先輩と下手なぼくが組んで、花宮さんと星野のペアにしましょうか」

笹川がバレーボールで言うとトスをあげるような提案をしてくれた。

でも、俺、プレッシャーに弱くて、期待されると力んで失敗するタイプだから、アタッカーには向いてないんだよな。

「星野先輩、すみません、私、ほんとに下手すぎて」

申し訳なさそうな花宮さんに、俺は大きく手を振る。

「いいって、いいって。べつに本気でやってるわけじゃなく、遊びなんだから」

約一名、お遊びの卓球とは思えない本気のサーブを打ってくるひとはいるが……。

花宮さんの分までフォローしようと、気合を入れて、ピンポン球を追いかけた結果、俺は汗だくになってきた。こっちはゆるくラリーをつづけようとしているのに、椿先輩が攻撃的なレシーブとか打ってくるので、遠くまで転がったピンポン球を拾いに行かないといけないし……。

サーブ権がこちらになり、花宮さんはうまく打つことができて、かなりいい感じにラリーがつづいた。

ところが、そこに椿先輩がまたスマッシュを決めようとして、俺はとっさに打ち返そうとしたのだが、花宮さんもこっちに来てしまって、体がぶつかった。

「あっ、すみません！」

「いや、こちらこそ、すまん！」

あの打球は花宮さんに譲るべきだったか……。俺が頑張らなければと思って、つい反応してしまったが、陣地的には花宮さんが打ち返すべきところだった。

その後も、何度かチャンスボールがあったのに、今度は逆にお互い遠慮をして、どちらも打たなかったりして、失点を重ねてしまった。花宮さんのフォローをするどころか、ぎくしゃくして、ボロ負けである。

ほらな、だから、プレッシャーに弱いんだってば！

いいところを見せようと頑張りすぎて、空まわりしている自分が、つくづく情けなくなる。ああ、こんなことなら、笹川とふたりで卓球していればよかった……。

「二回戦は、圧勝ね」

椿先輩が勝ち誇った顔で、こちらを見てくる。

「では、最下位だった花宮さんが、全員分のジュース、買ってくること」

花宮さんに向かってひとさし指を突き立てる椿先輩に、俺は突っ込まずにはいられない。

「あなた、鬼ですか」

そんなやりとりに対して、花宮さんは真面目な顔でうなずく。

「わかりました！　買ってきます！」

「待て待て。花宮さんも、言うこと聞かなくていいから」

「でも、負けてしまったので……」

「後輩におごらせるわけにいかないって」

それよりも、気になるのは汗である。さっきから滝のように汗が流れているのだ。

こんな見苦しいすがたは見られたくないので、一刻も早く風呂《ふろ》に避難したい。

「そんじゃ、俺ら、そろそろ、風呂に行くんで」

そう言い残すと、笹川を連れて、レクリエーションルームをあとにした。

部屋から着替えを持ってきて、大浴場へと向かう。

頭と体を洗い、湯船に浸《つ》かったところで、俺は大きく息をついた。

「ふう、なんだか長い一日だったぜ」

笹川も湯に入ってきて、俺のとなりに座る。

「やばい。日焼けして、ヒリヒリする」

見ると、たしかに笹川の腕はかなり赤くなっていた。

「痛そうだな」

「Tシャツ着てると思って、油断した。で、カピバラのほうはどうだったんだ？」

「まあ、昨日とおなじ感じだったけど。昨日はやらなかったサボテン狩りってのをやった」

「いや、花宮さんとの関係はどうかって話なんだが」

「どうって言われても。目的のぬいぐるみは手に入ったので、花宮さんはうれしそうだったな」

「なにか、ふたりの親密度が上がるようなことはなかったのか?」

「特にそんなことは……」

そう言いかけて、指先に感覚が蘇《よみがえ》る。

やわらかくて、すべすべした、細い指……。

俺の手にサボテンのトゲが刺さり、それを花宮さんが抜いてくれたときに、手が触れ合ったのだった。あのときはやばかった。椅子に座っていたのでテーブルで隠れていたからいいものの、しばらく立ち上がれない状態だったのだ。

そうだ、なにもなかったわけではない。

あのときの接触により、俺はますます花宮さんへの思いを募らせることになった。

しかし、女子にとってはなんのアピールにもならないだろう。むしろ、手にトゲが刺さったなんて、どんくさいところがバレてしまって、好感度は下がったのではないかという気もする。

風呂から上がり、部屋に戻った。

笹川はドライヤーを持参していたので、俺もそれを貸してもらって、髪を乾かすことにした。

「たぶんだけど、フラグ立ってると思う」

ドライヤーを渡しながら、笹川が言う。

「死亡フラグか？」

俺は言いながら、首を傾げた。

アニメや映画なんかでは「俺、この戦いが終わったら、結婚するんだ」とか「ここは任せて、先に行け」みたいなことを口にしたキャラクターは死にがちなので、死亡フラグとされている。そういうセリフを口にした覚えはないのだが……。

「このドライヤーを使ったら、感電したりしないよな」

「いや、そうじゃなくて」

俺がドライヤーを使い出したので、笹川は少し大きめの声を出す。

「花宮さんとの親密度、アップしてるだろ」

「え？」

「だから、恋愛的なフラグが立ってるんじゃないかと」

俺はドライヤーを止めて、まじまじと笹川の顔を見た。

「いやいやいや、それはないだろ。どこをどうやったら、そんなことになるんだ？」

たしかに、今日、いっしょに行動したことで、これまでよりも親しくなれたかもしれない。だが、それはあくまで先輩後輩という関係においてであって、花宮さんが俺のことを好きになるきっかけなどは皆無だった。

「俺、まだ、花宮さんを命がけで守るみたいなイベントをやってないんだけど」

花宮さんが悪漢に襲われそうになっていたところを助ける……というような流れがあったなら、恋愛的なフラグが立ったとしても納得である。

しかし、俺たちが過ごしていたのはカピバラがたむろする牧歌的な公園であり、ピンチに見舞われることはなかった。

卓球でも全然いいところを見せられなかったし、なにひとつ、思い当たる節がない。

「花宮さんが星野に向けるまなざしとかで、なんとなく、わかるから」

笹川はわりと真剣な表情で、そんなことを言った。

「やめろよ。そんなふうに言われると変な期待をしてしまうから、やめてくれって、マジで」

ちょっと女子と交流があると、浮かれた挙句、突き落とされるのは、いつものパターンである。勘違いはしたくない。それなのに、勝手な妄想を繰り広げてしまいそうになる。

「自分でも、気づかないか？」

笹川の言葉に、俺は大きく首を横に振った。

「なにを言っているのか、さっぱりだ」

「花宮さんの変化、わかるだろ。最初のころに比べると、あきらかに星野を見るときの感じが変わってるって」

「わかるか、そんなもん」

花宮さんは最初から可愛くて、最近も可愛い。

そこになんらかの変化があったとは思えなかった。

「女子の気持ちなんか、いくら考えてもわかるわけがない」

背後から部長の声がして、俺は振り返る。

そういえば、部屋には部長もいたのだ。

「うだうだ考えるより、本人に訊《き》いてみるのが手っ取り早いだろ」

さっきの会話が丸聞こえだったと思うと気恥ずかしいが、それよりも問題は部長がやろうとしていることだった。

「えっ、ちょっと……」

待ってください、と言う間もなく、部長はスマホを取り出して、メッセージを送ったのであった。

14

卓球をしたあと、椿先輩といっしょにお風呂に入って、部屋に戻った。

自分の荷物の横に座り、ドライヤーを取り出す。

「ドライヤー、使ってもいいですか？」

コンセントの近くに移動して、椿先輩に声をかけた。

「昨日も言ったけど、いちいち確認せずに勝手になんでも使っていいから」

椿先輩は濡《ぬ》れた髪にタオルを巻いたまま、布団に寝転んでいて、スマホの画面を指で撫《な》でながら、そう答えた。

ドライヤーを使うとうるさくなるし、断りを入れたほうがいいかと考えたのだけれど、気を遣い過ぎている感じで、かえって鬱陶《うっとう》しかったのかもしれない。

高校の修学旅行などに参加していれば、こういう場合の適度な距離感についても経験を積めたのだと思う。でも、私はひとりでいる時間が多かったから、集団生活のスキルが低いままだ。もともと女子同士の和気《わき》藹々《あいあい》としたノリが得意なほうではない上に、椿先輩は謎めいたひとなので、どんな態度で接するのがベストなのか判断に迷うところが多かった。

私が相談できる相手といえば、母か、しず姉ちゃんしかいない。

当初、私は合宿で寝るとき用の服として、お気に入りのオーガニックコットンのパジャマを持って行くつもりだったのだけど、しず姉ちゃんに「ボロいし、ダサすぎる」とダメ出しされ、いっしょにルームウェアを買いに行ったのだった。お洒落《しゃれ》な専門店で、寝巻きっぽさがなくてリラックスできる可愛い部屋着を選ぶことができて、とても助かった。

「お先でした」

ドライヤーで髪を乾かし終わると、小声でそう言って、自分の荷物を置いてあるところに戻った。

椿先輩はすでに布団を敷いていたので、私もおなじようにする。

私と交代するように、椿先輩は自分のドライヤーを取り出して、コンセントのある場所に移動した。

「花宮さん、もう寝るでしょ？」

椿先輩は髪を乾かしたあと、そう話しかけてきた。

「男子の部屋に行くなら、止めないけど」

「いえ、行きません」

私は大きく首を横に振る。

しず姉ちゃんの情報によると、サークルによっては、合宿の夜は床一面にブルーシートを敷いて、段ボール箱にゴミ袋を入れて、吐くまで飲んだりするところもあるらしい。けれど、写真部ではそもそもアルコールを嗜《たしな》むひとのほうが少数派だ。昨日の夜も、みんなでトランプなどをしたあと、早々にお開きとなった。

もし、事前にしず姉ちゃんからなにも教えてもらわず、危険なサークルに入ってしまっていたらと考えて、ぞっとする。

「電気、消してもいい？」

椿先輩は立ちあがって、電気のスイッチに手を伸ばした。

「はい、だいじょうぶです」

「男子たちも明日《あした》の撮影に備えて、今日は早めに寝るだろうし」

明日の朝は海岸で日の出の写真を撮ろうという計画があった。

早起きできたら……という条件がつくので、参加者がいるかどうかは微妙だと部長さんは心配していたけれど。

「あ、そうだ。アラーム、かけてもいいですか？」

「四時起きとか言ってたっけ。こっちはアラームかける気もないから。たぶん、寝てると思うし、ひとりで行って」

「わかりました」

椿先輩が明かりを消したので、部屋が暗くなる。

私は布団に入ると、スマホのアラームをセットして、枕元に置いた。

「うわっ、ウザッ！」

椿先輩の声に反応して、びくっと体が震える。

横を向くと、椿先輩はスマホの画面を見ていた。

私に対しての言葉じゃなかったようなので、ほっと胸を撫でおろす。

「はあ、まったく、あいつら……」

うつ伏せの姿勢でスマホの画面をタップしながら、椿先輩はつぶやいた。

「こういうの、マジ、面倒なんだけど」

ひとり言だから返事をする必要はないのだろうと思うのだけれど、気になってしまう。

なにかあったんですか、とか声をかけたほうがいいのかな。

でも、立ち入られたくないことかもしれないし……。

布団に横になって、そんなことを考えていると、椿先輩が言った。

「花宮さんって、彼氏いる？」

「え？　えっと……」

いきなりの質問に戸惑いながら、私は椿先輩のほうを見る。

「彼氏、ですか？　いえ……」

布団に入ったまま、私は首を横に振った。

「だよね。じゃあ、次の質問」

椿先輩はスマホを置いて、こちらを向いた。

「うちのメンバーで、気になる相手というか、つきあってもいいなと思うのはだれ？」

気になる相手。

ふと、星野先輩のことが頭に浮かんだ。

写真部のなかで、一番、話しやすい相手といえば星野先輩だけど……。

「あの、私、恋愛にはあまり興味がないといいますか……」

まだリハビリ中のようなもので、そこまでの段階にたどりついていない。

「それなら、釘《くぎ》を刺しておいたほうがいいかもね」

椿先輩のほうを見て、私は言葉のつづきを待つ。

「このままだと、花宮さん、面倒なことになりそうだよ。モテモテ気分を味わいたいなら、余計な口出しはしないけど」

椿先輩が言おうとしていることの意味が、いまいち、よくわからない。

「どういうことでしょうか？」

「色恋沙汰《ざた》に巻き込まれたくないなら、いっそ彼氏持ちだって言って、予防線を張っておくのもいいかも」

「あの、すみません、話が見えなくて……」

「ここ、まあまあ居心地がいいから、人間関係を悪化させて欲しくないんだよね。花宮さん、自覚ない？　天然なの？」

薄闇のなか、椿先輩はじっとこちらを見てくる。

いまの椿先輩はメイクを落としているせいか、いつもより幼い感じがした。

「経験者として言わせてもらうと、どうでもいい男に好かれても、ストーカー化したり、逆恨みされたりで、面倒なだけだから。トラブルを避けたいなら、いまのうちに、はっきり言っておいたほうがいいと思うよ」

「ストーカー、ですか？」

「そう。バイトの帰りに待ち伏せされて、ほんと、気持ち悪かった」

「それは怖いですね」

「こっちはただ、こういう服が好きだから、可愛い恰好《かっこう》をしているだけなのに、変な男が寄ってくるとか、マジ、迷惑する」

私はいつも他者の目を意識して、なるべく肌の露出の少ない服装をしている。

椿先輩はたまに太腿《ふともも》が見えるほど短いスカートを穿《は》いていることがあって、私は密《ひそ》かに心配していたのだ。

やはり、そういう服装は異性の目を惹《ひ》きつけて、トラブルの元になったりもするのだろう。その危険性をわかった上で、椿先輩は自分の好きな服を着ている。それはとても勇気のある行為のように思えた。

「もし、部内の人間関係で困った事態になりそうだったら、早めに相談して」

「はい、わかりました。ありがとうございます」

話は終わったとばかりに、椿先輩は布団を肩口まで引きあげた。

私も上を向いて、目を閉じて、眠ろうとする。使い慣れた枕じゃないから、どうにも寝心地が悪い。それに、シーツもごわごわして肌触りが気になってしまう。

椿先輩はすぐに眠ったようで、規則正しい寝息が聞こえてきた。

けれど、私はなかなか寝つくことができなかった。

たぶん、椿先輩が言っているのは、星野先輩のことなのだと思う。

星野先輩から好意を向けられていることに、気づかないほど鈍感じゃない。

椿先輩が忠告してくれたように、他人から好かれることにはリスクがある。好きだから、手に入れたい……。その欲望に突き動かされて、犯罪をおかす人間もいる。

星野先輩がそうではないと、どうして言い切れるだろうか。

いまのところ優しい先輩だけれど、本心はわからない。私が知っているのは、星野先輩の一面にしか過ぎないのだ。

でも……。

結局、一睡もできないまま、アラームが鳴り、私は手を伸ばして、それを止めた。

椿先輩を起こさないように気をつけながら、そっと布団から出ると、身支度を整えて、カメラを持ち、部屋をあとにする。

宿泊施設の玄関に行くと、すでに星野先輩のすがたがあった。

「おはようございます。早いですね」

小声で挨拶《あいさつ》をすると、星野先輩も小声で言った。

「おはよう。なんか眠れなくて。これ、帰りの電車で爆睡コースかも」

それから、星野先輩は私の顔をじっと見た。

「どうかしましたか？」

「あ、いや、目の下、くまができてる」

そう指摘されて、ものすごく恥ずかしくなった。

かっと顔に血がのぼって、耳がどんどん熱くなる。

「えっ……」

私の反応に、星野先輩は戸惑い、あわてた様子だった。

「ごめん。変なこと、言って」

「いいえ、いいんです。寝不足だから……」

自分の顔が赤くなっていると思うと、ますます恥ずかしい気持ちが強くなって、頬の火照りが止まらない。

そこに、部長さんがやって来た。

「駄目だ。ほかのやつら、起きやしねえ」

部長さんはそう言ったあと、私と星野先輩を見て、言葉をつづける。

「っていうか、やっぱ、俺も二度寝するわ。じゃ！」

部長さんはくるりと踵《きびす》を返して、すたすたと歩き去って行った。

こういう感じで気をまわされることについて、椿先輩は心配してくれているのだろう。もし、ここにいるのが私にとって苦手なタイプの男性だったら、ふたりきりで残されても困ったと思う。

けれど、私はいま、嫌な気持ちにはならなかった。

星野先輩とふたりで日の出の写真を撮りに行くことに、まったく抵抗がない。それどころか、夜明け前でまだ暗い外の道を歩くのに、星野先輩がいっしょなら安心だ、とすら思ったのだ。

「あー、それじゃ、行くか」

「はい」

私たちは薄暗い道を進んで、浜辺へと向かう。

海の匂いがした。

空気は湿り気を帯びているけれど、昼間ほど蒸し暑くなく、風が吹くと爽《さわ》やかだ。

「朝はさすがに涼しくて、歩きやすいな」

「そうですね」

歩いているうちに、東のほうの空がだんだんと明るくなってきた。

「このあたりにするか」

砂浜の近くの遊歩道みたいなところで、星野先輩は立ち止まった。

「もう少し先に行ってもいいが、時間的にそろそろ場所を決めないと」

星野先輩の言葉に、私もうなずく。

砂浜にはだれもおらず、ただ波の音だけが響いていた。

「日が出てきましたね」

「ちょっと出遅れたけど、まあ、いい感じの空だ」

言いながら、星野先輩は三脚をセットした。

「三脚、使う？」

「いえ、だいじょうぶです」

私は首を振って、カメラを構えた。

水平線からのぼる朝日の光が海面に反射して、どこまでもきらきらと輝いている。

白くけぶるような空には青とオレンジと茜色《あかねいろ》が溶けあい、幻想的な色合いを作り出す。

その奇跡みたいな一瞬の光景を見ていると、心細いような、敬虔《けいけん》な気持ちになって、胸が締めつけられた。

幼いころ、母とどこかの島に行ったとき、夕日があまりに美しくて、思わず泣いてしまったことがあった。母には「感受性が強すぎる」と呆《あき》れられたけれど、私にしてみれば母が平気な顔をしていることのほうが不思議だった。

さすがに、いまはもう泣き出したりはしない。でも、心を揺さぶられて、じっとしていられないような気持ちが、写真を撮るという行為につながっているのだと思う。

カメラの設定を調節して、刻一刻と色合いが変化していく空の様子を写していく。

夢中で写真を撮っているうちに、空は青みを増してきた。

朝焼けの色は薄くなり、ついには消えてしまう。

なんとなく視線を感じて、振り返ると、すでに星野先輩は撮影を終えて、三脚も片づけ、こちらを見ていた。

「すみません。お待たせして……」

「いや、好きなだけ撮っていいから」

星野先輩がそう言ってくれたので、私はカメラを構えて、再び、空に向けた。

「それでは、もう一枚だけ」

もう東の空は赤くは染まっていないけれど、雲間から斜めの光線が照射され、荘厳な美しさで太陽が輝いていた。

シャッターを切ったあと、私はまた振り向いて、星野先輩に言う。

「美しい風景を見ると、胸の奥がきゅっと痛くなるんです」

「ああ、わかる。俺も」

星野先輩はうなずき、笑みを浮かべる。

その笑顔を見た瞬間、胸が締めつけられた。

美しい風景を見たときと、おなじだ。

ここに、私の「好き」なものがある。

そう感じると、写真を撮りたくなる。

無意識のうちにカメラを構えて、星野先輩に向かってシャッターを切っていた。

どうしよう、私、星野先輩のことが好きなのかもしれない。

男のひとを好きになることなんてないだろうと思っていたのに……。

15

合宿から戻って、しばらくしたある日。

笹川が大学に用事があったらしく、帰りに俺の部屋に遊びに来た。

「外国の土産で、くせの強いお菓子があるんだが、食べるか？」

俺の問いかけに、笹川はうなずいた。

「おう、受けて立つ」

俺は紅茶をいれて、お菓子を用意する。

「親がトルコに行ってたらしく、その土産が大量に送られてきて」

「へえ。なんで、また、トルコに？」

笹川は言いながら、それを口に運んだ。

「親父の趣味がカメラで、カッパドキアの写真を撮りに行ったみたいだ」

当初の予定ではアイスランドにオーロラを撮りに行くという話だったはずが、なぜか、トルコになっていた。

「まさに異国の味だな」

一口食べたあと、笹川はなんとも言えない複雑な表情を浮かべる。

「めちゃくちゃ甘いのに、かすかに苦くて、舌がビリビリする」

「だろ。わりと大きめの容器にみっちり入っていて、ひとりじゃ食べ切れないから、ちょうどよかった。遠慮なく食べてくれ」

「このザリザリした食感とか、すごいな。独特の風味に、異文化を感じる」

笹川は戸惑いつつも、フォークを積極的に動かして、つづけざまに口に運んでいく。

「慣れると、結構、おいしいかも。これまであまり使っていなかった脳の味覚の部分が目覚める感じというか」

「食べていくうちに、ハマるものがあるだろ」

俺はスマホを取り出して、笹川に見せた。

「ちなみに、これが親父から送られてきた旅行の写真だ」

そこには、たくさんの奇岩が写っている。

空にむかって、そそり立つキノコ岩。

しかも、その胴長のキノコ岩の写真には、わざわざ手書き文字で「俺のサイズ」なんて落書きまでしてあるのだ。

紅茶を飲もうとしていた笹川は、巨大なキノコ岩の写真を見て、吹き出した。

「なんとも立派なモノをお持ちで……」

軽くむせたあと、笹川はそんなコメントを述べる。

「この場所はラブバレー、愛の谷と呼ばれているらしい」

「いいセンスしてるな」

この絶妙な造形は、火山の噴火によって堆積《たいせき》した岩が浸食されて、自然にできあがったものだそうだ。

「親父、ここでテンションあがりすぎて、わざわざコメント入りで何十枚も写真を送りつけてきたからな」

夕陽に照らされた奇岩群の写真は、まるで異世界の情景みたいでフォトジェニックだとは思うが、それにしても、アレにそっくりな岩を見て、はしゃぎすぎである。

「アホとしか言いようがない、あいつは」

「自分の父親とこういうやりとりができるって、すごいよな。親との会話で下ネタとか、ありえないだろ」

「親父の精神年齢が低いおかげで、親っていうか、兄貴みたいな感じかも」

「仲良いんだな」

その口調はいつもの笹川らしくなく、どこか深刻な響きがあった。

たぶん、笹川は親との関係が良好ではないのだろう。

そんなふうに察して、話題を変えることにした。

「それはそうと、合宿でさ……」

高校時代にも、家族がワケありだったりする友人はいた。

あまり触れられたくないであろうから、こちらも気づかないふりをしておく。

「笹川、言ってただろ」

俺はスマホを置いて、言葉をつづけた。

「その、ほら、花宮さんが俺を見るときのまなざしが……って話だけど」

「ああ、脈ありかも、って話な」

　はっきりとそう言われ、浮かれてしまいそうになり、気を引き締める。

「やっぱ、どう考えても、花宮さんが俺を好きになる理由がないと思うんだよな」

「ひとを好きになるのに、わかりやすい理由なんてなかったりするものだって」

　笹川はそう言うが、俺としてはどうも信じられない。

「花火に誘ってみるのはどうだ？」

　唐突な提案に、俺はまじまじと笹川の顔を見た。

「花火？」

「この週末に花火大会があるだろ。部の活動としてじゃなく、個人的に誘ってみて、ふたりで出かけるのにオッケーもらったら、それってかなり親密度が高い状態だと思うんだが」

　笹川の意見は一理あるどころか、非常に納得のいくものだった。

　しかし、大きな問題がひとつある。

「誘うって、どうやって……」

「連絡先は知ってるだろ。ちょうどいいじゃないか。いまからメッセージ送れば」

「いまから？」

俺は目を見開き、軽く首を左右に振った。

「いや、でも、断られたら、気まずいし」

「べつに告白するわけじゃなく、遊びに誘うだけなんだから、気にしなくていいって。たまたま用事が入っていて断られることもあるかもしれないが、そのときはまたべつの口実を考えるまでのこと」

笹川のタフさに、内心で驚く。

なんて頼りになるんだ、こいつ……。

「そうか？　まあ、そこまで言うなら、やってみるか」

スマホに手を伸ばして、メッセージを入力しようとするものの、どうにも指が動かない。

「なんて書けばいいんだ？」

いきなり直球で誘うのもどうかと思うが、かといって、用がないのにメッセージを送るというのもハードルが高く……。

「ストレートに書けばいいと思うが」

笹川は顎《あご》に手をあて、少し考えたあと、口を開いた。

「今週の日曜日に花火大会があって、写真を撮りに行こうと思っているんだけど、花宮さんもいっしょにどうですか、とか」

「なるほど」

俺はうなずき、笹川のあげた例文のとおりに、スマホに打ち込んでいく。

「これで、おかしくないよな？」

スマホの画面を見せて、笹川に確認してもらう。

「ぼくが言ったそのままじゃないか」

「ああ、そのまま書いたぞ」

「そこまで堂々と開き直られると、いっそ、清々《すがすが》しいな」

「よし。それじゃ、送るぜ」

送信をしようとして、手が止まった。

好きな相手にメッセージを送るのは、どうしてこんなに緊張するのか……。

俺は顔をあげ、笹川に言う。

「あのさ、やっぱ、笹川もいっしょのほうが、警戒されないっていうか、花宮さんも安心するんじゃないか？」

「それだと当初の目的が果たせないだろ」

笹川は呆《あき》れたような声で言って、肩をすくめた。

正直、ふたりで出かけても、花宮さんを楽しませる自信なんてまったくないのだ。

笹川がいてくれたら、どれだけ心強いことか……。

メッセージを送信しようと、スマホの画面を見たものの、指が動かない。

俺は首を横に振った。

「無理。だめだ、無理だって。脈ありとか、気のせいだと思うし。つきあってもないのにデートに誘うとか、俺には荷が重い。変なことして、嫌われたら、元も子もないし。やめといたほうがいい気がしてきた」

メッセージを送ることを考えただけでも、ドキドキしすぎて、吐き気すら感じるほどなのだから、これ以上のストレスには耐えられそうにない。

笹川は苦笑を浮かべて、俺を見た。

「だから、以前も言ったが、星野は相手が女子だって考えて気負いすぎなんだって。友達として、ふつうに接していたら、迷惑がられたり、嫌われたりするようなことはないだろ」

「友達って言うが、これまで、俺、ひとりも女子の友達なんていなかったからな」

男女のあいだで、友情なんて成立するんだろうか。相手が女子で、友達と呼べるほど親しくなったら、どうしても好きになってしまいそうな気がするが……。

異性の友達というものが、さっぱりイメージできない。

「なら、逆に、花宮さんが男だったら、と仮定してみたらどうだ？」

その言葉に、学ランを着た花宮さんを思い浮かべてみた。

「笹川、おまえ、変なこと言うなよ。新しい世界に目覚めそうだぞ。あんだけ可愛かったら、男でもいけるかもしれない」

そんなことを言いながら、ネムのことを思い浮かべる。

ネムは男の恋人を作ってみるつもりだと話していたが、その後、どうなったのかは聞いていない。気になりつつも、なんと声をかけていいかわからなくて、連絡できずにいた。

「相手が男でも、好きになることってあり得るんだよな。なんか、いま、ようやく、ちょっと気持ちがわかったような気がする」

「安心しろ。ぼくは同性愛について、理解があるほうだ」

笹川はそう言って、俺の肩をぽんぽんと叩《たた》いた。

「だから、そうじゃないって」

「二次元と三次元のちがいに比べたら、性別のちがいなんて些細《ささい》なことだ」

「どんな基準だよ、それ」

「そもそも、三次元の恋愛って面倒だよな。生身の人間が相手だと、どう思われるかとか気になるし。こっちが一方的に好きになって、画面の向こうの存在を愛《め》でているだけのほうが、リアルで恋愛するより圧倒的にリスクが少ない」

うんうんとうなずきながら、笹川は自説を語る。

「三次元が面倒なのは、相手がこちらを認識するところだな。下手なことをして心証が悪くなるリスクを考えると、怖気《おじけ》づくのはわからんでもない。なにもしなければ、嫌われることもないわけで」

「そうなんだよ！」

首がもげそうなほどの勢いで、俺もうなずいた。

「でも、好きな相手とおなじ空間にいて、会話ができるなんて、よく考えてみたら、すごいことだろ。それ以上を望んだりするから、苦しくなるんだって」

笹川はどこか遠い目をして、そんなことを言った。

「それ、経験者は語る、ってやつか？」

俺の問いかけに、笹川は白々しく答える。

「いや、一般論だけど」

こっちの恋愛事情は筒抜けなのに、自分のことになると秘密主義なんだよな……。

「笹川の好きな相手って、どんなひとなんだ？」

問いかけると、笹川はわずかに眉《まゆ》をひそめた。

「高校のときの同級生だけど」

「いまはべつの大学なんだよな？」

「ああ」

「可愛い？」

「主観として、どう答えたらいいか困るところだな。とても可愛いとは言えない性格をしているとは思うが」

照れ隠しなのか、ぞんざいな口調で、笹川は答える。

「そのひとの写真とか、ないのか？」

ぜひ見てみたいところだが、俺の言葉を遮るように笹川は言った。

「そんなことより、早く花宮さんにメッセージを送れって」

スマホの画面に視線を落として、俺は逡巡《しゅんじゅん》する。

「星野が勇気を出せるように、魔法の呪文を言ってやろうか？」

「呪文って、なんだよ」

俺が聞き返すと、笹川は意地の悪い笑みを浮かべ、重々しい口調で告げた。

「ぼやぼやしているうちに、花宮さんがだれかとつきあうことになったら、誘うこともできなくなるぞ」

その言葉はぐさりと胸に突き刺さった。

「タイミングを逃して、あとから気づいて、後悔するのも星野の勝手だけど」

笹川は追い打ちをかけるように、そうつづける。

「嫌なことを言うなあ……」

だが、おかげで、俺は覚悟を決めることができた。

スマホを握り、えいやっとばかりにメッセージを送信して、ぐっと目を閉じる。

それから、おそるおそる目を開いて、スマホの画面を確認してみたが、メッセージはまだ既読になっていなかった。

こういう時間が、つらいんだよな……。

返信を待っていても、じりじりするだけなので、俺は立ちあがった。

「コンビニでも行くか」

「そうだな」

笹川もうなずき、ふたりで部屋を出る。

そして、ぶらぶらと歩いて、コンビニが見えてきたところで、着信音が響いた。

あわててスマホを取り出すと、画面をのぞきこむ。

花宮さんからの返信を見つけ、心臓がばくばくと激しく動き、痛いほどだ。

そこには〈花火大会ですか。いいですね！　私も行きたいです〉と書かれていた。

文面を理解して、天にも昇るような心地になる。

「花宮さん、来るって！」

俺は片手をあげると、笹川とハイタッチをして、喜びを分かち合った。

16

パソコンで音楽を聴きながら、合宿で撮った写真のデータを整理していると、耳に馴《な》染《じ》みのある曲が流れてきた。

あ、この曲……。

高校に行けなくなって、部屋に引きこもりがちだったころ、よく聴いていたのだ。

ピアノの美しい旋律に、憂いを帯びた歌声。寄せては返す波のようなリズムは、心地いいのに、どこか不穏なものをはらんでいて、耳を傾けずにはいられない。

私は作業の手を止め、目を閉じて、音楽を感じることにした。

何度も聴いたことのある曲なのに、改めて、歌詞のひとつひとつが、心の深いところに響いてくる。恋の歌だ。女の子が「好き」という気持ちを自覚して、うれしいのと当時に、悲しみも感じている。だって、だれかとわかりあいたいと願うほど、ひとは本質的に孤独な存在なのだと思い知らされるから……。

曲を聴いていると、星野先輩のことが思い浮かんだ。

もう、傷つきたくない。

恋愛なんて、私には無理だ。

そう思っているのに、女の子の恋する気持ちに共感してしまう。

曲に身を委《ゆだ》ねていると、嵐に巻きこまれるみたいな感覚になった。

切ない歌声に心を摑《つか》まれて、重く沈んでしまいそうになったあと、サビで転調して、雲間から差す光に導かれて天へと昇っていくような感じになる。

ここ、好き……。

音が全身に染みて、指先がじんじんと痺《しび》れるようになり、まぶたが熱くなった。

あ、だめ、泣きそう……。

以前に聴いたときより、ずっと心の奥深くにまで届いて、感情を揺さぶられ、自分でも驚いてしまうほどだ。

曲が終わったあと、しばらく余韻に浸っていると、部屋のドアをノックする音が響いた。

「まい」

母の声だ。

「お昼、どうする?」

私はあわてて目をこすると、返事をした。

「ちょっと待って。いま、作るから」

「忙しいなら、勝手にやっとくけど」

「ううん。いいよ。私が作る」

今日は母の仕事がキャンセルになったから買い物に行こうと言われたけれど、私は夏休みの課題が残っていたから、誘いを断ったのだ。

なのに、課題にはまったく手をつけておらず、息抜きのつもりではじめた写真の整理に夢中になっていたので、胸がちくりとする。

せめてお昼ごはんくらい、作らないと……。

「お素麵《そうめん》でいい？」

部屋から出て、キッチンに向かうと、私は母に声をかけた。

「薬味たっぷりでね。まいがいてくれて、助かるわ。課題は終わったの？」

「まだ、全然。今日中に終わる気がしない」

母とそんな会話をしながら、私は鍋《なべ》で湯を沸かしつつ、錦糸《きんし》玉子を作っていく。

「あ、そうだ、桐箱の素麵、使い切っちゃったかも。まいが合宿中に、食べたのよ」

桐箱を開けてみると、たしかに空っぽになっていた。

パントリーを探して、買い置きしてあった素麵を見つけ出す。

素麵だけだと栄養バランスが気になるところなので、ツナ缶を開けて、キャベツを切って、サラダも作ることにした。ネギとみょうがを切ったあと、生姜《しょうが》をすりおろして、素麵を茹《ゆ》であげ、流水にさらして、最後に氷水で締める。

昼食の用意ができると、母はうれしそうに箸《はし》を伸ばした。

「いただきまーす」

薬味をたっぷり入れた麺つゆに、素麺を浸して、一気にすすったあと、母はこちらを見て、しみじみと言った。

「ああ、おいしい。やっぱり、薬味があると、ちがうわよね」

「ひとりで食べたときは用意しなかったの？」

「だって、面倒なんだもの」

母は料理ができないわけではないが、大雑把というか、手間をかけないひとなので、茹でた素麺と麺つゆだけの食卓になったりする。それを思うと、母に任せようという気にはなれず、いつも私が作ることになるのだった。

「今度は椎茸《しいたけ》のふくめ煮も作っておくから」

そう言いながら、素麺を一口食べて、私は物足りなさを感じた。

「このお素麺、特売だったから買ってみたけど、いまいちだったね」

お中元でいただいた桐箱入りの素麺に比べると、なめらかさに欠ける。

「そう？　こんなものじゃない？　たしかに質は劣るかもしれないけど、麺つゆたっぷりつけたら、わからないでしょ」

母はそう言って、どんどん箸を進める。

「ごちそうさま」

箸を置いて、母はこちらに微笑みかけた。

「夏はやっぱり素麺よね。そして、食後にはあたたかいお茶があれば最高なんだけど」

リクエストを受け、私は席を立つ。

「緑茶か中国茶、どっちにする？」

「凍頂烏龍茶《とうちょうウーロンちゃ》がいい。お茶請けもほしいな」

「合宿のお土産で買ってきた柑橘《かんきつ》の羊羹《ようかん》が残ってるよ」

湯を沸かしながら、茶器の用意をして、羊羹を切り分ける。

あたためた茶壺《ちゃつぼ》に茶葉と湯を入れ、お盆にのせて、母のところまで運ぶと、茶杯に注いだ。

「うん、いい香り」

母は茶杯に口をつけ、満足げにうなずく。

合宿から帰った日、お土産を渡したあと、母からどうだったかと訊《き》かれて、カピバラにとても癒《いや》されたという話はしたけれど、星野先輩のことは言わなかった。自分のなかで、まだ気持ちの整理ができていなかったのだ。

でも、いまなら言葉にできるような気がした。

「あのね、合宿のときに、朝焼けの写真を撮りに行ったの」

なんだか照れくさいので、母から目をそらして、話をつづける。

「朝の光で海一面がきらきら輝いて、美しい風景に感動していたら、そのとき、いっしょにいた星野先輩のことを見ても、胸がきゅっとなって……。もしかしたら、好きなのかも、って思った」

「えーっ、なに、それ、すごくいい話じゃない！　もっと早く教えてよ！」

思ったとおり、母はものすごい勢いで話題に食いついてきた。

「それで、それで？」

「いや、それだけなんだけどね。まだ、恋愛とか、そういうのは私には無理だと思うし」

「そう？　過去のことなんて、気にする必要ないのに。どんな男の子なの？　写真あるんでしょう？　見せてよ」

母に言われ、私はスマホを持ってくると、星野先輩の写真を探した。

何枚かあるうち、朝焼けのときの写真はなんとなく見せたくなくて、写真部のみんなが並んで写っているものを選ぶと、母のほうに向けた。

「この右端にいるのが星野先輩」

「どれどれ。うーん、まあ、真面目そうね」

母の反応はいまひとつだ。

星野先輩はまったくもって母が好みそうなタイプの男性ではない。

一時期、母は自分と釣り合うレベルの男性がまわりにいなくなってしまった、と嘆いていた。けれど、去年の夏にフランスで運命的な出会いをしたらしく、最近は国際恋愛を楽しんでいるようだ。

「ママはどうなの？　その後、恋人と」

「順調よ」

「また本に書くの？」

「当然。フランスってさすが愛の国だけあって、デートはロマンチックだし、口説き文句も情熱的だし、まさにネタの宝庫なのよね」

母にとっては恋愛も仕事のうちだ。

おいしいところを味わって、得られるものがなくなったら、あっさりと別れてしまう。それもひとつの恋愛のかたちなのだろうとは思うけれど、自分には絶対に真似できない生き方だ。

昼食のあと、母は買い物に出かけて、私は課題のための読書をつづけることにした。法解釈についての重厚で骨太な文章をごりごりと読み砕いていこうとするけれど、なかなかページが進まない。

あと少し頑張ったら、休憩して、おやつを食べていいことにしよう。

そんなことを思いながら、どうにか文字を目で追っていると、着信音が響いた。

スマホに手を伸ばして、確認したところ、星野先輩からメッセージが届いていた。

花火大会に写真を撮りに行きませんか、というお誘いだった。

私はスマホを持ったまま、ベッドに腰かけて、少し思案する。

これ、ふたりだけで……ということなのだろうか。

そんなふうにも読み取れるし、もしかしたら部活動という可能性もないわけではなかった。

どうしよう……。

カピバラのぬいぐるみに手を伸ばして、抱きしめながら、悶々《もんもん》と悩む。

ぬいぐるみは、ふわふわした感触で、抱きしめていると心が落ちついた。

傷つくのが、怖い。

星野先輩のことを好きだという気持ちを認めて、その先に進むことを考えると、足がすくんで、逃げ出したいような気持ちになった。

でも、逃げていたら、変わることはできない。

だから……。

カピバラのぬいぐるみを膝《ひざ》からおろすと、私は勇気を出して、返事を書いた。

17

改札を出て、待ち合わせ場所に向かったが、花宮さんのすがたはなかった。

三十分も早く着いてしまったので、当然といえば当然だ。

駅のまわりを意味なく一周してみたり、コンビニをのぞいたりしてみたが、それでもまだ待ち合わせ時間にはならない。

駅前には花火大会に行くのであろうひとたちが続々と集まり、かなり混雑していた。これだけひとが多いと、ちゃんと会えるかどうか心配になってくる。べつの場所での待ち合わせにしたほうがよかっただろうか……。

そんなことを思いながらスマホを見ていると、花宮さんから〈申し訳ありません。少し遅れてしまいそうです〉とメッセージが届いた。

俺は〈了解〉と返信して、その場で待ちつづける。

それほど経たないうちに、花宮さんが改札を抜け、急ぎ足でやって来た。

そのすがたを目にして、俺はその場で固まった。

「すみません！　お待たせして……」

花宮さんはぺこりと頭を下げたあと、こちらを見あげる。

あまりの衝撃に、俺は返事をすることもできず、ただ立ち尽くすしかなかった。

「あの、どうかしましたか？」

「いや、まさか、浴衣《ゆかた》で来るとは思ってなかったから、びっくりしたっていうか」

可愛すぎて、心臓が止まるかと思った。

「母が、着せてくれて……。動きにくいからどうかとも思ったんですが、せっかくの機会なんだからと言って……。そのせいで、急げなくて、遅れてしまったんです。お待たせして、本当にすみませんでした」

「いやいやいや、それは全然いいんだが」

改めて、花宮さんのすがたを確認する。

涼しげな水色や紫色の朝顔が描かれた浴衣で、大人っぽいというか、普段とはまったく印象がちがう。

花宮さんの浴衣すがたに見惚《みと》れていて、ふと気づいた。

いつも首から下げている一眼レフが、今日は見当たらない。

「カメラは？」

俺が言うと、花宮さんは片手を軽く上にあげた。

「母のコンデジを借りてきました。こっちなら巾着《きんちゃく》に入るので」

言いながら、巾着を広げ、それを見せる。

「おおっ、ちっちゃい」

さすがコンデジ、その名のとおりコンパクトなデジタルカメラである。

「触っていいか？」

「はい」

花宮さんに許可を取り、俺は手を伸ばした。

「やっぱ、軽いな」

「母が旅行に持っていくカメラを欲しがっていたので、防水機能つきだし、スマホより丈夫で安心ということで、私が選びました」

「防水で耐衝撃のタフモデルか。たしかに一台あると便利だよな」

「花火は難しいかなとも思ったのですが、どれくらい撮れるのか、試してみようと」

「なるほど」

俺がカメラを返すと、花宮さんはそれをまた巾着に仕舞った。

花宮さんの髪には、蝶《ちょう》の飾りがついていた。いつもの髪型とちがって、耳のあたりが見えているのが、なんとも色っぽくて……。

「星野先輩？」

不安げにこちらを見あげたあと、花宮さんはまた申し訳なさそうな顔をした。

「あの、遅れてしまって、本当にすみませんでした」

「それは全然いいって。そもそも、そんなに遅れてないだろ。何回も謝んなくていいから」

そう伝えると、花宮さんはようやく、ほっとした表情になった。

「よかった」

ここまで不安にさせているということは、こちらの態度に問題があったのだろうか。

「俺、怒ってるみたいに見えた？」

「えっと、いえ、そういうわけではないのですが……」

花宮さんは少し迷ったあと、言葉を濁す。

はっきり否定しないということは、やはり誤解されていたようだ。

「実は、笹川にも言われたんだ。俺はときどき、無愛想になるから、気をつけろって」

緊張しているときは、特に注意だ。

そのアドバイスのおかげで、いま、俺の態度が誤解を招いているのではないかと思い至ることができた。

「笹川先輩って、すごいですよね。まわりのことをよく見ているというか、気配りができるひとで……」

「だよな。あいつ、ああ見えて、女心にくわしかったりするし。さすが共学出身のやつはちがうなと思わされること度々だ」

「星野先輩は共学じゃなかったんですか？」

「ああ、俺は中高と男子校だったから」

そんな話をしながら、俺たちは歩き出す。

「そういや、花宮さんは高校を中退したんだっけ？　それで、自分で勉強して、大学に受かるってのもすごいよな」

俺が言うと、花宮さんは少し驚いたような表情を浮かべた。

「すごくないです、そんなの……」

「そうか？　俺なんか流されるままに大学まで来たから、そういうの、すごいと思うけど。なんで、高校、やめたんだ？」

「それは……。人間関係のトラブルと言いますか、いろいろありまして」

花宮さんは沈んだ声で言って、口をつぐむ。

しまった。あんまり触れられたくない話題だよな、きっと。

気になるから、つい訊《き》いてしまったが、立ち入りすぎたかもしれない。

「ひとが多いな」

そう言って、俺は角を曲がった。

「打ち上げ会場に近いと混雑するから、ちょっと離れたところで撮ろうと思って」

ひとの流れから離れて、路地へと入っていく。

「ビル群も入ると、写真に雰囲気が出るし」

いちおう、事前に撮影のための穴場スポットを調べて、下見もしておいたのだ。

「わかりました。あ、私、これ、撮りたいです」

ずらりと並んだ提灯《ちょうちん》を見つけて、花宮さんは巾着からカメラを取り出す。

「夏祭りっていう感じですね」

カメラを構えて、花宮さんはシャッターを切った。そして、もう一枚、べつのアングルで撮る。浴衣の袖《そで》のところから白くて細い腕が見えて、チラリズムというか、たまらないものがあった。

はっきり言って、浴衣、最高である。

日本の美の真髄を見た気持ちだ。

「俺も撮っていいか？」

カメラを構えて、花宮さんに言う。

「はい、もちろん」

「じゃあ、そこ、立って」

俺の言葉に、花宮さんは目をぱちくりさせる。

「えっ、私ですか？」

「なんで、驚くんだ？」

「いえ、風景を撮るのだと思ったので。そうか、そうですよね、こういう恰好《かっこう》をしているんだから……」

花宮さんはまっすぐに立ち、こちらに目を向けるが、表情が硬い。

「被写体って、緊張します」

「わかる。俺も、撮られるのは苦手だ。撮るほうが気楽でいいよな」

言いながら、シャッターを切る。

「椿先輩なんか、いつも自然体だけど。どうやったら、常にああいう精神状態でいられるのか、ほんと、謎だ」

「たしかに、椿先輩のポートレートはいつも素敵ですよね。うちの母もカメラに向かって笑顔を作るのがうまいのですが、私は撮られるのには向いていなくて……」

ファインダー越しに、花宮さんが嫌がっているのがありありと伝わってくる。

もっと、撮りたいけれど……。

俺は諦《あきら》めて、カメラを下ろした。

「飲み物とか、どうする？　コンビニで買うつもりでいたが、屋台をまわってもいいし」

「私もコンビニでいいです」

途中のコンビニで買い物を済ませたあと、目的地へ向かって、ひたすら歩く。

打ち上げ会場とは逆方向なのに、こちらの道にも屋台が出ており、それなりに混雑していた。

「星野先輩は、音楽を聴いているときに、感動して鳥肌が立つことって、ありますか?」

花宮さんの質問に、俺は少し考えて、答えた。

「そういう経験はないかも。そもそも、俺、あんまり音楽を聴かないんだよな」

「そうですか……」

どことなくがっかりした様子で、花宮さんはつぶやく。

まずい。会話が終わってしまうではないか。

せっかく話題を振ってくれたというのに……。

「花宮さんはどういう曲が好きなんだ?」

「ピアノ曲が好きで、特に生演奏だと、すごく感動します。ジャンルにこだわりはなくて、なんでも聴くのですが、心を揺さぶられるような曲と出会うと、鳥肌が立つのです。でも、以前、その話を母にしたら、わからない、って言われたんです」

「感動して、鳥肌が立つ感覚が?」

「はい。私にとっては、よくある感覚だったのに、通じなかったので、一般的なことではないのかなと思って」

「音楽はわからんが、俺の場合、ミステリとか読んでるときに、ラストで見事に伏線が回収されたりすると、鳥肌立つけど」

「えっ、ほんとですか？」

花宮さんはうれしそうな声を出した。

「ああ。たぶん、花宮さんが言うのとおなじ感覚だと思う」

「ありますよね、そういう感覚。わかってもらえて、よかったです」

「音楽でもそれくらい感動できればいいんだろうけど、いかんせん、俺はそっち方面には疎くて。高校時代の友達に、すごく音楽にくわしいやつがいて、いろいろと薦めてくれたんだが、いまいち、ハマれなかったんだよな」

ネムがよく自分の好きな曲を聴かせてくれたのだが、俺にはぴんとこなかったのだった。

あのとき、もっと興味を持っていれば、いま、花宮さんと音楽の話題で盛りあがれたのかもしれないが……。

会話が途切れたところで、花宮さんは立ちどまり、巾着《きんちゃく》からカメラを取り出した。

「空の色が綺麗《きれい》だったので」

シャッターを切ると、花宮さんはそう言って、また歩き出す。

夕暮れの空は雲の一部が茜色《あかねいろ》に染まり、ほとんど日が沈みかけていた。

予定では暗くなるまえに目的地に着くはずだったのだが……。

花宮さんの歩くペースに合わせているので、ひとりで来たときよりもずいぶんと時間がかかっており、まだ半分しか来ていない。

そういえば、花宮さんは浴衣《ゆかた》を着ているってことは、下駄《げた》なんだよな。

「足、だいじょうぶか？」

そう訊いてみたところ、花宮さんは困ったような笑みを浮かべた。

「あの、実は、さっきから、少し痛くて」

「マジか。どうしよう。ちょっと休んだほうがいいか？」

「いえ、歩けないほどではないのですが」

「そこに、ベンチあるし」

ちょうど少し先のマンションの敷地内に小さな公園があったので、足を休ませることにした。

花宮さんはベンチに腰かけて、下駄を脱ぐ。

素足をぶらぶらさせているのが、妙になまめかしくて、俺は目をそらした。

「鼻緒のところか？」

「はい。履き慣れてないので、痛くなるかもって、母とも話していたのですが……」

俺もビーチサンダルで痛くなったことがあるので、つらさは想像できた。

「すまん。全然、気づかなくて」

「こちらこそ、すみません。やっぱり、浴衣じゃなく、洋服とスニーカーで来るべきでした」

しょんぼりと言う花宮さんに、俺はなんと声をかければいいか、わからなかった。

これ以上、歩くのは大変だよな……。

そんなことを考えながら、花宮さんと並んでベンチに座っていると、幼稚園くらいの女の子が歩いているのが見えた。

金魚の描かれた浴衣に真っ赤な帯を締め、手にはヨーヨー風船を持っている。

ザ・夏祭りという雰囲気であり、実にフォトジェニックだ。

俺の視線に、花宮さんも気づいたようだった。

「可愛いですね」

「いい被写体だけど、このご時世、見知らぬ女児を勝手に撮るわけにはいかないよな」

「そうですね。スナップ写真と肖像権についての問題は難しいところです」

歩道のまんなかで、女の子はふと立ちどまった。

その場に立ったまま、女の子は「パパー、つかれたー」と言って、両手を広げる。

そばにいた父親は身をかがめると、女の子を抱きあげて、歩き出した。

女の子は安心しきった顔で、父親の首に腕をまわす。

これもまた、スナップ写真として切り抜きたいような情緒のある光景だ。

「花宮さんがあれくらいの子供だったら、ああやって運んでやるんだが」

ちょっとした軽口というか、冗談みたいな気持ちで、そんなことを言ったのだが、花宮さんは思いがけない反応を見せた。

目を大きく見開いたあと、表情を曇らせたのだ。

傷ついたような、泣きそうな……。

なにが、まずかったんだ？

微妙な表情から心の内側を読み取るなんて器用な真似は俺にはできない。だが、少なくとも喜んでいないことはたしかだ。

「すまん。変なこと言って。やっぱ、タクシーに乗るのがベストか。大通りに出たら、タクシーもつかまると思うし」

「いえ、タクシーとか、そんなのいいです。歩けますから」

「でも、痛いんだったら、無理しないほうがいいぞ」

「あの、いちおう、絆創膏《ばんそうこう》を持ってきたんです」

花宮さんはそう言うと、巾着を開けて、絆創膏を取り出した。

「ただ、その、私、帯が苦しくて……。浴衣をかなりきつめに着付けてもらったので、体勢的に自分で貼るのは無理といいますか……」

「ああ、なるほど。俺でよければ貼るけど」

俺は絆創膏を受け取り、ベンチから立つと、花宮さんの足元にひざまずいた。

それから、花宮さんの足に手を伸ばそうとして、はたと冷静になる。

いや、でも、これ、どうなんだ。

恋人でもない女性の素足に触るとか、いいんだろうか……。

「すみません。私、星野先輩に甘えすぎですよね」

「俺としてはいくら甘えてもらっても構わないが」

俺の視界が、花宮さんの足の指で占められる。信じられないほど小さい爪だ。足の指の先まで可愛くて感動すらしてしまう。

痛いところに絆創膏を貼るだけである。

なにも、やましいことはないのだから……。

俺は雑念を追い払い、花宮さんの足に触れた。

そして、親指と人差し指のあいだに、絆創膏を貼りつける。

「もう片方の足も」

俺の言葉に、花宮さんは小声で「はい」と言って、足を差し出す。

やっぱり、笹川の言うとおり、フラグが立っているのかもしれない。

ここまでさせておいて、まさか俺の勘違いとか、一方的な思いこみってことはないよな……。

でも、女子の気持ちなんてさっぱり想像がつかないので、確証は持てなかった。

「もし、花火に誘ったのが、笹川だったら、どうした？」

花宮さんの足に絆創膏を貼り、そのままの姿勢で、俺は問いかける。

「え……」

花宮さんは困惑したように、俺を見おろす。

「笹川とか、ほかの一年とかだとしても、こんなふうに浴衣を着て、ふたりで出かけたりしたのだろうかと気になって」

「それは……」

俺は黙って、花宮さんの言葉を待つ。

「星野先輩だから、です」

消え入りそうな声で、花宮さんは言った。

「私、男のひとが苦手なのですが、星野先輩はなぜか平気で……。いまも、星野先輩じゃなかったら、こんなこと、絶対に無理です」

花宮さんはうつむき、自分の足元に視線を向けた。

俺の手に花宮さんの足に触れたときの感覚が残っているように、花宮さんの足にも俺の手が触れた感覚が残っているのだろう。

「そんなこと言われると、期待してしまうんだが……」

想像もしていなかったような状況に頭が混乱して、俺は思わず、おかしなことを口走ってしまった。

「告白したら、つきあってくれるか？」

花宮さんはおろおろとして、返事に困っている様子だ。

そりゃ、そうだよな、いきなり、こんなことを言われても……。

俺としても、今日、こんな場所で告白するつもりなんてまったくなかった。どうして、こんなことになっているのか、理解が追いつかない。

「あの、私でよければ……」

花宮さんはそう言って、こくりとうなずいた。

「えっ？　いいの？　うわ、ちょっと、信じられないんだが」

そのとき、夜空が光った。

花火が打ち上げられたのだ。

建物と建物のあいだから、放射状に飛び散る光が見える。轟音《ごうおん》が伝わり、鼓膜だけでなく、全身を震わす。一瞬、花火はまぶしいほどの輝きを放ち、消えたかと思うと、また光が広がり、爆発音が響いて、夜空に色鮮やかな大輪の花が咲く。

あまりにできすぎたタイミングに、俺はもう笑うしかなかった。

18

自分が男性とつきあえる日が来るなんて思いもしなかった。

そういうのは無理だろうと考えていたのだ。

花火を見た日の帰り、私は星野先輩と手をつないで歩いた。電車はとても混雑していて、ぎゅうぎゅう詰めの状態で押されまくり、星野先輩と体が密着することになったけれど、嫌悪感や恐怖はなかった。それどころか、星野先輩は私が押しつぶされないように庇《かば》ってくれているのだと気づいて、ますます、このひとが好きだという気持ちを強く自覚したのだった。

思い出すと、顔が熱くなってくる。

勉強していたはずなのに、つい、星野先輩のことを考えてしまっていた。

文字を目で追っていても、ちっとも頭に入ってこない。後期の予習のために教科書を読んでいたのだけれど、今日はもう勉強は諦《あきら》めよう……。

そう考えると、教科書を閉じて、紙類の整理をすることにした。

前期に配られた大量の授業プリントを見直して、いるものといらないものに分けていく。

作業を進めていると、スマホに着信音が響いた。

星野先輩からのメッセージだ。

〈いま、なにしてる?〉

私は大急ぎで指を動かして、返信を打つ。

〈プリントの整理をしていました〉

そう書いてから、プリントという言い方は子供っぽいかな……と気になった。

授業によってはレジュメと呼んでいる先生もいたり、ハンドアウトと言われるときもあったりして、大学で使われる用語にはいまだに慣れない。

〈俺も片づけないと。油断するとえらいことになるよな〉

私の入力の遅さに比べ、星野先輩からは返信がすぐに来るので、少し焦ってしまう。

〈どんなふうに片づけていますか?〉

〈必要なやつだけスキャンして、データで残してる〉

〈私は紙のままファイルに分けているのですが、必要かどうかの見極めが難しいです〉

〈取っておいても、あんまり見返すことってないんだけどな〉

星野先輩のメッセージに、なんと返信しようかと考えていると、言葉がつづいた。

〈できれば近いうちにまたデートしたいと思うのだが、予定は?〉

〈いつでも空いてます〉

星野先輩のお誘いに、私は急いでそう返信した。

〈行きたいところある？〉

そう問われても、すぐに思いつくことはできなかった。

〈私はどこでもいいです。星野先輩は、どこか、ありますか？〉

〈俺もどこでも。暑いしな。映画とかにするか？〉

〈そうですね〉

〈俺はなんでもいいから、花宮さんが観たいやつ選んで〉

〈わかりました〉

〈じゃあ、また連絡する〉

〈はい〉

もうすっかり恋人同士という感じだ。

けれど、私には少し気になっていることがあった。

星野先輩、告白していないのでは……。

あの花火のときに「告白したら、つきあってくれるか？」と問われて、うなずいたものの、はっきりと「好きだ」とは言われなかった。

もちろん、会話の流れから読み取ることはできるし、星野先輩が私のことを好きだというのは伝わっている。でも、やっぱり、引っかかってしまうのだ。

告白をしたら……とは言われたけれど、実際にはまだ、きちんと気持ちを告白されたわけではない。

そこを気にしてしまうのは、つまり、私は星野先輩から好きと言われたいと思っているということで、そんな自分に甘酸っぱい気分になる。

本当に、恋をしているんだ、私。

スマホを持ったまま、どんな映画が公開中なのかを調べてみた。

デートで行くなら、なにがいいだろう。

私の好みに合わせてくれると星野先輩は言っていたけれど、どうせなら、ふたりとも楽しめるようなものを選びたい。

そんなことを考えながら、しばらくネットを見ていると、母が仕事から帰ってきた。

私はあわててスマホを置くと、広げたままだったプリントを片づけて、リビングへと急ぐ。

「おかえり。もっと、遅いかと思った」

母はすでに着替えて、ソファーでくつろいでいた。

「ただいま。夕飯、なに？」

「空心菜と豚肉を炒《いた》めようと思って」

「いいわね。ニンニクたっぷりにして」

母の要望どおり、ニンニクを多めに切って、材料を炒め、箸休《はしやす》めにきゅうりの酢の物を添えることにした。

食事をしながら、私は星野先輩とのことを伝えるため、タイミングを見計らう。

母に早く伝えたいという気持ちと、照れくさい気持ちが混ざりあって、妙に緊張してしまった。

「えっと、ご報告があります」

気恥ずかしくて、おどけた口調でそんなふうに切り出す。

「彼氏ができました」

母は驚いたように眉《まゆ》をあげると、目を輝かせた。

「よかったじゃない！」

はしゃいだ声でそう言って、身を乗り出してくる。

「だれ？　部活の先輩？」

「うん、星野先輩。花火大会がきっかけで、つきあうことになって……」

「やっぱり、浴衣《ゆかた》で大正解だったわね」

写真は撮りにくいし、足は痛くなるしで、大変な思いをしたけれど、母が言うように結果的にはよかったのかもしれない。

「報告してくれて、ありがとう。娘と恋バナができるって、親冥利《みょうり》に尽きるわ」

母は満面の笑みで、こちらを見つめた。

「自分が若いころは、とてもじゃないけれど親に恋愛の話なんて打ち明けられなかったのよね。彼氏の存在も必死で隠していたし……。そういう親子関係が嫌だったから、まいがなんでも話してくれると、信頼されてるんだなって実感する」

たしかに、私は母をだれよりも信頼している。

もし、母となんでも話せる関係でなかったら、あのときも、相談できず、ひとりで悩むことになっただろう……。

「まいが選んだくらいなんだから、いいひとなんでしょう？」

「うん」

「会いたいわ。今度、うちに連れてきなさいよ」

「わかった。伝えておくね」

「ほんと、よかった。まいが幸せそうだと、こっちまでうれしくなる」

母はしみじみとそう言った。

私だって、母が幸せそうだと、うれしい。

だから、母がなるべく長く恋人と幸せでいてほしいと思うのに、いつも別れてしまうから、少しさみしくなる。

「ねえ、ママ、恋人と別れるときって、どうして別れることになるの？」

私の質問に、母は呆《あき》れたように笑った。

「やあねえ、つきあいはじめなのに、なんで、そんなこと気にするのよ」

「だって、想像できなくて……」

いまはこんなに好きなのに、別れたいと思うときが来るのだろうか。もしくは、あんなに優しい星野先輩も、いつか心変わりして、私のほうが振られてしまったり……。

考えただけで、胸が痛くて、涙が出そうになった。

「別れる理由なんて男の数だけあるわよ」

「たとえば？」

「いっしょにいても得られるものがなくなったら、つきあう意味はないでしょう。こちらのニーズが変化して、ほかのひとを好きになってしまうこともあれば、相手の都合で関係をつづけられなくなることもあるし。ほんと、いろいろよね」

母の経験談はレベルが高すぎて、私にはあまり参考にならない。

どうすれば、恋人と別れないでいられるのか。

もっとも知りたいことを母に尋ねることはできなかった。

「そんなこと、いまから心配しなくていいって」

私の不安を打ち消そうとするかのように、母は力強い声で言う。

「別れをおそれる必要なんてないの。どんな恋愛も人生の彩りになるのだから」

母の言葉を聞くと、勇気づけられた。

男性にひどい目に遭わされたのに、私が恋愛に対して希望を失わずにいられたのは、母のおかげだと思う。

母は強い。傷ついても平気だ、ということを教えてくれる。母を見ていると、私も強くなれそうな気がした。

過去にどんなことがあったにせよ、それを乗り越えて、強い自分になれる……。

夕食を終えて、お風呂《ふろ》に入ったあと、自分の部屋に戻った。パジャマを着て、ストレッチをしていると、スマホにまた新しいメッセージが届いた。

私のスマホはずっと静かだったのに、このところ星野先輩とのやりとりで大忙しだ。

〈カニは好きか？〉

唐突な質問に、少し戸惑う。

〈食べるという意味ですか？〉

〈そう〉

〈好きです〉

私が答えると、星野先輩はつづけた。

〈いきなりなんだが、明日、うちに来ないか？　親が北海道に旅行中で、カニを送ると言われたので〉

そのメッセージを読んで、私はすぐには返事を打つことができなかった。

〈ひとりだと多いし、いっしょに食べよう〉

星野先輩から追加でメッセージが送られてくる。

返事をしなくては……と思うのに、どうしたらいいか、迷ってしまう。

男性の家に行く、ということ。

その危険性を知らないわけじゃない。

星野先輩はどういうふうに考えているのだろう。

本当に食事だけのつもりなのか。

それとも……。

〈お昼ごはんですか？〉

〈そうだな。十二時くらいに駅で待ち合わせでいいか？〉

逃げたいような気持ちになる。

けれど、いつまでも怯《おび》えていたくない。

逃げれば逃げるほど、恐怖は大きくなり、どこまでも追いかけてくるのだ。

恐怖を克服するためには、対峙《たいじ》しなければならない。

母のように経験を重ねれば、きっと、一度の不快な思いなんて、忘れてしまうことができるだろう。

私はアロマオイルの瓶に手を伸ばすと、ネロリの香りを部屋に広げた。ネロリはビターオレンジの花の精油で、自律神経を整え、不安を鎮めて、気持ちを明るく前向きにしてくれる。ふんわりと甘くてほろ苦いネロリの香りを感じながら、息を吸って、ゆっくりと吐く。私はできる、私はできる、私はできる……。そう自分に言い聞かせて、何度も深呼吸を繰り返す。

そして、心を決めると、返事を打った。

〈わかりました〉

星野先輩からまたメッセージが来るかと思って、少し待ったけれど、結局、そのままだった。

スマホを置いて、カピバラのぬいぐるみを膝《ひざ》に乗せ、抱きしめる。

ふかふかの感触に、心がほっとした。

メッセージのやりとりだけでも、こんなにどきどきするのに、もっと関係を深めるなんて、本当にできるのだろうか……。

不安は拭《ぬぐ》いきれないけれど、星野先輩が相手なら、だいじょうぶだと思う。

勇気を出して、どんどん進んでいこう。

自分の意思で、自分が望んだ相手と、結ばれる。

そうすれば、もう、過去に囚《とら》われることもなくなるはず……。

19

部屋の掃除は念入りに行った。

見られてまずいものはないはずだ。

もう一度、部屋を見まわして、おかしなところがないことを確認してから、俺は駅へと向かった。

それにしても謎である。

どうして、俺は花宮さんとつきあえるようになったのか……。

いくら考えても、花宮さんが俺のことを好きになった理由がわからない。

たとえば、あの花火の夜に、花宮さんが酔っ払いにからまれるなどして、それを俺が助けるというような勇敢さを見せるイベントでもあったなら、晴れて彼氏という立場になったのも納得がいく。しかし、俺は特になにかしたというわけではなく、なりゆき任せで告白したところ、なぜかうまくいったのであった。

うれしいものの、どうにも収まりが悪い。

彼女ができたという喜びに浸りつつも、本当に俺でいいんだろうか……という不安が交錯して、浮かれてばかりもいられなかった。

約束の時間より早めに着いたので、改札のところで、しばらく待つ。

電車が到着して、改札を抜けるひとの流れに、花宮さんのすがたを見つけた。

「すみません、お待たせして」

花宮さんは小走りでやってくると、申し訳なさそうに言う。

「いや、俺もいま来たところだから」

どうも俺が早めに待ち合わせ場所に来るせいで、いつも花宮さんを焦らせている気がする。

まだ約束の時間になっておらず、べつに花宮さんは遅刻したわけではないので、謝る必要もないと思うのだが、俺が先にいると気を遣ってしまうのだろう。

俺たちは並んで歩き出す。

駅の建物から出ると、途端に熱気に包まれた。

太陽は容赦なく照りつけ、肌がじりじりと焼けて、焦げつきそうだ。

「今日も暑いな」

「そうですね」

そんな会話をしたあと、また沈黙が流れる。

いま、となりにいる花宮さんは、俺の彼女なのだ……。

そう思うと、妙に照れくさくて、なにを話せばいいのか、わからなくなった。

そうこうしているうちに、部屋に着いたので、俺は鍵《かぎ》を開ける。

「ここだから」

「お邪魔します」

花宮さんはそう言ったあと、靴を脱いだ。

「わあ、広いですね」

「散らかり放題だったのをなんとか片づけたから。まあ、そのへんに座って」

エアコンのスイッチを入れ、俺はそう声をかけたのだが、花宮さんは立ったまま、手に持っていた紙袋を差し出した。

「あの、これ、食後のデザートに食べようと思って、プリンを持ってきました」

「おお、サンキュー。冷蔵庫に入れとくか」

冷蔵庫にはそんなにスペースがないので、まずはカニを取り出した。

それから、花宮さんから受け取ったプリンを入れる。

「なにか、お手伝いしましょうか？」

「いや、カニは浜茹《ゆ》でしてあるやつだし、特に手伝ってもらうようなことは……。で、これが、北海道から直送されてきたカニだ」

俺はカニの入った発泡スチロールの箱をテーブルへと運んだ。

ふたを開けると、花宮さんは目をまるくして、それをのぞきこんだ。

「すごーい。真っ赤でトゲトゲしていて、なんだか強そうなカニですね」

「花咲《はなさき》ガニっていう種類で、夏が旬らしい」

「写真、撮ってもいいですか？」

「もちろん。そう思ったから、さばかずに、そのままで置いておいた」

花宮さんはカメラを構えて、カニに近づく。

「この赤、ほんと、美しいですね。鮮やかで、自然の神秘を感じます」

「デザイン的に、見れば見るほど地球外生命体っぽいというか、これをあえて食おうとした最初の人類は勇気あるよな」

花宮さんが撮影しているあいだに、飲み物を用意することにした。

「麦茶でいいか？」

「はい、ありがとうございます」

俺がグラスを持ってくると、ようやく花宮さんは腰を下ろした。

しかし、クッションがあるのに、なにもない床に座るのは、なぜなのか……。

「これ、使って」

クッションを勧めると、花宮さんは遠慮がちに、そこに座る。

「このクッション、むにむにして、気持ちいいですね」

「ああ、それ、お……」

おっと、危ない。

いま、俺、とんでもない失言をするところだったぞ。円形の低反発クッションは、指で押すと適度な弾力があり、そのやわらかな触り心地が、女性の胸の感触に似ているということで、友達からもらったのだが……。

「お？」

花宮さんは首を傾げて、聞き返す。

「俺の、友達が、クリスマスのプレゼントでくれたんだ。高校時代に、男同士でクリスマスパーティーをして、ケーキを食べて、プレゼント交換までするという地獄のような一夜を過ごしたことがあって」

「地獄のような一夜、なのですか？」

「いや、だって、彼女のいない野郎ばっかりが集まって、クラッカーを鳴らしたり、プレゼントのラッピングを開けたりするの、きついって。自虐にもほどがある」

「聞いているかぎりでは、なんだか楽しそうにも思えますが」

「まあ、徹夜でゲームやったりして、楽しくなかったわけではないが、彼女持ちで参加しなかったやつはその頃どうしていたのかと考えると……」

あの場にいた全員が、いつかは恋人とふたりきりのクリスマスを過ごしたい……と願っていたことはたしかであろう。

そこで、はっと気づく。

俺たち、つきあうことになったのだから、今年のクリスマスは花宮さんと過ごせるということではないか！

あれだよな、フレンチを予約したり、夜景の見えるところに行ったりして……。彼女のいるクリスマスということについて、頭のなかでシミュレーションしてみる。

プレゼントも必要だ。アクセサリーなどが定番なのだと思うが、女子の好むものなんて、さっぱりわからない。

センスには微塵《みじん》も自信がないので、リクエストしてもらえると助かるところだ。

「花宮さんは、ク……」

そう言いかけて、我に返る。

いやいや、待て待て。冷静に考えると、いま、まだ夏だし、クリスマスのプレゼントになにが欲しいとか、先走りすぎだ。

「く？」

またしても首を傾げる花宮さんに、俺は言葉をつづける。

「靴下、はいているんだな、夏なのに」

花宮さんはクッションの上で、きちんと両足をそろえて、正座をしていた。

「そうですね。このあいだは下駄《げた》だったので裸足《はだし》でしたが、普段はスニーカーで靴下のことが多いです」

「痛かったところは、もう、だいじょうぶか？」

「はい、すっかり治りました」

「それはよかった。足、伸ばしていいからな。べつに正座じゃなくても」

そんなにかしこまらなくてもいいと思うのだが、花宮さんからは身構えている感じがありありと伝わってくる。

まあ、俺も緊張状態でノルアドレナリンが活発に分泌されている自覚があるので、ひとのことは言えないが……。

「それじゃ、カニ、食べるか」

俺はそう言って、キッチンに向かった。

「もう米も炊いてあるから。身をほじりながら食うか、カニ丼にするか、どっちがいい？」

「私はどちらでもいいですので、星野先輩のおすすめでお願いします」

「半分はカニ丼にするか」

皿とキッチンバサミを持ってくると、同封されていたカニのさばき方が書かれた紙を見ながら、甲羅をはずして、解体していく。

カニの殻はあらゆるところが尖《とが》っており、脚を握ることもままならない。

「防御力が高くて、どこから攻めたらいいのか、難しいな」

俺のつぶやきに、花宮さんもくすりと笑って、うなずく。

「なかなかの強敵って感じですね」

すべての脚を折って、殻を剝《む》いたあと、カニの爪に取りかかる。脚に比べると、爪の部分は強固で丸みもあって扱いにくいが、それでも平たくやわらかなところを見つけ、キッチンバサミで切れ目を入れることができた。

つづいて、胴体である。真ん中は切りやすいが、脚の付け根の部分が手強《てごわ》い。

「さすがに硬いな」

キッチンバサミを握る手に力をこめると、バキッと音がして、水分が飛び散った。

「あっ、すまん」

花宮さんのいるあたりまで、カニから出た汁が飛んでしまったようだ。

「汚れなかったか？」

「だいじょうぶです。あの、テーブル、拭《ふ》きましょうか？」

「ああ、頼む。そこにティッシュあるから」

カニから手を離さず、俺はそちらへと目を向ける。

俺が使っているパイプベッドはロフトになっていて、柵《さく》についた棚にティッシュの箱を置いているのだ。

しかし、よくよく考えると、ベッドにティッシュの箱って、どうなんだ。いや、考えすぎか。中学生じゃあるまいし、落ちつけ、俺……。

花宮さんは箱からティッシュを引き出すと、テーブルの上を拭いてくれた。

おかしな方向に妄想を繰り広げないよう、内なる男子中学生を封じこめ、紳士たる自分を呼び起こして、平静を保つ。

「ゴミ箱、ありますか？」

ティッシュを片手に、花宮さんが言った。

「キッチンに置いてある。レンジ台の横だ」

カニに切りこみを入れつつ、俺は答える。

「ついでに、もう一枚、皿を持ってきてくれるか？」

「わかりました」

花宮さんは立ちあがって、キッチンへと向かった。

「お皿、これでいいですか？」

「ああ。胴体のところ、丼《どんぶり》用にほぐしておこうと思って」

「それなら、私も手伝います」

花宮さんも箸《はし》を手にして、ふたりでカニの身を取り出す作業をする。

お互いに黙々と作業を行っており、会話はないが、不思議と気まずい雰囲気にはならない。

むしろ、共同作業のおかげで打ち解けるというか、花宮さんの張り詰めていた感じが、少しはゆるんだように思えた。

あっという間に、カニの身が皿に山盛りになる。

「よし、これで食えるぞ」

「ふたりでやると、早かったですね」

「花宮さんも、水道でもなんでも勝手に使っていいから、手を洗ったりして」

「わかりました」

俺はキッチンの流し台のところで手を洗うと、丼の用意をした。

「カニ丼に、醬油《しょうゆ》は？」

俺の声に、花宮さんは答えた。

「少しだけ、かけてください」

丼にご飯を入れ、ほぐしたカニの身をのせて、爪や脚の部分もトッピングして、醬油を少し垂らす。

「あと、海苔《のり》も散らすか」

「わあ、おいしそうです」

花宮さんは完成したカニ丼を見ると、はしゃいだ声をあげた。

「では、食べるとしよう」

「いただきまーす」

口に運ぶと、カニのうまみが広がった。

さすが北海道直送だけあって鮮度がよく、カニの味が濃厚だ。

「うーん、おいしいです」

花宮さんも幸せそうな顔を見せてくれたので、カニをさばいた甲斐《かい》があったというものだ。

カニの味を堪能《たんのう》したあとは、デザートに花宮さんが持ってきてくれたプリンを食べることにした。

「紅茶でいいか？」

「はい。あの、私、食器を洗います」

そう言って花宮さんは立ちあがると、俺といっしょにキッチンにやってくる。

「いいって、そんなの。あとでやるから」

「でも、なにもしないでいるのも、気が引けるので」

「そうか。じゃあ、頼むか」

「スポンジと洗剤はここにあるものを使ったらいいですか？」

「ああ、うん、適当で」

自分の部屋のキッチンに花宮さんがいて、食器を洗っているすがたを見ていると、なんだか現実とは思えないような気がしてきた。

新婚っぽいというか……。

恋人どころか、夫婦だろ、これ。

ぼんやりしていると湯が沸いたので、あわてて火を止めて、紅茶の用意をする。

水道の蛇口を閉めると、花宮さんはこちらを振り向いた。

「洗い終わったものを拭く布巾《ふきん》とか、ありますか？」

「いや、いつも自然乾燥だから。そのまま置いといて」

それから、ふたりでテーブルに戻り、プリンを食べる。

高級そうな瓶に入ったプリンは、とろとろとしており、スプーンからこぼれ落ちそうだった。

「うまいな、このプリン」

俺が言うと、花宮さんはうれしそうに笑った。

「お口に合って、よかったです」

「プリンって、かため系となめらか系があるよな」

「そうなんですよ。かための焼きプリンもたまにはいいですけど、やっぱり、なめらかな舌触りのとろけるプリンが最高です」

「なるほど。ほかに好きなものは？」

「好きな、食べもの、ですよね」

少し考えたあと、花宮さんは答えた。

「お蕎麦《そば》とか、好きです。ざらざらした田舎蕎麦じゃなく、細めで繊細な喉越《のど》しの更科《さらしな》が特に好きで、母には好みがうるさいっていつも言われています」

「蕎麦か。じゃあ、今度はどっか、蕎麦の店、調べておく」

「星野先輩の好きなものはなんですか？」

「俺？　うーん、そうだな、カレーは無性に食べたくなるときがあるかも」

「インドカレーですか？」

「そう。ナンで食うとうまいよな。花宮さん、辛いものは？」

「激辛でなければ、だいじょうぶです。私もカレーはわりと好きです」

「そっか。じゃあ、カレーも食べに行こうぜ」

次からのデートの布石がどんどん打てているようで、我ながらいい流れの会話ではないだろうかという気がしていた。

しかし、花宮さんはまたしても緊張した様子になり、真剣な顔つきで、こちらを見たのだった。

「あの、星野先輩」

「うん？　なんだ？」

「えっと、その……、私、少し、気になっていることがありまして」

花宮さんは目をそらすと、うつむいて、言い出しにくそうにしている。

なんだろう。

俺は黙って、言葉のつづきを待つ。

「あの花火の日に、星野先輩、告白をしてくれましたよね？　そのことなのですが」

そこでまた言葉が途切れる。

沈黙が重く、俺には嫌な予感しかなかった。

あのときはその場の流れで告白を受け入れたものの、あとからよく考えた結果、やっぱり、無理とか……。

「そこにこだわるのもどうかなとも思うのですが、いちおう、はっきりさせておきたくて」

「はっきりって、なにを？」

「私としては、告白というのは、自分の気持ちを告げることだと思うのです。なので、できたら、私のことをどう思っているのか、きちんと言葉にしてもらいたいといいますか……」

思いがけないことを言われて、俺は拍子抜けすると同時に混乱した。

「えっ？　俺、言わなかったっけ？」

「告白したら、つきあってくれるか、とは言われましたけど」

たしかに思い返してみると、そうだったような気もする。

あのときはいっぱいいっぱいで、勢いに任せた感じだったから……。

とりあえず、お断りされなかったことに、ほっとした。

そうか、花宮さん、そこを気にしていたのか。

めちゃくちゃ恥ずかしいが、ここは言わねばならないところだろう。

覚悟を決めて、俺は一気に告げる。

「花宮さんのことをどう思っているかっていうと、もちろん、好きだ」

はにかみの表情を浮かべながらも、花宮さんはうれしそうな声を出した。

「ありがとうございます」

それから、こっちを見つめて、言葉をつづける。

「私も、星野先輩のこと、好きです」

可愛さが臨界点に達して、なにかが決壊した。

気がつくと、俺は手を伸ばして、花宮さんの肩に触れ、自分の顔を近づけていた。

甘くて、やわらかい……。

食べてしまいたいほど可愛い、という言いまわしがあるが、まさにこういう気持ちなのかもしれない。

キスは三回目のデートのときに……とか、いろいろと考えていたのに、すべて吹き飛んで、頭のなかが真っ白になった。

花宮さんは抵抗しない。嫌がっている感じはなかった。キスの感触があまりに気持ちよくて、止められなくなる。くちびるの感覚だけでなく、手で触れている部分がどこも、華奢《きゃしゃ》で、やわらかくて、とろけそうで……。

そのまま、花宮さんの体を床へと押し倒す。

そこで、あきらかに空気が変わった。

花宮さんの体が強張《こわば》り、拒絶されたのが伝わってくる。

甘い雰囲気が跡形もなく消え、花宮さんの心のシャッターが降りたのが、はっきりとわかったのだ。ガシャン、と。閉ざされた。

俺はあわてて、身を離す。

「ごめん！　そんなつもりでは……」

花宮さんは床に仰向《あおむ》けの姿勢で、ショックを受けたように、目を大きく見開いていた。顔色を失って、紙みたいに真っ白だ。

本当に、手を出すつもりなんかなかった。

先週つきあうことになったばかりなんだから、いくらなんでも早すぎるだろう。

「ちがうんだ！　なにもしないから！」

俺は膝《ひざ》立ちの姿勢で両手をあげて、全面降伏のポーズを示す。

花宮さんはゆっくりと身を起こすと、何度もまばたきをした。

「あの、今日は、もう、帰ります……」

そう言うと、花宮さんは鞄《かばん》を胸に抱きしめるように持ち、部屋を出ようとする。

その足取りはふらふらしていて、支えたくなったが、体に触れることはためらわれた。

俺はぐっと拳《こぶし》を握りしめ、花宮さんの背中に声をかける。

「待って。駅まで送るから」

ふたりで並んで、駅までの道を歩く。

そのあいだ、花宮さんは一言も声を発さなかった。

重苦しい沈黙だけが流れる。

別れ際、改札のところで、とにかく、なにか言わなければと思って、俺は口を開いた。

「本当に、ごめん」

花宮さんは困ったような顔をして、首を横に振った。

「謝らないでください。星野先輩は悪くないですから」

だが、どう考えても、悪いのは俺だろう。

これでは体目当てだと思われても仕方がない……。

ひどい自己嫌悪で、呼吸をするのも苦しく、胸が押し潰《つぶ》されそうだった。

20

キスしたときは、平気だった。

でも、そのあと……。

仰向けになって、背中が床についた瞬間、電流のようなものが走り、ショートする感覚があった。

切断される。神経がつながらない。凍りつく。体が動かせない。固まる。心臓が潰れそう。息ができない。落ちていく。痺《しび》れる。血流がおかしい。音が聞こえない。

意識が遠くなる。

消えたい……。

濁流のような感情に、自分ではどうしようもなくなる。

このまま、消えてしまいたい……。

星野先輩の体が離れたあとも、私はしばらく動くことができなかった。

フラッシュバックだ。

頭では理解できている。過去の感覚を再体験しているだけで、本当は感じる必要のない恐怖だということも……。わかってはいるのに、感情が渦巻き、呑《の》みこまれる。

「ごめん！　そんなつもりでは……」

焦った声で、星野先輩は言う。

だいじょうぶです。

気にしないでください。

答えようとするのに、喉《のど》がひりついて、声が出せない。

星野先輩を困らせていると思うと、申し訳ない気持ちになった。

好きなのに……。

どうして……。

こんなふうに反応してしまうことが悔しくて……。

放心状態のまま、星野先輩の部屋を出て、家に帰った。

母は仕事に出かけており、家にはいなかった。私はひとり、リビングのソファーに腰かけて、ぼんやりとテレビを眺める。べつに観たい番組があるわけではなく、ただ静けさを消すために、テレビの音声を流しておきたかった。

内容はまったく頭に入ってこない。テレビの向こう側で楽しそうに会話をしているひとたちを見つめながら、すうっと心が体からずれて、遠く離れていく感じがした。

自分を取り巻く世界が色褪《いろあ》せたように見えて、現実感がなくなる。

この感覚、久しぶりだ。

最近では、あまり感じることはなくなっていたけれど……。

すっかり回復したつもりだった。でも、傷は完全に癒《い》えたわけではなかった。それを思い知らされて、打ちのめされる。

たった一度の出来事に、いまだに苦しめられているなんて……。

ソファーの上で膝を抱えて座り、そのままうつむいて、目をきつく閉じる。まぶたが熱くなって、涙がにじんできた。

星野先輩にメッセージを送ったほうがいいとも思うのだけれど、なにをどう伝えたらいいのか、考えがまとまらない。

自分の気持ちをわかってほしい。

でも、過去のことは知られたくない……。

そこに、着信音が響いた。

星野先輩からのメッセージかと思って、スマホに手を伸ばす。

けれど、相手は星野先輩ではなく、しず姉ちゃんだった。

〈今日、家に行ってもいい？〉

私はすぐに返事を打つ。

〈うん、いいよー〉

〈わーい。カレンさんにも連絡しとくね〉

スマホを手に持ったままでいると、また着信音が響いた。

今度こそ星野先輩かと思ったのだけど、画面に表示されたのは母からのメッセージだった。

〈しずちゃん、来るんでしょう？　ちょうどよかった。今日、遅くなるから、夕飯、ふたりで食べて〉

母に返事を書いたあと、私はそのままスマホの画面を見つめていた。

そして、ためらいつつ、星野先輩へのメッセージを打っていく。

来るかどうかわからない連絡を待っていても、やきもきするだけだ。

こちらから送れば、きっと、返事をくれるはず……。

〈今日はありがとうございました。カニ丼、おいしかったです！〉

何事もなかったかのように明るい調子でメッセージを送ってみることにした。

覚悟を決めて、送信したあと、しばらく反応を待ったものの、メッセージは既読にもならなかった。

返事を待つのって、つらい……。

星野先輩とつきあうようになって、メッセージのやりとりが多くなり、楽しいと思っていた。でも、こうやって連絡を待っている時間は、とても心に負担がかかる。

星野先輩のことを好きになればなるほど、不安になって……。

やっぱり、私にはまだ恋愛なんて無理だったのかもしれない。

でも、たとえ、そうなのだとしても、自覚してしまった気持ちはもうどうしようもなかった。いまさら、星野先輩のことを好きだと思っていなかった自分には戻れない。

胸のなかに、好きという気持ちがしっかりと存在している。それはどんどん大きくなって、手に負えないほどで……。

私は頭を軽く左右に振ると、ソファーから立ちあがった。

思い悩んでいても仕方がない。

ごはんの支度をしよう。

スマホを置いて、キッチンに向かい、冷蔵庫を開ける。

今日の夕飯は、ミネストローネとサーモンのムニエルにしようと思っていた。

玉ねぎ、じゃがいも、にんじん、茄子《なす》、パプリカ、セロリをひたすら切っていく。

食材を細かく刻んでいると、無心になることができた。

鍋《なべ》にオリーブオイルを入れ、ベーコンを炒《いた》めて、角切りにした野菜を入れたあと、水を注ぐ。

トマトピューレを加えて、ことこと煮込んでいると、インターフォンが鳴った。

しず姉ちゃんが来たので、玄関ドアを開けて、出迎える。

「うーん、いい匂い」

鼻をくんくんさせて、しず姉ちゃんはキッチンのほうに目を向けた。

「パスタ?」

「ミネストローネのつもりだったけど、スープパスタにすることもできるよ」

「じゃあ、ぜひ、スープパスタで。カレンさん、今日、遅いんだってね」

「うん、夕飯もいらないって。しず姉ちゃんが来てくれて、よかったよ」

「まいのところって、いつもお洒落《しゃれ》なもの、食べてるよね」

「そうかな。味噌汁《みそしる》とかも作るけど」

「うちの母にも見習ってほしい。あのひと、専業主婦なのに手抜きばっかりだし。せめて、パートにでも出ればいいと思うんだけど。まいは大学の勉強もやりつつ、料理もしっかり作って、ほんと、えらいよ」

しず姉ちゃんは、最近、よく親に対する不満を漏らす。

どうも、大学院に進みたいという希望を聞き入れてもらえなくて、関係がこじれているみたいだ。

今日、うちに来たのも、その問題でもめて、家を出てきたのかもしれない。

できあがった料理をテーブルに並べると、しず姉ちゃんは待ちきれないという様子で、スプーンに手を伸ばした。

「いただきまーす。うん、おいしい！　そうそう、カレンさんから聞いたんだけど、彼氏、できたんだって？　今日もデートだったんでしょう？」

ぱくぱくと食べながら、しず姉ちゃんは矢継ぎ早に質問をしてくる。

「法学部の先輩って、新歓で猫を膝《ひざ》に乗っけていたひと？　どう？　いい感じ？」

「うん、まあ……。でも、ちょっと、悩んでることもあって」

「悩みって？」

「わかってもらいたいけど、知られたくないっていうか。過去のこと、話したほうがいいのか、とか」

皿の上のサーモンに視線を落として、私は口ごもる。

「うーん、そこは難しいところだよね」

言いたいことは伝わったようで、しず姉ちゃんは軽くうなずいた。

「でも、この先もちゃんとつきあっていくつもりなら、本当のことを打ち明けておいたほうがいいんじゃない？」

「そうかな」

「カレンさんなら、黙っておくべきだと言うだろうけどね」

「そうなんだよ。だから、しず姉ちゃんの意見を聞きたいなと思って」

女性はミステリアスなほうがモテると母は主張している。心のうちをすべて明かしたりせず、魅力的な部分だけを見せて、相手を惹《ひ》きつけるのが母のやり方だ。

母ならば、不都合な過去は話さないだろう。相手に余計な心労をかけないのが思いやりだと考えて、秘密を墓場まで持っていくことができると思う。

でも、私は……。

「まいにとっては、隠しごとがある状態というのが、ストレスになるんじゃないかな。相手と親しくなればなるほど、つらくなると思う。まいは手軽な恋愛経験ではなくて、魂の結びつきみたいなものを求めているでしょう？　だから、自分の心をすべてさらけ出せないことに悩むわけで」

しず姉ちゃんの言葉によって、もやもやの向こうにあったものが、はっきりと浮かびあがってきた。

その洞察力の鋭さに、感嘆せずにはいられない。

「まさに、そういうこと。どうして、私の気持ち、そこまでわかるの？」

「まいとは長いつきあいだからね」

そう言って、しず姉ちゃんは優しく微笑んだ。

「もし、過去のことを知って、それを受け入れられないような男なら、つきあう価値はないと思う。でも、まいがそんなふうに割り切れるかというと微妙だよね」

「うん……。わかってもらいたいけど、知られたくないっていうのは、つまり、どう思われるか不安で、嫌われたくないということで……」

「黙っておくか、打ち明けるか。どちらを選んでも、それなりに苦しさはあるわけで、ジレンマだね」

しず姉ちゃんの言葉に、私はうなずく。

相談したからといって、答えがもらえるわけじゃない。自分で結論を出すしかないということはわかっている。

それでも、こうして会話をしていると、気持ちが軽くなるようだった。

「しず姉ちゃんのほうはどうなの？　彼氏さんと」

去年のクリスマスの時期に、しず姉ちゃんはデートだと話していて、彼氏がいることを知ったのだった。

「ああ、あれ、とっくに別れた」

「えっ、どうして？」

「つきあってみて、はっきりしたのよ。自分には恋愛は必要ない、って」

軽く肩をすくめると、しず姉ちゃんは屈託のない口調で言った。

「恋愛に関する事柄について、食わず嫌いというか、一度も経験しないで、いらないと決めつけちゃうのもよくないかなと思ったから、いちおう、つきあってみたのね。で、結果、やっぱり、自分は他者に恋愛感情を抱くことのない人間なんだ、ということを確認できた」

「そうなの?」

私が驚いていると、しず姉ちゃんはサーモンを口に運んでうなずく。

「でも、しず姉ちゃん、ママのエッセイとか、楽しんで読んでるよね?」

しず姉ちゃんと母はよく恋愛の話題で盛りあがっていたので、そんなふうに考えていたなんて思いもしなかった。

「カレンさんの本は、すごく面白いよ。あれって、心理学のフィールドワーク報告書みたいなものだし」

実のところ、私はあまり母の著作の熱心な読者ではない。自分のもっとも身近な人間の内面が赤裸々に描かれているものを読むのは気恥ずかしいという思いもあるし、恋愛の駆け引きを楽しむようなところに共感できないという理由もあった。

「カレンさんとは、本質的なところが似てるんだよね」

食事の手を止めて、しず姉ちゃんは話す。

「男に依存しない、という点でおなじなんだと思う。カレンさんは恋愛以外のところで自分をしっかりと持っているでしょう。だからこそ、恋愛を結婚のための手段でなく、娯楽として楽しむことができる」

「ママはよく、恋愛は嗜好品《しこう》だって言っているもんね」

「そうそう、嗜好品だから、好きなひとは楽しめばいいと思うけど、必要としない人間もいるわけで。女子はみんなスイーツ好きと決めつけられても迷惑、みたいな感じ。デートするのも時間の無駄としか思えなくて。将来、結婚するつもりもないし、自分の人生に恋愛って邪魔なんだよね」

しず姉ちゃんはきっぱりとそう言い切ると、また食事をつづけた。

「なんとなく、わかるような気もする。しず姉ちゃんらしいというか」

私が言うと、しず姉ちゃんはうれしそうに笑った。

「でしょう。イッツ・マイ・ライフなわけよ。なのに、うちの親ときたら、多様な生き方を認めてくれないんだよね。院に進んだら結婚や出産のタイミングを逃すとか、偏った意見を押しつけてきて。そんなの微塵《みじん》も望んでいないのに。いつの時代の話だっていうの、まったく」

しず姉ちゃんはうんざりしたような声で話す。

そのとき、着信音が響いて、私はスマホへと目を向けた。

星野先輩からかもしれない……と思ったけれど、いまは食事中だし会話を遮ってスマホをチェックするわけにもいかないので、手を伸ばすことはしない。

するとしず姉ちゃんが苦笑を浮かべて、スマホを指差した。

「気になるなら、見てもいいよ」

しず姉ちゃんには、なんでもお見通しみたいだ。

「ごめんね。ちょっとだけ」

そう断って、スマホを手に取り、メッセージを確認する。

今度こそ、星野先輩からだった。

〈こちらこそ、プリンをありがとう。次回のデートだが、映画を観に行くということでいいだろうか?〉

そのメッセージを読むだけで、胸がきゅっと締めつけられた。

またデートできると思うと、うれしい。

星野先輩に早く会いたい。

でも、苦しくて……。

たぶん、こういう感覚がしず姉ちゃんにはないということなのだろう。

音楽を聴いて、心を揺さぶられ、鳥肌が立つひともいれば、そんな反応をしないひともいる。それとおなじなのかもしれない。

〈はい、楽しみにしています〉

そうメッセージを打って、しず姉ちゃんとの会話に戻る。

黙っておくか、打ち明けるか。

私の心は千々《ちぢ》に乱れ、ぐるぐる悩んで、答えを出せそうになかった。

21

煩悩を追い払うため、滝に打たれることにした。

まあ、正しく言えば、ここは銭湯で、俺の上に落ちてきているのは滝の水ではなく、打たせ湯にいるのだが……。

しかし、気持ち的には「滝行」である。

水の勢いを全身で感じながら、先ほどの行いを反省する。

まったく、己の自制心のなさには、ほとほと呆《あき》れてしまった。

魔が差すとは、まさにああいう感じなのだろう。

そんなつもりはなかったのに、花宮さんのことを……。

拒絶のまなざしを思い出して、身震いする。はっきりとした言葉があったわけではないが、あの表情を見れば、いかに鈍感な俺でも、花宮さんが嫌がっているのだと理解せずにはいられなかった。

はあ、ミスった……。

早まった。急ぎすぎた。がっつきすぎだ。恥ずかしくて、合わせる顔がない……。

だが、もうひとりの俺が、心のなかで異議を申し立てる。

花宮さんは俺のことを好きだと言ってくれて、両思いなのだから、あれくらい許されるのではないか。そうだ、致命的なミスというわけではない。恋人同士であれば、ふつうに行うことだろう。

だが、そんなふうに自己弁護したところで、罪悪感は消えない。そして、心のなかで言い訳を探して、正当化しようとしている自分に、ますます情けない気持ちになる。

なんと言おうと、花宮さんにあんな顔をさせてしまったことは事実だ。

心身を鍛え直すべく、打たせ湯のあとはサウナに向かった。

タオルで体の水気を拭《ふ》き、しっかりと絞って、腰に巻いてから、サウナ室へと足を踏み入れる。父がサウナ愛好家だったので、子供のころから銭湯に連れて行かれることが多かった。

昔は熱い湯が苦手で、サウナにも入れず、なにが気持ちいいのかさっぱりわからなかったが、いまでは理解できる。

サウナは自分との闘いなのだ。

なにも持たず、裸の状態で己と向き合い、あえて苦痛を受け、じっと耐え忍ぶことで、達することのできる境地がある。

すぐに全身から汗が吹き出してきた。息苦しいほどの熱気のなか、身動きひとつせず、汗がだらだらと流れ落ちていくのを感じる。

限界まで我慢したあと、サウナ室から出て、水風呂《みずぶろ》に行き、手桶《ておけ》で水をすくって、頭からかぶった。汗を落としたあとは、覚悟を決め、水風呂につかる。

その後、水風呂から出て、ベンチで休憩した。全身がぽかぽかして、頭の芯《しん》からじんわりと心地よさが広がり、新しい自分になったかのようだ。

ベンチから立ちあがり、すっきりとした気分で歩き出す。

脱衣所に向かい、湯あがりのコーヒー牛乳を飲み、服を着る。

そして、ロッカーから鞄《かばん》を取り出し、スマホをチェックしたところで、花宮さんからのメッセージに気づいた。

心臓がばくばくするのを感じながら、文字を目で追う。

内容はカニのお礼であり、あの件についてはー切触れられておらず、いたって普段どおりのテンションに思えたので、ほっとした。

花宮さんはそんなに気にしていないと考えてもいいのだろうか……。

次回のデートの日取りについて相談したところ、花宮さんからはなかなか返信がなかったが、寝る直前になって、メッセージが届いた。

〈お返事、遅くなってすみません！　来週は火曜日だけ予定が入っていますが、その

ほかの日はだいじょうぶです〉

〈じゃあ、水曜にするか〉

〈はい〉

〈映画、ネットで予約しとく。席、どのあたりがいいとかある？〉

〈前方だと目が疲れるので、後ろのほうがいいです〉

〈了解。また連絡する〉

そう返信すると、映画館のサイトでさっそくチケットの予約をして、座席を選ぶ。

センターブロックの後方で通路側のふたつ並んだ席があったので、そこに決めた。

午後二時二十五分からの上映なら、昼に待ち合わせて、ランチを食べて……という流れで、ちょうどよさそうだ。

次こそは失態を演ずることのないよう、心してデートに臨むとしよう。

予約が完了したところにメッセージが届いたので、花宮さんからだろうと思って、あわてて開く。

だが、見たことのないアイコンだったので、少し戸惑った。

〈こんばんは。花宮まいの従姉《いとこ》の柴崎しずくです。写真部の新歓でお会いしたのですが、覚えていますか？〉

柴崎さんのことは覚えていた。

しかし、あのとき、連絡先を教えた記憶はないのだが……。
疑問に思いつつ、俺は返事を書く。
〈こんばんは。覚えています〉
〈夏休み中に大学に来る予定はありますか？〉
質問の意図がわからず、返信をためらっていると、重ねてメッセージが届いた。
〈まいとつきあうことになったと聞きました〉
〈そのことで、少しお伝えしておきたいことがありまして〉
〈私はほぼ毎日、研究室に顔を出しています〉
次々にメッセージが送られてくる。
なんだかよくわからないが、花宮さんのことなら話を聞いておくべきだろう。
〈大学の近くに住んでるので、行こうと思えば、いつでも行けます〉
とりあえず、俺はそう返事を書いてみた。
〈では明日の午後三時にライブラリ横のカフェテリアでお待ちしています〉
〈わかりました〉
〈あと、私から連絡があったことは、まいには知らせないでください。念のため〉
花宮さんに知らせるなとは、どういうことなのか。
気になるところではあるが、やりとりは終わったという雰囲気だったので、返事は書かないでおくことにした。

翌日、早めに大学に行き、図書館で判例を読んで、時間が過ぎるのを待った。

約束の時間が近づき、カフェテリアに向かうと、すでに柴崎さんのすがたがあった。ノートを広げ、イヤフォンをつけて、語学の勉強中であり、俺が来たことには気づいていないようだ。

椅子を引き、存在をアピールすると、柴崎さんはようやく顔をあげた。

「どうも」

俺は軽く会釈して、向かいの席に座る。

柴崎さんは無言のまま、じっとこちらを見つめてきた。

その迫力に、少したじろぐ。

目力が強いというか、心の奥まで見透かされそうだ。

「お呼び立てして、すみません」

言葉は丁寧だが、どこか険のある口調で、柴崎さんは言った。

「なんですか？　話って」

俺がうながすと、柴崎さんは切り出した。

「まいが高校に行けなくなった出来事について、なにか、聞いていますか？」

「いや、くわしいことは……」

戸惑いつつ、俺は首を左右に振る。

以前、その話題になったことがあったが、結局、はっきりとはわからないままだ。

人間関係のトラブルみたいだったが……。

「そうですか。そのうち、まいが自分で話すこともあると思います。この件については、私のほうから言うべきではないと思うので、説明することはできませんが、とにかく、もし、まいが話したときには、あたたかく受け入れてあげてほしいんです」

柴崎さんの話は、どうも要領を得ない。

「俺、察するとか、言葉の裏を読むとか、苦手なんで……。なんのことなのか、はっきり言ってもらえないと、よくわからないのですが」

「だから、それは私からは言えないのです。まいが自分で話すことに意味があると思うので。あなたのことを本当に信頼できると、まいが判断すれば、打ち明けるでしょう。そのときは、決して、あの子を責めるようなことは言わないでください」

「はあ……」

さっぱり意味がわからず、そんな気の抜けた返事しかできない。

「万が一、まいを泣かすようなことがあれば、社会的に抹殺しますので、そのつもりで」

さらりとおそろしい宣言をされて、唖然《あぜん》とする。

「いや、それは……」

「自分でも過保護だとは思うんですけど、あの子、私の妹のようなものなので、放っておけなくて。私はこれ以上、まいに傷ついてほしくないんです」

まっすぐにこちらを見つめるまなざしは、真剣そのものだ。

柴崎さんがなにを言いたいのかは、いまいち理解できないが、花宮さんのことを本当に心配しているのだということは伝わってきた。

「あの子、ひどく傷ついて、家から一歩も出られないようになって……。いまの様子からは想像できないかもしれませんが、そんな時期もあったんです。もう生きているのもつらいみたいな状態なのに、こっちはどうしてあげることもできなくて。自殺したらどうしようとか思って、気が気じゃなかったんですよ、正直」

「自殺って……。そこまで追いつめられるなんて、相当のことですよね。できれば、くわしく教えてほしいんですが」

俺は再度、そう頼んでみたが、聞き入れてはもらえなかった。

「まあ、自殺はこっちが勝手に心配していただけで、べつに未遂とかしたわけじゃないんですけど。あの子、優しくて繊細で、だからこそ、傷つきやすいというか」

「それは、わかるような気がします」

俺がそう言うと、柴崎さんは少しだけ目元をほころばせた。

「ようやく回復したところなんです。なのに、もしも、また、なにかあったら、今度こそ立ち直れないかもしれません。だから、余計なお世話かもしれないけれど、忠告をしておこうと思いました」

「忠告って、具体的に、俺はどうすれば……」

「あの子のこと、大切にしてください」

柴崎さんの答えは、実にシンプルなものだった。

「それなら、言われなくても、そのつもりです」

俺の言葉を聞いて、柴崎さんは納得したようにうなずいた。

「厳しいことも言いましたが、まいに恋人ができたのはうれしいですし、ふたりのことを応援したいと思っています。これ、読んでおいてください」

柴崎さんは一冊のパンフレットを鞄《かばん》から取り出すと、机に置いた。そして、席を立ち、そのまま去っていく。

俺はパンフレットを手に取り、ぱらぱらとめくった。

そこには、性暴力、デートDV、レイプドラッグ、セクシャル・ハラスメント、ストーカー被害といった言葉が並んでおり……。

このパンフレットを渡すことで柴崎さんはなにを伝えたいのかと考え、自分のしでかしたことに思い至り、かなり焦った。

もしや、俺が花宮さんを押し倒してしまったことがバレているのでは……。

花宮さんは思い悩んで、柴崎さんに相談したのではないだろうか。それで、わざわざ、柴崎さんが釘《くぎ》を刺しにきた、とか。

そんな想像をして、冷や汗が出てきた。

俺は花宮さんを大切にしたいと思っているのだ。その気持ちに偽りはない。それなのに、欲望に負けそうになったことは、どれほど悔やんでも悔やみきれなかった。

もう二度と、花宮さんを怯《おび》えさせるようなことはすまい……。

パンフレットを閉じると、俺は改めて、そう心に誓ったのであった。

22

星野先輩が連れて行ってくれたお蕎麦屋《そばや》さんはおいしかったし、映画はとても感動的で面白かった。

デートは楽しい。

でも、それ以上に緊張して、楽しんでばかりもいられなかった。

やっぱり、過去のことを打ち明けよう。

そう決めたのだ。

だから、今日、勇気を出して……。

映画館を出たあと、ぶらぶらと雑貨屋さんなどをのぞいたりしているうちに、お茶をしようということになった。

「俺、腹減ったから、がっつりパンケーキとか食いたいかも。花宮さんは？」

その言い方に、私はくすりと笑う。

「え？　なんか、変なこと言った？」

星野先輩は戸惑ったように、こちらを見た。

「いえ、パンケーキはがっつり食べるようなものではない気がしたので」

「俺が前に食べたパンケーキって、三枚重ねでトッピングがてんこ盛りのがっつり系だったけど」

「たしかに、そういうパンケーキもありますよね。写真映えしそうだなと思って、ほかのテーブルに運ばれていくのとか、つい目で追っちゃいます。絶対に食べきれないと思うので、自分では注文したことありませんが」

そんなことを言いながら、ふと疑問が浮かぶ。

星野先輩、だれとパンケーキを食べたのだろう。

パンケーキのある店には、男性がひとりで行くことはあまりないように思えた。

「お友達と行ったのですか?」

私が訊《き》くと、星野先輩は少し気まずそうな顔をした。

「パンケーキ? いや、そういうわけじゃないんだが」

だれと行ったのかは教えてもらえなくて、しかも、話をそらそうとしている気配を感じた。

「あ、そこにカフェ、あるけど」

そう言って、星野先輩は足早にカフェへと進んでいく。

星野先輩がパンケーキを食べたとき、いっしょにいた相手は女性だったのでは……。

そんな想像をすると、胸の奥がちりちりと痛んだ。

この気持ちは、ヤキモチというものなのかもしれない。

過去に、彼女とか、いたのかな。

通っていたのは男子校で、クリスマスには彼女のいない友達とパーティーをしたと話していたけれど、だからといって、だれともつきあったことがない、という証拠にはならない。たまたま、クリスマスの時期だけ、フリーだったという可能性もある。

それに、大学に入ってからだって出会いはあっただろうし……。

「花宮さんはなにがいい?」

カフェのテーブルにつくと、星野先輩はメニューを広げて、こちらに向けた。

「クレームブリュレと紅茶にします」

星野先輩は軽く手をあげて、店員さんを呼ぶと、注文を伝える。

やがて、星野先輩が頼んだパンケーキセットが運ばれてきたので、私はカメラを手にした。

「撮っていいですか？」

「もちろん」

星野先輩はカトラリーやペーパーナプキンをテーブルの端に移動させ、撮影しやすい場所にパンケーキの皿を配置してくれた。

私はファインダー越しに、パンケーキを見つめる。

真っ白で艶《つや》やかな生クリームに、ベリーの鮮やかな赤が美しく、ふわふわのパンケーキが重なっているのも迫力があり、素晴らしくフォトジェニックだ。

「すごくいい感じに撮れました」

顔をあげると、星野先輩が優しい目でこちらを見ていたので、胸がどきりとした。

「窓側の席だから、自然光が入って、よかったな」

「はい。パンケーキの立体感がうまく出せたと思います」

映画館では横に並んでいたので、お互いを見ることはなかったけれど、こうやって向かい合わせに座っていると、どきどきしてしまう。

目が合うと、星野先輩は視線を外して、私の持っているカメラのほうを見た。

「花宮さんを見てると、俺もカメラをはじめたころの気持ちを思い出すっていうか、ほんと、楽しそうでいいなって思うよ」

「星野先輩は、もう、カメラ、そんなに楽しくないんですか？」

「楽しくないわけじゃないが、生活の一部になった感があって。最初のころは、できあがりにわくわくしたり、驚いたり、自分がうまくなっていくのが面白くて、夢中だったけれど、花宮さんの初々しさに比べると、俺はそういう新鮮さがなくなっているなと思った」

星野先輩がこんなふうに自分の考えていることを話すのは、めずらしい気がした。

つきあうことになって、関係が変わったからなのかもしれない。以前の星野先輩はどちらかというと無口なほうで、一線を引いているようなところがあった。けれど、こうしていろいろと話してくれると、打ち解けた感じがして、うれしい気持ちになる。

自分の考えを話すこと。

心のなかを明かすこと。

親密な関係になっていく上で、それは必要なことなのだと思う。

だから、私も過去のことを話そうと決めた。

でも、なかなかタイミングが難しい。

いっしょにランチを食べたり、映画を観たりするのは、楽しいのだけれども、大事な話をするような雰囲気にはならない。

ほかにひとがいるようなところでは話題にできないし、意気込んだものの、今日みたいなデートでは打ち明けるのは無理そうだ。

クレームブリュレが運ばれてきたので、そちらにもカメラを向ける。

カラメルの透明感と焦げたところの茶色のグラデーションが美しい。

一枚だけ撮ると、カメラを仕舞って、星野先輩に声をかけた。

「お待たせしました」

「もういいのか？」

星野先輩はパンケーキに手をつけず、待ってくれていた。

「はい。私も早く食べたいです」

スプーンを手に取ると、クレームブリュレの表面を軽く叩《たた》くようにして、カラメルを割っていく。

ぱりぱりと小気味いい音がして、カラメルにひびが入り、砕けて、いくつものかけらになった。

「そういうの、楽しいよな」

星野先輩はそう言って、笑みを浮かべる。

「冬の寒い日とか、水溜《みずた》まりに氷が張っているのを見ると、一番に踏んで、割りたくなる」

その意見を深読みして、余計なことまで考えてしまう。

「雪が積もったところにも、一番はじめに足跡をつけたいですか？」

「ああ、そうだな。真っ白な新雪を踏んで、自分の足跡をつけるのも、楽しいよな」

星野先輩はなにも悪いことは言っていない。

けれど、その言葉はぐさりと胸に刺さった。

母からは絶対にそんなふうに思ってはいけないと言われているけれど、世間には「汚された」という表現がある。私だって、くだらない価値観だと思う。でも、実際問題として、純潔とか処女性というものを重要視する文化はいまも存在しているのだ。

気にしたら負け。それはわかっている。母の言うことは正しい。

けれど、どうしても気にせずにはいられない自分がいて……。

クレームブリュレに視線を落とす。

割れたカラメルのかけら。

スプーンですくって、口に運ぶ。

嚙《か》み砕くと、じゃりっとして、とても甘いのに苦い。

「花宮さん？　どうかした？」

少し黙っていたら、星野先輩が心配そうな顔をして、こちらを見た。

「あ、いえ、パンケーキ、おいしいですか？」

「うん、うまいよ。かなりボリュームある」

うなずいたあと、星野先輩はパンケーキの皿をこちらに寄せた。

「花宮さんも、食べるなら。このへん、手をつけてないから」

パウダーシュガーがたくさんかかっているあたりを示して、星野先輩は言う。

お言葉に甘えて、私も一口、パンケーキを味見させてもらうことにした。

「ありがとうございます。ふんわりしていて、おいしいですね。リコッタチーズが入っているタイプですよね、これ」

「そうなのか。俺にはよくわからんが」

「クレームブリュレも、どうぞ」

容器ごと渡そうとしたところ、星野先輩は大きく手を振った。

「いや、いいよ、いいって」

私もシェアしようと思ったのに、頑《かたく》なに拒否されてしまった。

遠慮することないのに。私たちは恋人同士で、ひとつの皿のものをふたりで分け合うのは、カップルっぽいと思ったのだけれど……。

そしてまた、疑惑が生じる。

星野先輩は以前にも、だれかとパンケーキをシェアしたことがあるのかも……。

もし、私とつきあう以前に特別な関係になった女性がいて、その相手とこんなふうにデートをしたことがあったと考えると、嫌な気持ちになってしまう。

そう考えて、逆の立場に置き換える。

私の過去のことを知ったら、きっと、星野先輩も……。

「星野先輩は、私が過去にだれかとつきあったことがあるかとか、気になりますか？」

私が言うと、星野先輩は動揺したように、目を泳がせた。

「そりゃ、まあ、気になるかと言われたら、気になるが……」

ためらいつつ、私は口を開く。

「私はこれまで、そういうことがなく、はじめてなのです」

その言葉を聞いて、星野先輩はわかりやすく、ほっとした表情を浮かべた。

嘘はついていない。

男性とつきあったことは、ないのだから。

「星野先輩はどうなのですか？」

私の問いかけに、星野先輩はあっさりと答えた。

「俺も、花宮さんがはじめての彼女だけど」

「えっ、それじゃ、パンケーキを食べに行った相手は？」

星野先輩は少しきょとんとしたあと、おかしそうに笑った。

「ああ、それ、母親」

「そうだったんですね。私、てっきり……」

「もしかして、元カノとか思ったのか？」

笑いを嚙み殺すようにして、星野先輩が言う。その口調に、からかうような響きがあったので、つい言い返してしまった。

「さっき、話をそらされたので、都合の悪いことなのかと」

「いい年して、母親と出かけてるなんて、どうかと思うだろ。だから、言わなかっただけで、他意はない」

そう説明をして、星野先輩はまた笑みを漏らす。そして、それを隠すように片手で口元を覆った。

変な勘違いをしたのが恥ずかしく、私はうつむき、黙々とスプーンを動かす。

私がクレームブリュレを食べ終わり、紅茶を飲み干すと、星野先輩はテーブルの上の伝票に手を伸ばした。

「そろそろ行くか。混んできたし」

「あの、お茶代、払います」

「いいよ、べつに」

「でも、お昼もチケット代も払っていただいたのに」

「いいって。デートなんだから」

こういうところは平等にしたい性質なので、引っかかりを感じないではなかった。でも、星野先輩のほうが年上だし、顔を立てるということもあるし、ここは素直に受け入れたほうがいいのかも……。

そんなことを考えているあいだに、星野先輩はさっさと会計を済ませてしまった。

カフェを出たあとは、駅に向かう。

改札を抜けると、べつの電車に乗るため、星野先輩は「じゃあ、また」と言って、ホームへと歩いて行った。

別れ際のあまりの素っ気なさに、少し切なくなる。

離れがたい気持ちになって、私は胸が締めつけられるようなのに、星野先輩はそうじゃないのだろうか……。

帰りの電車で、私はさっそくお礼のメッセージを送ることにした。

〈今日はありがとうございました。お蕎麦《そば》もおいしくて、映画も面白くて、カフェも素敵で、とても楽しかったです〉

星野先輩からはすぐに返信があった。

〈それはよかった〉

〈今度のデートなのですが、私の家に来ませんか？〉

また映画デートにして、星野先輩におごってもらうのは心苦しい。なので、そんな提案をしてみた。

それに、家なら、まわりを気にせずに、センシティブな話題を切り出すこともできる。

〈このあいだ、カニ丼をごちそうしていただいたので〉

〈今度は私に料理を作らせてください〉

つづけてメッセージを送ると、ややあって、星野先輩からの返信が表示された。

〈わかった〉

〈なにが食べたいですか？〉

〈なんでも。花宮さんの得意料理で〉

〈そう言われると、プレッシャーです〉

スマホを握って、そんなやりとりをしていると、うっかり乗り過ごしそうになった。

星野先輩が家に来ることを伝えると、母はとても喜んで、会うのを楽しみにしていた。けれど、直前になって、出張が入ったのだった。

私としては、母に紹介したかったので残念な気持ちもありつつ、星野先輩とふたりでゆっくり話がしたかったから、ちょうどよかったと思うところもあった。

おもてなしの料理は、さんざん悩んだ挙句、カレーを作ることにした。

以前、星野先輩が好きだと話していたインドカレーではなく、すじ肉を赤ワインで煮込んだ欧風カレーなのだけれど、気に入ってもらえるかな……。

キッチンで鍋《なべ》をかき混ぜながら、そんなことを思う。

このあいだのデートのとき、星野先輩は指一本、私に触れようとしなかった。

手をつなぐこともなかったし、映画館でも腕が触れないように過剰に警戒して、まるで接触を避けているみたいだった。

あの日、キスのあと、あんな反応を見せてしまったからだろう……。

星野先輩とふれあうことが嫌なわけではないのだ。その誤解を解くためにも、過去のことを話したほうがいいと思った。

火を止めて、時計を見る。

最寄駅での待ち合わせを提案したところ、星野先輩は自力でたどり着けるので迎えは必要ないと主張して、私は家で待つという段取りになったのだった。

もうすぐ星野先輩が来るかと思うと、そわそわしてしまう。

うちのマンションはわりと大きくて、わかりやすい場所にあるので、迷うことはないとは思うけれど……。

約束の時間を少し過ぎて、ようやくインターフォンが鳴った。

モニターを見ると、星野先輩が映っていた。

「俺だけど」

「はい、開けますね」

オートロックを解除したあと、待ちきれなくて玄関に向かう。

廊下に出て、エレベーターホールまで行き、液晶に表示されている数字を見つめていると、子供のころを思い出した。

母が仕事で帰りが遅くなったときなど、心細くて、待ち遠しくて、こうしてよくエレベーターの前でお出迎えをしたものだ。

エレベーターが到着して、扉が開くと、星野先輩が出てきた。

私を見つけて、少し驚いたように目を見開く。

「おお、花宮さん。びっくりした」

「いらっしゃい、星野先輩。あの、母なんですけど、今日、仕事が入っちゃって」

「えっ、ああ、そうか、そうなのか」

玄関ドアを開けて、部屋に入ると、星野先輩は言った。

「カレーだな」

「はい、正解です」

「いい匂い。やばい、めちゃくちゃおなか空《す》いてきた」

「すぐに用意しますね」

「あ、花宮さん、待って。これ」

キッチンに向かおうとした私を呼び止めて、星野先輩は手に持っていた紙袋を差し出した。

「プリン。食後のデザートに」

「ありがとうございます。冷蔵庫に入れておきますね」

プリンを渡されて、私は頬が熱くなり、星野先輩の顔をまともに見られなかった。

あの日とおなじだから、どうしてもキスしたときのことを思い出してしまう。

「よかったら、ソファーに座っていてください」

星野先輩にそう声をかけて、食事の用意をする。

今日こそ、過去のことを打ち明けるつもりだ。

このあいだみたいな流れで、キスをすることになったら、そこで「ちょっと待ってください」とストップをかける。そして、実は過去にこんなことがあったので、心の準備が……と話を切り出せば、自然な感じで伝えることができるだろう。

頭のなかでシミュレーションをして、ますます顔が熱くなった。

星野先輩がどんな反応を見せるかと考えると、不安でたまらない気持ちになる。

話すことが本当に正しい選択なのかは、いまでも自信がなかった。

打ち明けたい。

知られたくない。

心を決めたはずなのに、揺らいでしまう。

おたまでカレーをすくおうとしたら、緊張のあまり、手が震えていた。

深呼吸をして、まずは落ちつく。

そして、何事もなかったかのようにカレーを器によそうと、私はそれをダイニングテーブルに運んだ。

23

花宮さんの作ってくれたカレーはおいしすぎて、もう結婚するしかないと思った。

「どうですか?」

俺が食べるのをじっと見つめて、花宮さんはたずねる。

「すげえ、うまい。こんなの作れるなんて、すごいとしか言いようがないな」

「私、高校に行かなかった分、家で料理をしていたので」

「それなら、いつでも……」

嫁に行ける、というフレーズが浮かんだが、ポリコレ的にまずい気がして、口をつぐんだ。

柴崎さんからもらった女性問題についてのパンフレットが頭をよぎって、気を引き締める。

「いつでも？」

首を傾げる花宮さんに、俺は言葉をつづけた。

「ひとり暮らしができるよな」

「そうですね。私がひとり暮らしをすることになったら、母のほうが困りそうです」

くすりと笑って、花宮さんは言う。

「星野先輩も、ちゃんと自炊してますよね。写真を見るたび、いろんなものを作って、すごいなあと思っています」

「いやいや、あれは気合を入れて作ったときだけ、アップしてるから。普段の俺の料理はやばいよ。袋麺《めん》とか鍋で食ってるし」

「その写真も、見ました！　みんなでラーメンの写真ばっかりアップしていたの、面白かったです」

部活動の一環として、スナップ写真をアップして、コメントをつけあっているのだが、あるとき、笹川が食べに行った某有名店のラーメンの写真につづいて、部長が負けじと大盛りチャーシュー麺の写真をアップしたところ、ほかの部員たちからもぞくぞくとラーメンの写真が集まり、ラーメン博覧会のような流れになったことがあった。そのオチとして、俺は自作のしょぼい袋麺の写真を公開したのだった。

すっかり忘れていたが、それを花宮さんが楽しんでくれていたのだと知り、妙にうれしい気持ちになる。

「私も参加したかったのですが、残念ながら、手持ちにラーメンの写真がなくて」

「ラーメンって、結構、写真を撮りにくいよな。早く食いたいし。部長の場合、写真を撮るのに熱中していたせいで、麺が伸びるだろうって店主に怒られて、出入り禁止になった店があるらしい」

そんな会話をしていて、ふと思い出す。

「明日《あした》、笹川と会う予定なんだが、花宮さんとつきあうことになったって、話してもいいか？」

笹川にはいろいろとアドバイスをもらったこともあり、ここは報告しておくべきだろうと思った。

「花宮さんが知られたくないなら、黙っておくが……」

「いえ、だいじょうぶです」

「まあ、どうせ、隠そうとしたところでバレると思うし。俺、すぐ顔に出るから」

「私も隠しごとは苦手です」

柴崎さんと会ったことは、花宮さんに話さないようにと釘《くぎ》を刺されていた。

あれも、隠しごとになってしまうのだろうか。なんら後ろめたいところはないのだが、隠しごとだと考えると、少し心苦しい。

「花宮さんは、俺とつきあうことになったって、だれかに話した？」

「母に。それから、従姉《いとこ》がおなじ大学に通っているので、その従姉にも話しました」

「新歓でいっしょだったひとだろ？　柴崎さん、だっけ？」

「そうです。私は、しず姉ちゃんって呼んでいるんですけど、本当の姉妹みたいな感じで、よく家にも泊まりに来るんです」

あのときのこと、柴崎さんにどこまで話したのか……。

気になるところだが、藪蛇《やぶへび》になるのもあれなので、なにも言わずに食事をつづける。

それにしても、うまいカレーだ。

すじ肉がとろとろに煮込まれていて……。

「あの、星野先輩」

花宮さんの声に、俺はスプーンを持った手を止めて、顔をあげた。

「うん？」

「えっと……」

花宮さんは言葉を途切れさせて、カレーの皿へと視線を向ける。

そして、少し黙ったあと、また、俺のほうを見た。

「おかわりも、ありますから」

「遠慮なく、もらうとしよう」

残りのカレーをスプーンでかき集め、急いで食べて、空になった皿を差し出す。

その様子を見て、花宮さんはおかしそうに笑った。

「いっぱい食べてもらえて、うれしいです」

花宮さんはそう言って、カレーのおかわりを運んでくる。

食べ終わると、俺は椅子から立ちあがり、食器を持って、キッチンへと向かった。

「ごちそうさま。ほんと、うまかった」

先日、俺の家でカニ丼を食べた際には、花宮さんが食器を洗ってくれたので、今回はこちらの番だろう。

そう判断して、食器を洗おうと思ったのだが、花宮さんは大きく手を振って、俺の行動を遮った。

「いいです、いいです。食洗機に突っ込んじゃいますから」

「そうか。なんか、食ってばっかで申し訳ないが」

花宮さんは食器をざっと水で流すと、食洗機に入れ、冷蔵庫のほうに目を向けた。

「プリン、食後のデザートにと思ったのですが、おなかいっぱいなので、少し、私の部屋でおしゃべりしませんか？」

「ああ、うん」

花宮さんに連れられ、部屋へと向かう。

そういえば、家にふたりきり、なんだよな。

あえて意識しないようにしていたが、花宮さんのうしろすがたを見ながら、廊下を歩いていると、それを思い出してしまった。

部屋に入った瞬間、爽《さわ》やかな香りを感じた。

「匂い、嫌じゃないですか？」

花宮さんは言いながら、部屋の明かりをつけた。

「嫌というか、むしろ、いい匂いだと思うんだが」

「よかったです。アロマを使っているんですけど、ひとによって好みがあるので」

「へえ、アロマか」

「部屋がカレーの匂いになるのは嫌なので、消臭効果のあるレモングラスがブレンドされたアロマオイルを焚《た》いておきました」

「ああ、言われてみると、レモンっぽいかも」

鼻をくんくんさせて、俺は部屋を見まわす。

シンプルなインテリアで、きちんと整理整頓《せいとん》され、すっきりとした部屋だ。

壁際にはベッドがあり、そちらに視線が引き寄せられた。よからぬ方向に考えを巡らせそうになったが、平常心を取り戻す。

手を出さない。

そう決めたのだ。

「お、こいつ、見覚えがあるぞ」

ベッドに置いてあったカピバラのぬいぐるみに気づき、俺は手を伸ばした。そして、そいつの頭を撫《な》でる。

「そうです。合宿のときの……」

カピバラのほかにも、ベッドにはいくつものぬいぐるみが並べられていた。

「ぬいぐるみ、好きなのか？」

「はい。これ以上は増やさないつもりだったのに、あのときは我慢できなくて、この子のこと、連れて帰っちゃいました」

ぬいぐるみが好きならプレゼントしようかと思ったのだが、増やさないようにしているということは避けたほうがいいか。

「私の部屋、クッションがなくて。ラグの上、どこでも座ってください」

花宮さんはベッドにもたれるようにして座ると、俺にそう声をかけた。

彼女の部屋でふたりきり……という状況にあっても、今日の俺はさほど動じることはなく、平静を保っていられた。

もし、先の展開を期待していたならば、頭のなかは大変なことになっていただろう。最終目的があると、そこにたどり着くまでは失点が許されず、緊張の連続だ。ミスは許されない。決めるべきときに決めなければならない。そんな考えにとらわれ、デートの最中は一瞬たりとも気が抜けないものだ。

だが、はじめからなにもしないつもりで、下心なしで接していると、無用なプレッシャーを感じずに済んだ。おかげで、今日はいつもよりリラックスして、花宮さんと過ごすことができている。

以前、笹川から「相手が女子だということを意識しないで、緊張しなければ、空まわりしない」とアドバイスをもらったことを思い出す。あのときはいまいち、ぴんとこなかったが、まさにこういうことなのだろう。

近すぎず、しかし不自然に遠すぎもしない絶妙な位置に座って、俺は本棚を見あげた。

「前々から思っていたんだが、花宮さんってかなり真面目に勉強しているよな」

本棚には大学で使う教科書のほかに、大量の参考書が並んでおり、司法試験に向けたテキストもあった。

法学部には、法曹を目指して法科大学院へ進学するつもりのガチロー勢と、学部卒で就職するつもりの学生が混在しているが、この本棚の並びは前者のものだろう。

「本棚、あんまり見ないでください。恥ずかしいです」

花宮さんは顔を赤く染め、手を振って、俺の視線を遮ろうとした。

「ああ、すまん。てっきり、見られてまずいものは隠しているだろうから、ここに出ているのは見てもいいのだと」

俺の言葉に、花宮さんはきょとんとした表情でこちらを見る。

「いや、ほら、遊びに来るから、いろいろと準備というか」

そんなふうに説明をして、はたと気づく。

「あ、いま、俺、墓穴を掘ったな」

つまり、自分は花宮さんが部屋に来るときに見られるとまずいものを隠したのだ、と告白したも同然である。

語るに落ちるとは、このことでは……。

花宮さんも気づいたようで、くすくすと笑い出した。

「星野先輩の本棚、哲学書とか、なんだか賢そうな本がいっぱい並んでいるなあと思っていましたが、あれ、見せるためのラインナップだったのですね」

今度は俺のほうが赤面するしかない。

「その件については、あまり深く追及しないでくれ」

そして、話題を変えるべく、質問する。

「弁護士志望なのか？」

「いちおう、そのつもりです。母には、向いてないって言われますけど」

花宮さんはうつむいて、言葉をつづけた。

「争いごとが苦手なのに、どうして、よりによって弁護士なんて選ぶのか、と……。もともと、法学部に行くことも、あまり賛成されてなくて。最終的には、私のやりたいことを尊重してくれたのですが」

「そうだったのか。まあ、先は長いし、険しい道だもんな」

「星野先輩も、法曹コースなんですよね」

「うちは親が弁護士で、事務所をやってるから、刷り込まれたというか。ほかにやりたいことが見つかったら、その道に進んでいいとは言われてはいたんだが、そこまで夢中になれるものもなくて」

小学生のころには「プロ野球選手になりたい」なんて言っていたが、本気で思っていたというより、まわりの大人たちが「将来の夢」を持つよう求めてくるから、いちおう答えを用意しておいたに過ぎなかった。

そもそも、少年野球チームに入ったのも、父親が野球ファンだったからであり、もし、父親がサッカーファンであったなら、俺はサッカーを習わされていたのだろう。

「俺のまわり、結構、そういうやつ多いんだよな。親が医師だから、医学部に進むことが既定路線だったり」

そう言って肩をすくめたあと、問いかける。

「花宮さんは、なんで？」

「志望動機ですか？　私、以前、弁護士さんにお世話になったことがあって、そのときに相談に乗ってくれた方が、ご年配の女性だったのですが、とても素敵で、感銘を受けたのです。弱い立場のひとを助けたいという気持ちで、お仕事をなさっていて。それで、法律という武器を手に入れたら、私も、もっと強くなって、だれかの力になれるのかなと思って、大学で学んでみようと考えました」

真剣な口調で、花宮さんはそう語った。

「なんか、面接してるみたいだな」

冗談っぽく言うと、花宮さんは照れ笑いを浮かべた。

「語りすぎました。大学でも、ときどき、熱くなりすぎて、引かれるときがあり、まわりと温度差があるのは自覚しています」

「全然、発言しないやつとかいるもんな。ゼミになると、モチベーションの有無が如実に表れてくるし。まあ、勉強熱心なのはいいことだ」

軽くうなずいて、俺は言葉をつづける。

「俺が見た感じでは、案外、花宮さんは弁護士に向いてる気がするが」

それを聞いて、花宮さんはうれしそうに目を輝かせた。

「えっ、本当ですか？」

「ああ。花宮さんって大人しそうに見えるけど、話しているとロジカルで、油断ならないなって思うところもあるし」

「そんなふうに言われたの、はじめてです」

花宮さんは驚いたような表情を浮かべるが、悪い意味には受け取っていないようだ。

「まずは試験を突破していけるかというところだが、その点、自分のペースでこつこつ努力できるタイプは強いだろ。花宮さんは高校に行かずに、大学に受かったわけで、試験に対するメンタル的なタフさもあると思うし」

法律家を目指す者は、狭き門をくぐらなければならない。

俺はこれまで受験において、挫折《ざせつ》というものを経験したことがなかった。野球の道は途中で諦《あきら》めたが、もとより叶《かな》わないであろうと思っていた夢であり、これも挫折と呼べるようなものではない。なので、壁を乗り越えたという経験が圧倒的に足りておらず、今後のことを考えると不安があった。

花宮さんのように一般的なルートを外れたあとに、ちゃんと自分の進むべき道を選んだひとには、独特の強さがあるのではないかという気がする。

「うちの親父が言うには、弁護士としてやっていくには、誠実さっていうか、信頼される人格であることが求められるみたいで。そういう面でも、花宮さんみたいに優しい雰囲気で話しやすい弁護士は、需要がありそうだと思うぞ」

俺の言葉に、花宮さんは目を大きく見開いたまま、瞳《ひとみ》を潤ませた。

えっ？　これ、泣きそうな顔？

花宮さんはうつむくと、指で涙を拭《ぬぐ》うような仕草をする。

ななな、なんで……。

思いがけない反応に、どういうことなのか理解が追いつかず、言葉も出ない。

やっぱり、泣いてる？　まずいことを言ったつもりはないのだが、なぜ……。

そこで、はたと気づく。

ああ、そうだ。花宮さんの家庭はシングルマザーで、父親が……。

「あっ、すまん、父親の話をしたのは無神経だったか」

俺が言うと、花宮さんは目を瞬かせたあと、首を横に振った。

「いえ、そういうことではなく……。私、ずっと、高校に行けなくなったこと、自分の弱さだと思っていて。なのに、前向きにとらえてもらったのが、うれしくて……。星野先輩の言葉が心にしみて、ちょっとうるうるしちゃいました」

まだ目元がほんのりと赤いが、花宮さんは笑みを浮かべており、俺は胸を撫《な》で下ろす。

「そうか、びっくりした」

「家庭環境のことは、気にしないでください」

はっきりとした声で、花宮さんは言った。

「変に気を遣われて、おうちの話をしてもらえないほうが悲しいので」

「そうなのか」

「はい。私にとっては、それがずっと、ふつうのことですから。星野先輩も、ひとりっ子ですよね？」

「ああ」

「きょうだいがいなくても、べつに楽しく過ごせるし、さみしいとも思わないのに、可哀想だと決めつけられたら、嫌じゃないですか」

「そうだな」

「おなじような感じで、私にとっては父がいない家庭というものが当たり前で、何不自由なく育っているので、そのことで泣いたりすることはありません」

真剣な顔つきで理路整然と語る花宮さんを見ていると、俺は微笑ましい気持ちになった。

「ほら、そうやって論証によって、俺を説得しようとするところ。やっぱ、適性あるって」

俺の指摘に、花宮さんも表情をゆるめる。

「あ……、ほんとですね」

そして、会話が途切れた。

しばらく無言で見つめあうことになる。

「あの、星野先輩」

呼ばれて、俺は答えた。

「なんだ？」

花宮さんは口をつぐんだが、なにか言いたげな表情だ。

「どうかしたか？」

「いえ……」

そうつぶやいたあと、花宮さんは目をそらして、うつむく。

「気になることがあるなら、言ってほしいんだが」

俺がうながすと、花宮さんは顔をあげた。

「えっと……」

こちらを見て、言葉をつづける。

「今日は、キス、しないんですか？」

上目遣いでそんなことを言われ、心拍数が跳ねあがった。

「なっ……、なっ……」

呼吸困難に陥りつつも、どうにか煩悩を振り払って、俺は明言する。

「今日は、なにもしない」

だから、安心してほしい。

そのような意味を込めて答えたつもりだったのだが、花宮さんは悲しそうな表情を浮かべた。

「えっ、そうなんですか」

なぜに、そんなしょんぼりとした声を出すのだ。

これでは、まるで……。

「花宮さんは、したいのか、キス」

そう口走って、はっと我に返る。

なにを訊《き》いているんだ、俺は……。

花宮さんは耳まで真っ赤になると、こくりとうなずいた。

どうなっているんだ、この状況は。

俺の理性が試されているのか……。

24

星野先輩はそばに来て、私の肩に手を置くと、一瞬だけ、くちびるを重ねて、すぐに離れた。

とても軽いキス。

触れるか、触れないかの、微妙な感覚だったのに、触れたところが熱くなって、体温が一気にあがる。

「そっ、そろそろ、帰ろうかと」

星野先輩の口から発せられた言葉に、私の胸は締めつけられた。

「もう、帰っちゃうんですか？」

まだ、肝心なことを話せていないのに……。

「いや、ほら、あんまり、長居をしても、あれだし、うん」

星野先輩はこちらに背を向け、部屋から出ようとする。

キスをしてからの流れで打ち明けるという当初の計画は、失敗に終わってしまった。

また、べつの案を考えないと……。

「あっ、でも、プリン。お茶をするくらいの時間は、ありますか？」

「ああ、まあ、それはいいが」

少し困ったような声で言って、星野先輩はうなずいた。

そして、ふたりでダイニングに戻り、私は湯を沸かして、紅茶の用意をする。

「ミルク、入れますか？」

紅茶のカップを運んで、声をかけると、星野先輩は首を横に振った。

「いや、いい」

「私も、プリンといっしょのときは、いつも紅茶はストレートにしてます。そのほうがプリンの風味がよくわかりますよね。この茶葉はダージリンなので、ミルクを入れるより、断然、ストレートのほうがおすすめです」

そんな話をしながら、冷蔵庫からプリンを取り出す。

「あっ、いつものくせでプリンには紅茶だと思って、用意してしまいましたが、星野先輩はコーヒーのほうがよかったですか？」

「俺も紅茶でいいよ。あんま、こだわりないし」

もうすぐ星野先輩は帰ってしまうのだと思うと、気持ちが焦る。

打ち明けると決めたのだから、今日のうちに話してしまいたい。

先延ばしにすれば、悩む時間が長くなるだけだ。

でも、話を切り出すきっかけがなくて……。

星野先輩とダイニングテーブルで向かい合って、私はガラス瓶に入ったプリンをスプーンですくった。

「おいしい」

口に入れると、甘くとろけて、思わず頬がゆるむ。

「好きなタイプか？」

「はい。とろとろで、すごく好きなプリンです」

「気に入ってもらえたなら、よかった」

星野先輩は満足そうに目を細めた。

そのまなざしがとても優しくて、じんわりとあたたかな気持ちが胸に広がる。

私のことを好きなのだ……ということが、言葉がなくても、その雰囲気だけで伝わってくるのだ。

そして、私も思う。

このひとのことが、好き。

だからこそ、隠しごとはしたくない。

「星野先輩」

片手にスプーンを持ったまま、私は声をかけた。

「うん？　どうした？」

少し首を傾げて、星野先輩はこちらの言葉を待つ。

「いえ、その……」

せっかく楽しく過ごしているのに、暗くて重い話をして、この雰囲気を壊してしまうのは、心苦しい。

「紅茶のおかわり、いかがですか？」

空になったカップに目を向けると、星野先輩は首を横に振った。

「ごちそうさま。たしかに、いい香りの紅茶だった」

私はまたうつむいて、スプーンを動かす。

瓶に入ったプリンは、一口食べるごとに残り少なくなり、ついには空っぽになってしまった。

星野先輩もすでにプリンを食べ終わっていて、いまにも帰ると言い出しそうだ。

もう、心を決めるしかない。

「あのっ」

顔をあげて、私は言う。

「刑法第百七十七条が改正されましたよね」

「お、おう。親告罪の規定が撤廃され、被害客体が拡張され、法定刑の下限が懲役三年から五年となり、科刑の重罰化がなされた」

唐突な話題に、星野先輩は戸惑いつつも、すらすらとそう述べた。

刑法第百七十七条は、強制性交等の罪だ。

平成二十九年の改正前は、強姦罪《ごうかんざい》とされていた。

「改正について、どう思いますか？」

私が問いかけると、星野先輩は真面目な顔つきで答える。

「親告罪だったのは被害者のプライバシーを保護するためだが、それが重荷となり、かえって二次被害を生じかねないとして、検察による起訴を可能にしたのは妥当な判断だと思う。それに、昨今の性の多様性を鑑《かんが》みるに、被害客体の拡張も当然のことだろう。性的自由や性的自己決定権という保護法益は、男女平等に与えられているものであり、被害者が男性だからといって罪が軽くなるのは、あきらかに世論と合致していない」

暴行又は脅迫を用いて十三歳以上の女子を姦淫《かんいん》した者は、強姦の罪とし、三年以上の有期懲役に処する。

かつての刑法ではそう定められていたのだが、改正後は女子という要件が削除され、被害者による告訴が必要な親告罪の規定も撤廃された。

「さっき、面接みたいって言っていましたけれど、星野先輩の話し方も口述試験みたいになっていますよ」

私がそんなふうに言うと、星野先輩も苦笑した。

「採点が気になるところだな。こんな感じの答えでよかったのか？」

「まだ、これからが本題です」

できるだけ深刻にならない口調で、話をつづけていく。

「私、過去に、性犯罪の被害に遭ったことがあるのです。それが、法律に興味を持つきっかけになったといいますか……」

星野先輩は衝撃を受けたように、顔を強張《こわば》らせた。

「それで、このあいだのことは、決して星野先輩を拒絶したわけではなくて、フラッシュバックといいますか、過去の出来事のせいで……。弁護士さんが親身になって相談に乗ってくれて、訴えを起こしたのは勇気ある行動と言ってもらえ、後悔はしていなくて、母もたくさん励ましてくれたのですが、いろいろと噂が広まったりして……。加害者は高校の先生で、それもあって、学校に行けなくなったのです。まわりの目が気になって、学校に行くのがつらくなって、結局、やめてしまいました」

平気な顔で話そうと思っているのに、声が震えた。

「この話を聞いて、どう思いましたか？」

私の問いかけに、星野先輩は困惑を隠せない様子で顔をしかめた。

「どう、って……」

眉間《みけん》に皺《しわ》を寄せ、宙をにらんで、言葉をつづける。

「加害者は、どうなったんだ？」

威圧的な低い声に、背中がぞくりとした。

星野先輩、こんな声も出すんだ……。

怒気を帯びた顔つきに、怯《ひる》みそうになるけれど、苛立《いらだ》ちが私に向けられているわけではないということはわかるので、心を落ちつけて、口を開いた。

「青少年保護育成条例違反で、罰金の略式命令を受けました。刑事事件としては不起訴になりましたが、懲戒免職になり、仕事も家族も失うことになったので、社会的制裁は受けたと思います」

調書を読みあげるような口調で、私は淡々と述べる。

険しい表情のまま、星野先輩はこちらをじっと見つめていた。

「実刑くらって、ぶちこまれたわけじゃないのか。それだと、今後も花宮さんに害を及ぼす危険性があるってことにならないか？」

「遠くに引っ越したそうなので、もう二度と会うことはないと思いますが……」

「なんで、そういう状況になったんだ？」

星野先輩は質問をして、はっとした表情を見せた。

「あっ、いや、つらいなら、話さなくていいんだが」

「その部分、気になりますか？」

「気にならないと言えば嘘になる。だが、無理に聞こうとは思わない。悪い、俺、突然のことで、ちょっと混乱してるっていうか、なんて言ったらいいか、わからなくて」

額に手を当て、うつむくと、星野先輩は大きなため息をついた。

「俺はどうしたらいい？」

星野先輩は顔をあげ、こちらを見る。

「できることがあれば、言ってほしい」

その声を聞いて、胸の奥が痛くなった。

締めつけられるような苦しさに、甘い気持ちも混じっている。胸の痛みが、全身に広がって、指先がじんじんと痺《しび》れた。

星野先輩の声には、切実な思いがこめられていた。

真摯《しんし》に向き合ってくれている。

それが伝わってくるから、打ち明けてよかった……と思った。

「過去の出来事は、もう終わったことなので、蒸し返したくはないのです。ただ、このあいだの反応で、傷はまだ完全には癒《い》えていないのだと痛感して……」

星野先輩といっしょに、未来に向かっていきたい。

だから、言わずにいることはできなかった。

「私、星野先輩のこと、本当に、好きだと思っているんです。なのに、体が拒否反応を示してしまうことがあるかもしれなくて、でも、それは過去の出来事のせいなのだと、理解しておいてください」

「ああ、わかった」

星野先輩はうなずいて、しばらく考えこんだあと、また口を開いた。

「俺も細心の注意を払うつもりではあるが、その、なんというか、女性がどういう場面で嫌だと思うのか、正直、わからないところも多い。だから、少しでも気になることがあったら、言ってくれ」

その言葉に、私は微笑む。

「はい。ちゃんと伝えますね」

すると、少しだけ、星野先輩の表情がやわらいだ。

「あの、コーヒー、飲みませんか？」

椅子から立ち、星野先輩が紅茶を飲んでいたカップを片づけながら、そう声をかける。

「私、ラテアートができるんです」

星野先輩はちらりと時計を見て、時間を確認したあと、うなずいた。

「じゃあ、それを飲んでから帰るか」

私は新しくマグカップを用意して、エスプレッソマシンにコーヒー豆をセットする。

今日の目的をどうにか達成して、肩の荷が下りた気分だった。

ふわふわに泡立てたミルクを注いで、エスプレッソの入ったカップに、ハートの模様を描いていく。

コーヒーを飲んだあとは、もう引き止めることはできなくて、今度こそ星野先輩は玄関に向かった。

「駅まで送ります」

そう言って、いっしょに玄関を出ようとしたら、星野先輩は首を横に振った。

「いいって。ここで」

「それでは、せめて、エレベーターのところまで」

いっしょにいられる時間を少しでも長くしたいと思ったのに、エレベーターはすぐにやって来た。

「また連絡する」

それだけ言うと、星野先輩はエレベーターに乗った。

私はうなずき、手を振って、星野先輩を見送った。

そして、ひとりで部屋に戻る。

テーブルの上に、空っぽのマグカップがふたつ、置いたままになっているのが目に入った。

さっきまで、ここに星野先輩がいたのに……。

そう思うと、まるで、はじめてひとりで留守番をしたときみたいに、さみしくてたまらない気持ちになった。


母は泊まりがけの出張だったので、翌日の夕方になって帰宅した。

ガチャリと鍵《かぎ》が開く音が響き、私は勉強の手を止めて、玄関まで出迎えに行った。

「おかえり」

「ただいま。はあ、疲れた。はい、お土産」

げっそりした顔で、母は紙袋を差し出す。

「ありがとう。和菓子？」

紙袋の雅《みやび》やかな意匠と店名から、そう推測すると、母はうなずいた。

「たぶんね。いただきもの。お花はホテルに置いてきた」

声に張りがなくて、疲労の濃さがうかがえる。

仕事でなにか嫌なことがあったのかな……。

ただ疲れているだけというより、精神的なダメージを負っているようにも思えた。

母は仕事の愚痴を口にすることはない。

けれど、いっしょに暮らしている家族だからこそ、わかってしまうこともある。

「夕飯は？」

ピアスを外しながら、母は訊《き》いた。

「あ、用意してない。ごめんね。食べてくると思ったから」

出張のとき、母はいつも帰りの新幹線で味わう駅弁とビールを楽しみにしている。だから、てっきり今日もそうだろうと思って、私は夕飯に冷凍してあるベーグルをひとりで食べるつもりで、なにも作っていなかった。

「カレー、残ってないの？」

「うん、全部、食べちゃった」

私が答えると、母は不満げに声を漏らす。

「えーっ、牛すじカレーを作るって言っていたから、それを楽しみにして、わざわざ、駅弁、買わなかったんだけど」

「そうだったんだ。連絡くれたらよかったのに」

「もういい。とにかく、シャワー、浴びてくる」

母からピリピリとした空気が漂ってきて、どうにかしたいという焦燥感に駆られる。

「いまから、なにか作ろうか？」

「いらない。カレーの気分だから、レトルトでも食べる」

母はそう言って、浴室に向かった。

私はリビングのソファーに戻り、参考書を手にして、条文の暗記を再開しようとするのだけれど、あまり身が入らない。

しばらくすると、母は浴室から出たらしく、ドライヤーの音が響いた。つづいて、軽やかな鼻歌も聞こえてくる。

少しは機嫌が回復したようだ。

ほっとして、私は改めて参考書に目を落とした。

「ふう、すっきりした」

ひとりごとをつぶやきながら、母は冷蔵庫を開ける。

炭酸水のペットボトルを開けて、母はソファーに腰を下ろした。

「相変わらず、真面目に勉強しているのね」

母の口から出た真面目という言葉には、どこか揶揄《やゆ》するような響きがあった。

私が弁護士を目指していることについて、いまでも内心では歓迎していないのかもしれない。

「やっぱり、なんか作って。レトルトカレーより、まいの手料理が食べたい」

母の気まぐれは、いつものことだ。

「はいはい、わかりました」

私は参考書を閉じると、ソファーから立ちあがって、キッチンへと向かった。

「リクエストは？」

「野菜たっぷりのお味噌汁《みそしる》」

母の望みを叶《かな》えるため、野菜を切りはじめる。

夕飯の用意ができると、母は満足げな笑みを浮かべた。

「まいの優しいところ、親としてはすっごく助かるんだけど、都合のいい女にならないか心配だわ」

笑いながら、母はそんなふうに言う。

「彼氏には、あんまり尽くしすぎないようにね。男って、追われるより、追う立場が好きなタイプが多いし、わがままな女のほうが愛されるものなのよ」

「だいじょうぶ。そんなに尽くしてないし」

むしろ、星野先輩のほうがいろいろと気を遣って、私を喜ばせようとしてくれている。

「それで、おうちデートはどうだった？」

「楽しかったよ」

「今度はいつ来るの？」

「まだ、約束してない」

「早く会いたいわ。しずちゃんの話だと、まいのこと、大切にするつもりはあるみたいだけど、口先だけならどうとでも言えるからね。本人と直接会って、まいにふさわしい男か、この目で見極めないと」

母の言葉に、引っかかった。

「しず姉ちゃんの話、って……？」

「聞いてないの？　先週、しずちゃんがまいの彼氏に会いに行ってくれたの。で、とりあえず、合格だという報告を受けたから、おうちデートを許したのよ」

母がなんの話をしているのか、すぐには理解できなかった。

「なに、それ……」

「しずちゃんの観察眼というか、ひとを見る目は信用できるから。しずちゃんは悪い男ではなさそうだと言ってたし、まいから聞いた話でも、その判断はまちがっていないと思って。昨日のデートでも、いい感じだったのでしょう？」

星野先輩がしず姉ちゃんと会っていたなんて、全然、知らなかった。

さも当然のような口調で、母は話しているけれど、私は衝撃を隠せない。

「でも、しずちゃんと会ったこと、まいに黙っていたのは、少し問題ね。異性とふたりきりで会う約束をしたのに、それを言わずにいるなんて、誠実さが問われるところよ。後ろ暗いところがなければ、隠す必要もないわけだし」

「変なこと言わないで！」

気がつくと、強い口調になっていて、自分でも驚いた。

「星野先輩のこと、知らないのに……」

勝手な推測で、星野先輩のことを悪く言われて、我慢ができなかった。

「だから、見極めるために、早く会わせなさいって言ってるの」

まったく悪びれず、母はそんなことを言って、肩をすくめた。

「まいは尽くすタイプだから心配だわ。愛情の天秤《てんびん》を想像して、一方に傾かないよう、うまくバランスを取りなさい。与えるばかりにならないようにね。自分を犠牲にする恋愛は長続きしないから」

母の言葉は、正しい。

とてもためになる恋愛アドバイスなのだと思う。

なのに、どうして、こんなにもやもやするのだろう。

夕食のあと、自分の部屋で勉強をやろうとしたけれど、心がざわついて、落ちつけなかった。

テキストを開いたけれど、ちっとも集中できない。

星野先輩にメッセージを送ってみようかな。

そう考えて、スマホに手を伸ばしたものの、どんな文面にすればいいか、悩ましくて、指が止まる。

しず姉ちゃんと会ったのか。どんな話をしたのか。どうして黙っていたのか。

訊きたいことはいろいろあるけれど、星野先輩のことを責めているとか疑っている
とか、そういうふうに受け止めてもらいたくない。

この気持ちを文章だけではうまく伝えられる自信がなくて、一文字も入力できなか
った。

それに、メッセージを送ったら、返事があるまで、やきもきしながら待ちつづける
ことになるだろうし……。

じっとスマホを見つめていると、廊下から母の声が聞こえた。

「まい、まだ起きてるの？」

「うん」

「夜更かしは美容の敵よ。お風呂《ふろ》も、まだ入ってないんでしょう」

「もうちょっとしたら入る」

「さっさと寝なさいよ。明日《あした》は七時半には家を出るつもりだから。ちゃんと起きてね」

母の仕事の都合に合わせて、朝ごはんを用意する。

それはいつものことであり、特に嫌な言い方をされたわけでも、偉そうに命令され
たわけでもない。

けれど、反発心が起こった。

これまで、母に対して、こんな気持ちになったことなんてないのに……。

言葉のひとつひとつが、癇《かん》に障る。

明日、早起きをして、朝ごはんの用意をしなければならないことを考えると、叫び出しそうなほどの拒否感があり、イライラして仕方がなかった。

このままでは、母にひどいことを言ってしまうかもしれない……。

嫌だ。

いっしょにいたくない。

自分の心に、そんな思いが湧きあがって、信じられない気持ちになる。

でも、これが本心だ。

明日の朝、早起きをして、食事の用意をして、母と顔を合わせることを考えると、耐えられなかった。

こんな気持ちのまま、ここにはいられない。

冷静さを失っているということは、自覚していた。

それでも、母に対する腹立ちを抑えきれず、居ても立っても居られなくて、私は家を出ることにした。

25

花宮さんから聞かされた話の内容がショックで、家に帰ってもずっと頭から離れなかった。

何度も何度も、過去の出来事を告げたときの花宮さんのすがたが浮かんでくる。

そして、うまく声をかけることができなかった自分を思い返しては、情けない気持ちになり、どうしようもなく落ちこんだ。

花宮さんは俺を信頼したからこそ、自分の身に起きたことを話してくれたのだ。それなのに、俺は動揺するばかりで、花宮さんの気持ちを思いやるような余裕がなく、まともな対応ができなかった。

話を聞いたとき、最初に生じた感情は「怒り」だった。

心のなかでは、加害者に対する猛烈な怒りが渦巻いていた。

許せない。

卑劣な男。最低な人間だ。

俺の大事な花宮さんを傷つけたのだから、許せるわけがない。

どうして……。

理不尽さに対する憤怒《ふんぬ》。

どうして、花宮さんがそんな目に遭わなければならないのだ。

激しい怒りの感情を抑えることに必死で、頭がうまく働かず、とにかく冷静になるために、その場を離れる必要があった。

帰宅後、ひとりで考えれば考えるほど、加害者のことが許せず、行き場のない怒りに身が震えた。

殺してやりたい。

自分の内側に芽生えたのは、明確な殺意であった。

花宮さんを傷つけたというやつを、この手で……。

殺人という罪について、これまでさまざまな立場から法律の条文を解釈して、いくつもの判例を学んできたが、あくまでも考察的なアプローチであり、自分がその罪を犯してしまう事態など考えたことはなかった。

それが、いま、まさに殺意というものを自覚して、だれもが当事者になり得るのだと痛感した。

加害者は高校の教師で、罰金の略式命令を受けて職を失ったというのなら、報道で名前が出ているのではないだろうか。花宮さんの通っていた高校の名前はわからないが、住所から推測して、ネットで調べれば、辿《たど》り着くことも……。

もちろん、本当に殺すつもりはない。だが、いちおう、念のために相手の情報を手に入れておくべきではないかと考えた。

スマホを手に取ったあと、実行しようとして、思いとどまる。

花宮さんは「もう終わったことなので、蒸し返したくはない」と言っていた。

俺が加害者について探ったりすることは、その気持ちを踏みにじるような行為かもしれない。

過去になにがあったのか、ものすごく気になる。だが、それを暴くことで、花宮さんをまた傷つけてしまうのであれば、ここは我慢すべきか……。

気にしないことが一番だ。

そう思うのに、思考は止まらず、おなじことばかり考えてしまう。

許せない。許せない。許せない……。

加害者がいまもどこかでのうのうと生きているのだと考えると、まさに腸《はらわた》が煮えくり返る思いがした。

アメリカにはメーガン法というものがあり、性犯罪者は住所や顔写真が登録され、出所後もウェブサイトなどで公開される。日本では刑務所内で再犯防止のためのプログラムが導入されてはいるものの、前科者の情報は公開されることがない。性犯罪者情報公開法の制定については、憲法十三条の「私的生活の自由」やプライバシーの権利に抵触することもあり、合憲性をめぐって議論が行われている。

また、アメリカの多くの州やイギリスやフランスや韓国やスウェーデンなどでは、常習性のある犯罪者にGPSの装着を義務づけることが法制化されている。日本でも、再犯抑止策としてGPSによる監視の導入が検討されているが、人権保護や更生促進の観点から反対の意見も根強い。

授業で習ったときには、単なる知識でしかなかった。

それが、もはや他人事《ひとごと》ではないというか、看過できない切実な問題として、頭のなかでぐるぐるとまわっている。

公正な立場でなんていられない。

法を司《つかさど》る者としては、バランスを欠いた判断をしてはならないことを重々承知しているが、もう性犯罪者はみんな死刑でいいんじゃないかとすら思った。

冤罪《えんざい》の可能性を考慮しなければならないということも、わかってはいるのだ。

それに、厳罰化によって必ずしも犯罪が減少するわけではないことも知っている。たとえ死刑だと定めたところで、性犯罪がこの世から消えることはないだろう。それこそ、極刑になろうとも、殺人を犯す人間は存在しているように。

だれも傷つくことのない世界なんて、ありえない。

理屈ではわかっているのだが、それでも納得がいかなくて、どうにかできないだろうかと考えつづける。

俺にできること……。

花宮さんのために……。

いろいろと考えているうちに、柴崎さんがわざわざ俺を呼び出してまで忠告をした理由やあのときの態度の意味が、ようやく理解できた。

過去のことがあったからこそ、柴崎さんは釘《くぎ》を刺しに来たのだ。

そして、どこか喧嘩腰《けんかごし》というか、俺に対する当たりが強いように感じたのも、過去に花宮さんに危害を加えた「男」がいたことから、おなじ「男」である俺についても警戒して、いわば「犯罪者予備軍」というような目で見られていたのだろう、と思い至る。

俺はちがう！

そう叫びたい気分だった。

性別がおなじだというだけで、同類にされたくない。

だが、自分の肉体にも加害性があり、欲望を持っているということは事実で……。

そう考えると、嫌悪感で吐きそうになる。

俺は立ちあがり、柴崎さんから渡されたパンフレットを取り出した。

あのとき、柴崎さんの話は重要なところがくわしく語られず、不明瞭《ふめいりょう》なままだった。

デリケートな話題ゆえに本人に無断で勝手に打ち明けるわけにはいかないが、それでも柴崎さんなりに気を遣って、俺にいろいろと知らせてくれようとしていたのだと、いまならわかる。

花宮さんから過去の出来事を聞かされたときのために、心構えをしておくよう、これを渡されたのだ。

パンフレットを読み返してみると、被害者の心のケアのために望ましい言葉が載っていた。

きみはなにも悪くない、とか。

話してくれてありがとう、とか。

けれど、そんな気の利いたことは、まったく口にできなかった。

俺は動揺して、なにひとつ、うまくできなかったのだ……。

絶望の淵《ふち》に沈んでいると、インターフォンが鳴り、はっと我に返った。

モニターで訪問者を確認したところ、笹川のすがたが見えた。

そういえば、今日は笹川が来ることになっていた。時計を見ると、まさに約束の時間である。急いでパンフレットを机のひきだしに仕舞って、玄関へと向かう。

ドアを開けると、むわっとした熱気と共に笹川が入ってきた。

「相変わらず、暑いな。星野、メシは？」

「まだ」

笹川は片手に白いビニール袋、もう片方の手には丈夫そうな紙袋を提げていた。

「そう思って、いちおう、コンビニでパンとか買ってきたから。で、こっちが例のブツだ」

先日、笹川と雑談していたところ、おすすめのアニメの話になり、大事なコレクションを貸してくれるという流れになったのだった。

「重いのに、わざわざ持って来てもらって、すまんな」

「気にするな。好きな作品を布教するのは、信者のつとめだ」

中学高校時代にも、アニメのキャラクターや声優やアイドルなどの熱狂的なファンがいて、よく「推し」の魅力を延々と語られたものである。笹川はそんな級友たちと似た雰囲気を醸し出しており、こういうやりとりには懐かしさを感じる。

笹川が買ってきた菓子パンやサンドイッチに加えて、うちにあったチーズやクラッカーなどを出して、ローテーブルに広げた。

「これ、完全に飲む流れじゃないか」

クラッカーをつまんで、笹川が言う。

「酒も買ってきたらよかったな」

「白ワインなら冷えてるぞ」

「マジか。そんなに遅くならないうちに帰るつもりだったのだが」

「このあと、予定があるのか？」

ワイングラスを用意しながら、俺が問いかけると、笹川は首を横に振った。

「いや。どうせ帰ったところで、課題をやるだけだ」

「それなら、泊まっていけば？　徹夜で鑑賞会しようぜ」

「よかろう。望むところだ」

ひとりでいると、どうしても考えてしまう。

だから、笹川が来てくれたことで、かなり救われたところがあった。

「俺、花宮さんとつきあうことになったから」

ワインを一口飲んで、そう告げると、笹川は実にわかりやすく驚愕《きょうがく》した。

「えっ、いつの間に……」

「笹川のおかげだ。花火大会のときに、そういうことになった」

俺の話を聞き、笹川はうれしそうな笑顔になる。

「そうか。ほらな、脈ありだって言っただろ。勇気を出して、誘ってよかったな」

笹川の声には微塵《みじん》も嫉妬《しっと》のようなものが含まれておらず、心から俺を祝福してくれているのだということが伝わってきた。

ほんと、いいやつだよな……。

「っていうか、報告が遅いぞ。すぐに教えてくれよな、そういうことは」

「すまん」

「まあ、恋人ができると浮かれて、友達のことなんてどうでもよくなるというのが、自然の摂理なんだろうけど」

「決してどうでもいいと思っていたわけじゃないんだが、いろいろ忙しくてな。デートとか、デートとか、デートとかで」

冗談めかして言うと、笹川はわざとらしく悔しがった。

「くっ……、ひとがレポートに追われているあいだに、夏を満喫しやがって……」

「その分、俺はこれからレポート地獄だ」

酒を飲みつつ、夏休み中に仕上げなければならない課題について、ひとしきり愚痴をこぼしたあと、アニメを鑑賞することにした。

そのアニメはいわゆるタイムリープもので、主人公が時空を超え、過去を改変することで、惨劇を回避しようとする物語だった。

愛するひとを助けるため、過去に戻る。

そんな主人公のすがたに、わが身を重ねて、感情移入せずにはいられない。

俺は何度も夢想していたのだ。

酔っ払いや暴漢などから、花宮さんを「守る」というシチュエーションを……。

ピンチに颯爽《さっそう》と現れて、危ないところを助けたなら、俺のことを好きになってくれるかも、なんて考えていた。

けれど、間に合わなかった。

それは俺と出会う以前に起きたことだった。

助けることは、できなかった……。

「笹川には、変えたい過去ってあるか？」

視線は画面に向けたまま、俺は問いかける。

「ない」

笹川がそう即答した。

「過去を改変すれば、それが些細《ささい》なことであっても、必ずほかに影響を及ぼす。それを考えると、過去を変えたいとは思わないな。どんな過去も、そのひとがそのひとであるために必要なものなのだから、変えてしまうわけにはいかないだろう」

笹川は身動きひとつせず、画面を見ながら言い切る。

「変えられるのは、未来だけだ」

そんな笹川の言葉に、ひそかに胸を打たれていたところ、スマホから着信音が響いた。

手早くスマホを確認すると、差出人は花宮さんだった。

〈いまから星野先輩のところに行ってもいいですか？〉

　メッセージを読み、思わずスマホを取り落としそうになる。

「ふぁあっ!?」

　驚きのあまり、口からおかしな声が漏れた。

「どうした、星野。変な声を出して」

　怪訝《けげん》な顔で、笹川はこちらを見る。

「花宮さんが、いまからうちに来る、って」

「なら、邪魔者は退散するとしよう」

　さっそく立ちあがった笹川に、俺は手を伸ばした。

「待ってくれ、笹川。俺をひとりにするな」

「なにを言っているんだ」

　笹川は呆《あき》れたような声を出して、俺を見おろす。

「ラブラブなふたりに挟まれて、いたたまれない思いをしろと？　ちょっとした拷問なんだぞ、それ」

　妙に実感のこもった口調で言うと、笹川は自分の飲み食いしていたものを始末にかかった。

「花宮さん、もうこっちに向かっているのか？　駅まで迎えに行ったほうがいいのでは？」

「ああ、そうだな、うん」

笹川に言われ、俺はあわてて返事を打つ。

〈いま、どこ？　駅まで迎えに行く〉

花宮さんからは、すぐに返信があった。

〈電車に乗ったところです〉

大急ぎで部屋を片づけると、俺も笹川といっしょに部屋を出て、駅へと向かうことにした。

26

改札を抜けると、すでに星野先輩が迎えに来てくれていた。

「どうしたんだ？　こんな時間に」

「母と少しありまして」

「なにがあった？」

「その、大したことではないのですが、母の言葉に少し引っかかるところがあり、もめてしまいそうだったので、頭を冷やしたくて、家を出てきたのです」

「そうか。だが、夜遅い時間に出歩くのは不用心だろう。連絡くれたら、花宮さんのマンションまで迎えに行ったのに」

「いえいえ、そこまでご迷惑をおかけするわけには……。それに、私、こう見えて、護身術の教室に通ったことがあり、防犯グッズも持っていますし、ちゃんと危険に対する心構えはできています」

「そうかもしれないが、万が一ということもあるし」

「心配しだすと、きりがなくて、一歩も外に出られませんから」

夜の道をいっしょに歩きながら、私はカメラを忘れたことに気づいた。

いつもの重みがない。

外出するときには「お守り」みたいな感じで、必ず持ち歩いていた。

それが、星野先輩のところに向かおうと思って、家を出たときには、カメラがなくても平気だった……。

そんな自分の変化に気づいて、不思議な感じがした。

それに、ずっと、自分の家が一番「安全な場所」だと思っていたのだ。

なのに、こんなふうに夜中に家を飛び出すなんて、自分が自分じゃないみたいだ。

「私、実は、これまで反抗期というものがなかったのです。母はとても理解のある大人で、上から押さえつけるということもなく、私の話をよく聞いてくれたので、反抗する必要がなかったといいますか……」

家を出るにあたって、ダイニングテーブルの上にはメモを残してきた。「星野先輩のところに行きます。朝ごはんは自分で用意してください」と書いて……。

母だって、これまで何度も恋人と外泊をして、帰ってこないことがあった。

だから、心配されたり、怒られたりする筋合いはないはずだ。

「でも、最近、母に対して、妙に苛立《いらだ》ちを感じるのです。もしかしたら、遅れてきた反抗期なのかもしれません。星野先輩は、反抗期ってありましたか？」

「まあ、それなりに。うちの場合、父親がテキトーな人間だから、真面目に反抗するのも馬鹿らしいってところはあったが」

「どんな感じでした？」

「さすがに壁に穴は開けなかったな。高校のとき、親にムカついて、壁を殴ったとか、テレビを割ったとかいうやつがクラスにいて。それに比べたら、俺の反抗期なんか、なにも壊してないし、おとなしいものだったと思うぞ」

しばらく黙ったあと、星野先輩はまた話をつづけた。

「そういえば、母親がアイロンがけしてるのに、父親が『お茶』とか言いつけて、俺が『茶くらい自分でいれろよ』って言ったら『なんだ、反抗期か？』と茶化されて、いや、どう考えても、正しいのはこっちだろと思って、理不尽さを感じたことがあったな。だいたい、父親よりも、俺のほうが正論を言っていることが多かったんじゃないかって気もする」

「星野先輩のお父さんって、弁護士なんですよね。なのに、正論を言わず、理不尽なのですか？」

「口が達者で、自分に有利なように黒を白と言いくるめるというか、悪徳弁護士だよ、あいつは」

悪口を言いながらも、星野先輩の声は優しくて、本音のところでは嫌っているわけではないのだとわかった。

自分の父親のことを「あいつ」と呼ぶというのも、私には信じられない感覚で、そんな親子関係に少し憧《あこが》れる。

「花宮さんが家を出て、心配してるんじゃないか？　お母さん」

「ちゃんと書き置きをしてきましたので」

念のため、私はスマホを取り出して、連絡が来ていないか、確認した。

母からのメッセージはない。

「そういうわけですので、申し訳ありませんが、今晩、泊めてください」

「ああ、俺は構わんが……」

玄関の鍵《かぎ》を開け、星野先輩はなかに入って、明かりをつける。

私もつづいて、玄関に足を踏み入れ、靴を脱いだ。

星野先輩の部屋は、以前に訪れたときに比べると、少し散らかっていて、生活感があった。

「さっきまで笹川が来てたんだ」

「そうだったんですか」

「花宮さんと入れちがいで、帰ったんだが」

キッチンを通ったとき、シンクにワイングラスがふたつ置かれているのが目に入ったので、来客があったのではないかということは考えていた。

そういうのに気づいてしまうところが、母とおなじなのかもしれない。

母は以前「勘が鋭すぎて、どうしても男の浮気を見抜いてしまうのよね」とこぼしていた。

「笹川に、花宮さんとつきあってること話したら、すごく驚いてた」

星野先輩の言葉に、私は首を傾げる。

「驚くようなことなのでしょうか。部長さんと椿先輩もつきあっているのですし、おかしなことではないと思いますが」

「花宮さんが、なんで、俺とつきあうことになったのか、ってことだろ。俺だって、花宮さんが好きになってくれた理由とか、正直、よくわからないというか、いまでも信じられない気持ちだし」

そんなことを言いながら、星野先輩はエアコンのスイッチを入れた。

夜とはいえまだ蒸し暑くて、歩いていると、汗をかいてしまった。

エアコンから涼しい風が吹き出してきたのだけれど、汗でべたついた体が冷えて、余計に気持ち悪い。

「夕飯は食べたのか？」

「はい」

うなずいたあと、私はつづけた。

「あの、でも、お風呂《ふろ》に入り損ねて……。シャワーをお借りしてもいいでしょうか」

「おっ、おお、もちろん、自由に使ってくれ。ちょっと待って。片づけてくる」

星野先輩は浴室に行き、また戻ってきた。

「シャンプーとか、いつも俺が使ってるやつしかないけど」

「わかりました」

「タオルはここにある。あと、なにが必要だ？」

「だいじょうぶだと思います」

今晩、そういう行為をする覚悟はできていた。

だから、汗を流しておきたくて……。

服を脱いで、ドアを開け、浴室に入る。

浴室はきちんと掃除されていて、かび臭さなどは感じなかった。水まわりの匂いに敏感なほうなので、清潔でほっとする。

見慣れない浴室にいると、旅行に来たみたいな気分だ。

シャワーはお湯の温度が高めに設定されているようで、少し熱かった。

これが星野先輩の好みの温度なのだろうと思うと、肌を滑り落ちていくお湯の熱さにどきどきした。

星野先輩を好きになった理由……。

シャワーを浴びながら、さっきの会話を思い出す。

星野先輩は、どうして私が星野先輩とつきあうことになったのか、信じられない気持ちでいると話していたけれど、私にもよくわからない。

なぜ、星野先輩でなければいけなかったのか……。

自分の気持ちなのに、理由がわからないなんて、改めて考えると不思議だ。

ただ、いま、私の心のなかに、星野先輩を好きだという気持ちがあることは、たしかだった。

この体のどこに触れられてもいい。

世界でただひとり、そう思うことができる特別なひとなのだ。

体を洗うため、ボディソープに手を伸ばして、ポンプをプッシュすると、白い液体が出てきた。家では泡で出てくるタイプを使っているので、少し戸惑う。泡立てるためのネットを探したけれど、見つけることができなくて、どうにか手で泡立てた。

それから、棚にあった黒い容器のシャンプーを使わせてもらう。シャンプーはとても泡立ちがよく、少し髪につけただけで、もこもこになったので、びっくりした。髪を洗っているときの手触りが、いつもとまったくちがう。

ミント系の清涼感のある香料が使われていて、自分の髪が星野先輩とおなじ匂いになっていくのが、新鮮な感じだった。

シャワーを止めると、浴室のドアを少しだけ開け、隙間から手を伸ばして、タオルを取る。バスマットがなかったので、浴室のなかで、体を拭《ふ》くことにした。

それから、服を着ようとして、ブラをつけるべきかどうか、少し悩んだ。いつもはお風呂あがりにブラはつけないけれど、合宿のときには部屋着の下につけていたのだ。締めつけが嫌だから、迷った結果、つけないことにした。

部屋着になり、髪の毛をタオルでしっかりと拭いて、星野先輩のところに戻る。

「シャワー、ありがとうございました。タオル、どうしたらいいですか？」

「ベランダに干しておく。貸して」

タオルを受け取りながら、星野先輩は私の服に目を向けた。

「それ、合宿のときにも着てたよな」

「はい。しず姉ちゃ……、従姉《いとこ》と買いに行ったのです」

星野先輩はなにか言おうとして、目をそらした。

「俺も、シャワー、浴びてくる」

ベランダにタオルを干しに行ったあと、星野先輩も浴室へと向かった。

濡《ぬ》れた髪のまま、顔にぺちぺちと化粧水を叩《たた》きこんだり、ボディクリームを塗ったりしながら、星野先輩が戻ってくるのを待つ。

喉《のど》、渇いた……。

いつもお風呂あがりには水分補給を欠かさないけれど、無断でコップを使うのもどうかと思って、よその家に泊めてもらうことの不便さを感じる。

浴室のドアが開く音がして、星野先輩の声だけが響いてきた。

「花宮さん、ちょっといいか」

「はい、なんでしょう」

座ったまま、私も少し大きめの声で返事をする。

「あー、なんていうか、俺、着替えがそっちにあって」

「どこですか？」

「クローゼットなんだが。いや、自分で取りに行くから、花宮さんはちょっと目を閉じておくとか、こっち見ないようにして」

「わかりました」

浴室に背を向け、私は膝《ひざ》を抱えるようにして座ると、顔を伏せ、目を閉じた。

「だいじょうぶです。なにも見えません」

背後でばたばたと足音がして、星野先輩がクローゼットを開け閉めしている気配が伝わってくる。

男のひとも自分の裸を見られるのは恥ずかしいものなのだろうか。

目を閉じながら、素朴な疑問を感じる。

見られることがどうというより、デリカシーの問題なのかもしれない。

「もういいから」

振り返ると、星野先輩はTシャツと短パンというすがたになっていた。

「ドライヤーをお借りしてもいいでしょうか」

「ああ。洗面所にある」

洗面所に行くと、すぐにドライヤーは見つかった。

ドライヤーの風を当てていると、髪がきしんで、指どおりが悪くなっているのを感じた。シャンプーの種類で、こんなに洗いあがりにちがいが出るなんて、ちょっとした驚きだ。

「ドライヤー、ありがとうございました。それから、あの、私、喉が渇いて……」

「冷蔵庫にあるもの、なんでも好きに飲んでいいから」

言いながら、星野先輩はキッチンに向かい、冷蔵庫を開ける。

「って言っても、麦茶と野菜ジュースと白ワインくらいしかないが」

「では、麦茶をいただきます」

星野先輩がグラスを取って、麦茶を注いでくれたので、私はそれをごくごくと飲む。

そのあいだ、ずっと、視線を感じた。

星野先輩がこちらを見て、なにか言いたそうにしている。

視線を合わせると、私は問いかけた。

「いま、どういうこと、考えていますか？」

星野先輩は気まずそうに、目をそらす。

「それは……」

私は黙ったまま、言葉を待つ。

「その服、可愛いな、と思って。合宿のときにも着てただろ。あのときは、ただの後輩で……。でも、いまは彼女で、俺の部屋にいるなんて……」

星野先輩はまたこちらを見て、目が合う。

キスのタイミングだ、と思った。

そういう雰囲気になり、お互い、引き寄せられるような感じがしたのだけれど……。

「そっ、そろそろ、寝るか」

くるりと背を向けると、星野先輩はローテーブルなどを移動させはじめた。

「この座椅子、ベッドにもなるというか、わりと大きいから、こっちで寝ることも多くて」

言いながら、座椅子を倒して、平べったくする。

なにか手伝ったほうがいいかなと思いつつも、勝手がわからないので、私は邪魔にならないよう、部屋の隅っこにいることにした。

「ロフトベッドって、はしごを上るのは面倒だし、天井に頭ぶつけそうになるし、いまいち不便なんだよな。秘密基地っぽくていいと思って買ったものの、ちょっと失敗だったかも」

星野先輩はそんなことを言いながら、部屋を片づける。

「たしかに、はしごは体調が悪いときとか大変そうですよね」

「あと、いまになって、もうひとつ、デメリットに気づいた」

「なんですか？」

「いや、なんでもない」

軽く手を振って、星野先輩は話をつづけた。

「そういうわけで、座椅子とベッド、どっちがいい？　好きなほうを使ってくれ」

その言葉から、いっしょに寝るつもりはないのだということがわかって、胸が痛くなった。

私は覚悟を決めてきたのだけれど……。

早く、星野先輩と結ばれて、過去の記憶を上書きしたい。

「いっしょに寝ないんですか？」

「えっ、あ、うん。いや、だって、花宮さんの嫌がるようなこと、したくないし」

「私、嫌じゃないです」

それを聞いて、星野先輩は驚いたように大きく目を見開く。

「そういうことを言われると、俺の自制心が……」

苦しそうな声で言うと、その場にしゃがみこみ、星野先輩は頭を抱えた。

私も望んでいて、同意の上なのだから、なにも問題はないはずだと思う。

しかし、そこのところがうまく伝わっていないみたいだ。

過去のことを知ったからこそ、星野先輩は紳士的にふるまおうとしてくれているのかもしれない。

こちらとしては気にしないでほしいというか、これから乗り越えていきたいと思っているのだけれども……。

そういう話題には恥ずかしさがあるし、あまりに積極的なのもどうかという気がして、はっきりと口には出しにくい。

でも、ちゃんと意思表示をしないと、わかってもらえないから……。

「星野先輩と、キスとか、それ以上のこと、したいと思っているのです」

顔から火が出そうだ。

耳がとても熱くなって、きっと顔は真っ赤になっているのだろうと思うと、ますます頬が火照ってくる。

星野先輩は顔をあげて、こちらを見た。

「本当にいいのか？」

私はこくりとうなずく。

「はい」

肩に手が触れ、キスされた。

このあいだみたいに短くて、すぐに離れるキスじゃない。

長くて、深いキスがつづいて……。

肩にあった星野先輩の手が、だんだんと下におりてきて、胸に触れた。恥ずかしいけれど、嫌な感じはしない。

「直接、触っていい？」

キスのあいまに、星野先輩がたずねた。

私は声を出せず、うなずいて、動きだけで答える。

ボタンをはずすのかなと思ったら、おなかのほうから手が入ってきたので、肌に触れる感覚に、少しびっくりした。

やわらかに撫《な》でられて、くすぐったい。

手の感触と指の動きに、鳥肌が立った。でも、気持ち悪いわけじゃなくて、どちらかというと、心地よさに近い。

星野先輩の手は、優しい。

大切にされているのが、伝わってくる。

キスしたあと、星野先輩の手が離れた。

ぎゅっと抱きしめられて、それから、ゆっくりと押し倒された。

背中が床につく。仰《あお》向けの姿勢。覆い被《かぶ》さられ、天井の照明が遮られる。

陰になって、星野先輩の顔が暗くて……。

途端に、全身が硬直した。

息ができない。また、これだ。胸が潰《つぶ》れそう。この感覚、忘れたいのに……。体が凍りついたように固まり、まばたきもできなくなる。

「花宮さん？」

星野先輩は動きを止めると、心配そうな顔をして、こちらをのぞきこんだ。

私が返事をできないでいると、星野先輩は身を起こして、少し離れた場所に座った。

甘い雰囲気が消えて、さっきまでの特別なつながりが断ち切られた感じだった。

どうして、まだ、いまでも、こんなふうになってしまうのだろう……。

悔しくてたまらない。

どうにか身を起こすと、両腕で膝《ひざ》を抱えて、顔を伏せた。

悔しさと悲しさで、涙が出てくる。

「無理しなくていいから」

星野先輩の声が、近くで聞こえた。それから、頭を優しく撫でられる感覚があった。

こんなに好きなのに、わかってもらえない。

拒絶するつもりなんて、ないのに……。

「今日はもう寝よう」

星野先輩に言われて、私は顔をあげる。

「えっ……、でも……」

すがるような声が出てしまった。

「まだ……」

もっと、関係を深めたい。

今度は頑張るからと目で訴えたところ、星野先輩は困ったような表情になった。

「泣かれると、さすがに、こっちもそういう気分になれないというか」

それを聞いて、自分の思いこみに気づいた。

男性はいつでも、その行為を望んでいると思っていた。

けれど、そうとも限らないのだ。

さっきまでの星野先輩には、私を強く求める熱っぽいまなざしがあった。

それが、いまは消えていて……。

求められていない。

欲しがってもらえない。

男性からそういう欲望を向けられることを不快だと思っていたはずなのに、星野先輩から熱が消えてしまったことは、悲しくてたまらなかった。

胸が痛くて、また涙がこぼれそうになったので、膝を抱えたまま、顔を伏せる。

「ゆっくり、慣れていけばいいって」

そう言って、星野先輩はもう一度、私の頭を撫でた。

「とにかく、今日はもう遅いから」

立ちあがりながら、星野先輩は言う。

「花宮さん、こっちでいい？　ロフトは危ないかもしれないし、俺が上で寝るってことで」

星野先輩と離れてしまうことを考えると、胸が締めつけられた。

「私、ひとりで寝るの嫌です」

ぽつりとつぶやいたあと、また本音がこぼれた。

「星野先輩といっしょに寝たい」

自分が、こんなことを言うなんて、意外だった。

他人に、わがままなんて言えない。

でも、星野先輩に対してだけは、素直な気持ちを口にすることができた。

甘えすぎているかもしれないけれど、星野先輩が受け入れてくれるから……。

星野先輩はロフトベッドのはしごに手と足をかけたまま、動きを止める。

背を向けているから、表情は見えない。

少し間があってから、つぶやくような声が聞こえた。

「マットレスを下ろすか」

そして、はしごをのぼったあと、ベッドの上から、こちらに声をかける。

「花宮さん、手伝える？　ちょっと、支えてほしいんだが」

「はい、わかりました」

ふたりで協力しながら、ベッドマットを下ろして、床に敷いた。

「電気、消すぞ」

暗くなった部屋で、私と星野先輩は並んで、横になった。

タオルケットはふわふわで、星野先輩の匂いがした。

「おやすみ」

星野先輩が優しい声で言って、私の頭を撫でる。

「おやすみなさい」

目を閉じると、下腹部に鈍い痛みを感じた。

27

まさか、花宮さんが泊まることになるなんて思わず、まったく心の準備ができていなかった。

先に進むつもりはなかったのに、花宮さんに許可され、キスをしているうち、どんどん止まらなくなり……。

しかし、途中で気づいてしまったのだ。

アレがない！

そう、準備不足といえば、コンドームを用意していなかったのである。

これまでの人生において、それが必要となる機会が皆無だったので、当然、手元にはなく、さっさと買っておくべきだったが……。しかし、恋人ができたからといって、すぐさま購入するというのも、あまりに準備万端というか、やる気満々というか、体目当てみたいな感じで、どうかという気もするではないか。

まあ、それは言い訳であり、実のところ、その存在を忘れていたというか、頭になかったというか、思いつきもしなかったというか、そこまで考えておらず、花宮さんとの関係を深めるということについて具体的にイメージできていなかっただけのことで、経験値のなさが悔やまれる。

俺がそのことに気づいたのと同時に、花宮さんは体を強張《こわば》らせた。

床に背をつけると、途端に顔つきが変わって、怯《おび》えたような視線を向けられたのだ。顔面蒼白《そうはく》で、あきらかに体が拒否しており、先に進めるような感じではない。

そう判断して、俺は身を起こした。

準備不足という事情に加え、花宮さんの様子を見ても、続行はできないと思った。

残念に思う気持ちもあったが、一時撤退を決めたことで、はじめての行為に対する緊張と重圧から解放されたという面もなきにしもあらずで、内心、ほっとしている自分もいたのだった。

無理せず、少しずつ関係を深めていけばいいだろう。

花宮さんは膝を抱えて座ると、目に涙を浮かべ、顔を伏せ、肩を震わせた。

高ぶっていた気持ちが、一気にしぼんだ。

泣かれると、困る。どうしていいか、わからない。

しばらくすると、花宮さんは落ちついたようで、ベッドマットを床に下ろして、ふたりで寝ることになった。

俺としては、ロフトベッドと座椅子に分かれて寝るつもりだったのだが、いっしょに寝たいと告げられ、断ることなどできるわけもなく、このような事態になってしまったのだった。

はっきり言って、生殺しである。

眠れる気がしない。

電気を消したあと、寝床に横たわり、目を閉じて、とりあえず、心のなかで素数を数えることにした。

この状態で自制心を保たねばならないなんて、過酷な試練ではあるが、甘んじて受けるとしよう。

「星野先輩、もう、寝ました？」

三桁《けた》の素数に突入したあたりで、花宮さんがささやくように言った。

俺は目を開け、天井を見つめる。

「いや、起きているが」

そう答えて、横を向くと、花宮さんと目が合った。

息がかかりそうなほどの距離に、花宮さんの顔があり、カウントしていた素数が吹っ飛んだ。

距離が近い。

花宮さんはじっとこちらを見ている。

少し不安そうな顔だ。

薄明かりでも、この近さだと相手の顔がはっきり見えて、表情まで判別できた。

「どうした？」

「あの、今日はすみませんでした」

「なにが？」

「いきなり家にお邪魔したり、うまくできなかったり、泣いてしまったり……。いろいろと、ご迷惑をおかけして……」

「それ、全部、謝るようなことじゃないって」

なぐさめるために頭を撫《な》でると、花宮さんは身を寄せ、俺の胸に顔をつけてきた。

こっ、この体勢は、いろいろ、やばいんだが……。

抱きしめてしまうと、後戻りできなくなりそうな気がして、手のやり場に困る。

「私、男性から性的な目で見られるのが嫌で嫌で、本当にぞっとするんです。なのに、星野先輩が、乗り気じゃないんだとわかって、ショックというか、自分に魅力がないのかなって、悲しくなっちゃって」

俺の胸に顔をうずめたまま、花宮さんは消え入りそうな声で話す。

いやいやいや、俺がどんだけ必死で理性の限界と闘っていると思うんだ。

「べつに、乗り気じゃないわけじゃなく、無理をさせたくないっていうか」

そうなのだ。実際、花宮さんの様子からはまだかなりつらそうなのが伝わってきて、それゆえ強行突破することはためらわれたのだった。

「俺たち、つきあってるんだから、焦る必要はないと思うし」

それに、女性に無理強いをする最低な男と同類にはなりたくない、という思いもあった。

「と、とにかく、今日は寝よう。これ以上ひっついていると誘惑に負けそうになる」

俺は寝返りを打つように一回転して、花宮さんから距離を取った。

ベッドマットの端ぎりぎりにまで移動して、もはや体の半分は床にはみ出ている。

その動きを見て、花宮さんはくすりと笑った。

不安げな表情が消えたので、ほっとする。

「私、眠れそうになくて……。もう少し、おしゃべりしてもいいですか？」

「ああ、それはもちろん、構わないが」

俺だって、今夜は一睡もできないと思う。

「さっき、服、可愛いって言ってもらえて、うれしかったです」

適度な距離を保ちつつ、俺たちは会話をする。

「合宿のときも思ったんだが、さすがに、あのときは言えなくて」

つきあってもいない女性に、可愛いなんて言えるはずもない。

そう思うと、いまは可愛いと思ったら、いくらでも可愛いと伝えることができるわけで、彼氏というのは素晴らしい立場である。

「いつも、服装とか、男性の気を引くような恰好《かっこう》をしたらトラブルにつながるかもしれないと思って、できるだけそういうのは避けていて……」

「そっか。だから、夏でも長袖《ながそで》なんだな」

「でも、合宿のために服を買いに行ったとき、可愛い服を選んだのは、心のどこかで、星野先輩に好かれたいと思っていたからなのかもしれませんね」

いたずらっぽい笑みを向けられ、心臓が止まるかと思った。

なんなんだ、この可愛さは！

花宮さんが可愛いのは知っていたが、こんな小悪魔っぽい可愛さは反則だ。

そういえば、以前、両親がトルコを旅行したときに、父がバザールの写真を撮って、俺に送りつけてきたのだが、そのほとんどが派手な女性用下着の写真で、呆《あき》れた気持ちになったことがあった。

イスラム教には、美しいところを他人に見せないようにという教えがあるらしく、女性は黒い布などで髪や肌を覆い隠している。しかし、隠さなければならないのは家族以外の男性に対してだけで、配偶者には大胆なすがたを見せることができるので、セクシーな下着を扱う店が多いのだ、と父は嬉々《きき》として伝えてきたのだった。

普段は露出が少ないのに、ふたりきりだと色気たっぷりになるなんて、ギャップがたまらんだろうと力説しており、俺はまともに相手をせず、聞き流していたのだが、いま、理解できてしまった。

これがギャップの魅力というものか。

「星野先輩は、女性のファッションで、どういうのが好みとか、ありますか？」

そんな質問をされ、しばらく頭を悩ませる。

「うーん。女子のファッションなんて、よくわからないというのが正直なところだ。あんまり可愛い恰好をしていたら、それはそれで心配だし」

自分以外のやつには、可愛いすがたの花宮さんを見せたくない。

そういう独占欲みたいなのを考えると、イスラム教の戒律はよくできているのかもしれないという気がした。

ほかの男からいやらしい目で見られたり、手を出されたりすることを防ぐためにも、女性の美しさを隠しておくのは有効だろう。

しかし、それは女性の自由を制限することになり、国際社会では非難を浴びていたりもするので、難しい問題だ。

「母には、まわりの視線を気にして可愛くない服をあえて選ぶなんてもったいない、って言われるのです。主体性をなくしてはいけない。自分の好きな服を着て、堂々としていればいい、と……。けれど、現実はそう簡単にはいかないですよね」

「たしかにな。どんな恰好をしていようと危険がない社会が理想だとは思うが、現実的に考えると、犯罪に巻きこまれないためには自衛するに越したことはないわけで」

「いろいろ考えすぎちゃって、お洒落《しゃれ》というものが全然、楽しめないのです。母は着飾ることに喜びを見出《みいだ》しているのですが、私にとっては面倒なことも多く、買い物に連れて行ってもらっても、あまり気乗りしなくて……」

「俺もはっきり言って、ファッションにはまったく興味がなく、面倒なだけだ」

そう言ったものの、花宮さんと俺とでは意味合いがちがうような気がした。

花宮さんは、本来なら楽しさを感じることができたはずなのに、その喜びを奪われてしまっている状態なのではないか。

少し沈黙が流れたあと、花宮さんは口を開いた。

「星野先輩は、女性の胸については、どう思いますでしょうか」

胸⁉

いったい、なにを答えればいいというのだ。

戸惑っていると、花宮さんは伏目がちに、もじもじとしながら、言葉をつづけた。

「大きさの、好みといいますか……」

その言葉に、さっきの感触が右手に蘇《よみがえ》る。

やわらかな感触を思い出して、思わず頬がゆるみそうになった。

「べつに、そこもこだわりはないというか、大きい胸が好きとかいうわけじゃないから、安心して」

そう答えて、いや、待てよ、これ、失言ではないだろうか……と気づき、軽く焦る。

この伝え方だと、花宮さんの胸が小さいと言ったも同然ではないか。

「高校時代に、いわゆる性癖というか、性的嗜好《しこう》というか、女性の体の部分で、どこに魅力を感じるかって話を友達としたことがあって。それで、ほとんどのやつは、胸か、おしりにこだわりを持っていたんだが、俺の場合、鎖骨なんだよ。女性の華奢《きゃしゃ》な鎖骨って、すごく色気があると思う」

フォローをしようとして、俺はそうつづけたのだが、墓穴を掘っているような気がしないでもない。

「鎖骨、ですか。マニアックですね」

「いや、そうでもないって。鎖骨好きはわりと共感してもらえる」

「男のひとは、友達同士でよくそういう話をするのですか？」

「下ネタは盛りあがるからな。授業中に先生とそういう雑談することもあったし。でも、男子校の常識は世間の非常識だから、外では言うな、ＴＰＯに気をつけろ、ってことはしつこいほど注意された」

ほかにも「おまえらが変態でも構わんが紳士たれ、決してまわりに迷惑をかけることのない変態紳士であることを肝に銘じよ」とか言われ、爆笑していたのであるが。うちの学校は、生徒の個性が強いだけでなく、先生もどっか変な人間が多かった。

そこで、ふとネムのことを思い出す。

女性のどこに色気を感じるかという話をしたときに、ネムもいたんだよな。同性愛者だということは、ネムは女性には興味がないのだろう。好みの女優とか、おすすめの動画とか、当たり前のように話題にしていたが、話についていけず、いつも疎外感を味わっていたのかもしれない。

「男同士で下ネタを話すのは、情報交換のためってい う実利もあるが、ある意味、仲間であることの確認作業みたいなものなんだと思う」

自分の性癖を暴露するのは、親しさのバロメーターとなっていた。

だからこそ、ネムは輪に入るため、その場のノリに合わせて、本当の気持ちを押し殺していたのではないか。

そう考えると、当時の自分の想像力のなさに忸怩《じくじ》たる思いがする。ネムとは仲のいい友達のつもりでいたけれど、表層しか見えていなかったのだ。

「そういう話ができる仲になると、打ち解けたって感じがするし。ソトでは許されないことだからこそ、ウチで盛りあがることで、結束力を高めるというか」

「鋭い分析ですね」

納得したように、花宮さんはうなずいた。

「以前、論文で集団レイプについて書かれたものを読んだことがあるのですが、一見、性的欲求だと思われる場合も、その根底にはマチズモや権力志向が隠されていることがあるのです」

マチズモって、なんだ？

聞きなれない単語だが、わかったような顔をしておく。

「花宮さんは、その、論文とかで、そういう事例を読むのは平気なのか？」

大学の授業でも、性犯罪を扱うことはある。そういうとき、過去のことを思い出して、つらくなるのではないかと心配になった。

「はい。文献を読むだけでは、フラッシュバックは起こりません。映画でそういうシーンを見たときも、息ができなくなったり、体が硬直したりという状態になったことはなくて」

カウンセリングに通っていたころ、カウンセラーさんが不安階層表というものを作ってくれて、恐怖を克服する課題に挑戦したことがあった。自分が不安に思うことを難易度順に書いて、達成していく。その課題のひとつで、性的なシーンを含む映画を見たときにも、無事にクリアできたのだ。

「だから、もうすっかり平気だと思っていたのに、あんな反応が起こるので、自分でも驚いているのです」

「そうか。まあ、無理だけはしないでくれ」

俺が言うと、花宮さんは微笑んだ。

「高校生のとき、ほかに、どんなこと、お友達と話していましたか？　星野先輩の好み、もっと、いろいろ聞きたいです」

「好みと言われても。俺はわりと、ふつうというか、ノーマルというか」

女性相手にこんな話をする日がくるとは思わなかったので、なんと答えればいいのか、正解がわからない。

変なことを口走って、ドン引きされるわけにはいかないし……。

それに、嘘をついたり、ごまかしたりしているわけではなく、本当に特殊な趣味は持っておらず、女の子が可愛ければなんでもいいというか、雑食なのである。

答えないでいると、言えないような性癖だから隠していると思われるかもしれないし、逃げ場のない質問で、かなり困った。

「星野先輩の考えるノーマルとは、どういうことですか？」

追及され、答えないわけにはいかない。

「ふつうに、女の子が可愛くて、イチャイチャしているような……。女の子が積極的なのとか、好きかな。基本的に、女の子が気持ちよさそうにしているのがいい」

そう答えて、またネムのことを思い出す。

ネムはいいやつで、告白されてうれしかったけれど、俺のストライクゾーン的に男は無理だと思ったので、断るしかなかった。

俺はずっと自分は守備範囲が広いほうだと思っていた。

だが、この世にはバイセクシャルなど両方いける人間もいるわけで、女の子に限るという時点で狭いのかもしれず、ふつうとはなにか考え出すと、わからなくなる。

そういえば、好みが分かれるところでは、百合《ゆり》とか、女性同士のからみとか、男が出てこないほうが絵面が美しいと思うのだが、友達に話すと意外と賛同を得られず、少数派なのだと思い知らされたこともあった。

一方、男性同士のからみは、まったく見たいとは思わない。しかし、ネムはそういうものが好きだったのだろうか。

花宮さんと同衾《どうきん》していながら、ネムのことばかり考えているというのも、我ながら解せぬ状態である。

「異性愛がノーマルで、そのほかをノーマルではないとするのは、危うい考え方ではないでしょうか」

花宮さんの指摘に、内心、ぎくりとした。

「そうだな。俺は同性愛を認めないわけじゃないし、決して差別意識などは持っていないつもりなんだが、どうしても異性愛がふつうだと思ってしまうところがあって」

「多様な性があるので、ノーマルなんて決めつけられませんよね」

「ああ、それも頭ではわかっている」

法学徒としてマイノリティの人権問題についてはしっかり学んでいるはずなのに、自分の考えにはまだまだ甘い部分があることを再認識した。

「星野先輩にとっては、どういう女の子が可愛いのですか？」

「見た目だと、わりと小柄で華奢なタイプが好きで……。あ、でも、こういう言い方をするのも、背の高い女性に対して配慮がないとされるのかも」

「公的な場ではありませんし、個人の見解ですから、そこまでは気にしなくてもいいのではないでしょうか」

花宮さんと話していると、自分の考えをしっかり持っていることが伝わってくる。

「頭のいい女性も好きだな。こうやって、いろんな話ができると、すごく楽しい」

可愛くて、知的で、完璧《かんぺき》じゃなかろうか。

「花宮さんは？」

俺は質問を返す。

「花宮さんの好み、俺も知りたい」

少し考えてから、花宮さんは答えた。

「私、さっき、星野先輩に頭を撫《な》でてもらったとき、胸がきゅんってなりました。なでなでされるの、好きなのかもしれません」

「こうか？」

手を伸ばして、寝たままの姿勢で、花宮さんの髪に触れる。

「あ、すまん。今日はもう、身体的接触はしないと言ったのに」

つい、頭を撫でてしまったが、俺はあわてて手を引っこめた。

「ほかにも、こういうのがいいとかあったら、なんでも言ってほしい。要望には、できるだけ応《こた》えたいと思う」

返事を待っていると、花宮さんはうつむきがちに言った。

「要望といいますか、えっと、その、避妊はきちんとしなければと……」

それを聞いて、俺は大きくうなずく。

「ああ、そうだな。それはもちろん、そのつもりだ」

可及的速やかに、ネットで注文しよう。

お急ぎ便なら、明日には届くだろうか。早いときだと前日の夜に頼んだものが翌日の午前中に届くなんてこともあるが、さすがに今日はもう時間が遅すぎるので難しいかもしれない。

「花宮さん、明日もいるのか？」

そう口に出したあと、この言い方だとちょっと迷惑がっているようなニュアンスにも受け取られかねない、ということに気づいた。

「俺としては、いつまでいてもらってもいいんだが。明日も明後日《あさって》もずっといっしょにいたいと思っている」

補足すると、花宮さんは少し困ったような照れ笑いを浮かべた。

「星野先輩、それ、プロポーズみたいになってますよ」

「あ、いや、深い意味はなく、完全に無意識だった」

「そうなのですか。深い意味はないのですね」

どことなく残念そうな口調で、花宮さんはそうつぶやく。

「ああ、うん、花宮さんの好きなようにしてくれってことだから」

「わかりました。あまり長居をして、ご迷惑をおかけするわけにもいきませんが……。明日になってから、考えてもいいでしょうか。母が心配しているようなら、早く帰ったほうがいいかもしれないですし」

そう答えたあと、花宮さんは小さくあくびを漏らした。

「そろそろ眠ったほうがよさそうです。私、寝不足だと目の下にくまができてしまうので」

「うん、知っている。合宿で見た」

「ああいうときは、見て見ぬふりしてくださいよ。指摘されて、恥ずかしかったです」

「そうか。すまなかったな」

可愛いという意味で言ったのだが、嫌な気持ちにさせてしまったようだ。

それから、おやすみを言い合い、しばらくすると花宮さんは眠ったようで、可愛らしい寝息が聞こえてきた。

俺はこっそり寝床から抜け出すと、スマホを持って、トイレに入り、ネット通販で必要なものを注文したのだった。

28

気づいたら、朝になっていた。

カーテンの隙間から、まぶしいほどの光が差し込んでいる。

星野先輩がとなりにいて、どきどきして眠れないかもと思ったけれど、案外、すぐに寝入ることができたようで、眠気も残っていなかった。

もぞもぞと起き出して、お手洗いを借りた。そのあと、顔を洗い、髪をとかして、鏡で目の下のくまを確認する。思ったほどひどくはないけれど、やっぱり、うっすらとできていた。

美容と健康のために目覚めたらまずコップ一杯の水分補給をするよう、幼いころから母に言いつけられており、いつもの習慣で、水を飲まないと落ちつかない。

星野先輩はまだ眠っているので、無断でコップを借りることにした。水道の蛇口をひねって、コップに水を注ぎ、飲もうとしたけれど、カルキ臭を感じて、気持ち悪くなる。たぶん、浄水器を使っていないからだろう。仕方がないので、コップの水を流すと、冷蔵庫からペットボトルの麦茶を取り出して、それをいただくことにした。

それから、星野先輩が眠っているあいだに、着替えも済ませておく。

身支度を整えたあと、スマホを確認してみたけれど、新しいメッセージはひとつもなかった。

母はまだ書き置きに気づいていないのだろうか。

星野先輩はまったく目を覚ます気配がない。タオルケットをはねのけ、大の字になって、すやすやと寝息を立てている。

その下半身の部分に、視線が釘付《くぎづ》けになった。

星野先輩が穿《は》いているのは薄手の生地の短パンで、そこだけが不自然に盛りあがっていたのだ。隠されているものの存在が主張されており、興味を引かれる。

じっと見ていると、星野先輩が身をよじらせ、片腕を伸ばして、目を開けた。

「おはようございます」

声をかけると、星野先輩は眠そうな声で答えた。

「ああ、うん、おはよう」

横になった姿勢のまま、星野先輩はぼんやりとした顔で、こちらを見ている。

「花宮さん、なんで……。あ、そうか、泊まったんだよな。俺、まだ、寝ぼけて……」

寝起きの星野先輩は、無防備というか、ほかのひとには見せることのない顔という感じで、なんだか可愛い。

あくびをしたあと、星野先輩はさりげなくタオルケットに手を伸ばして、下半身を隠した。たぶん、自分の下半身の状態に気づいたのだと思う。

「あの、星野先輩」

思いきって、私は言った。

「性器を見せてもらってもいいでしょうか」

「は？　なにを……」

星野先輩は絶句する。

鳩が豆鉄砲を食ったよう、という慣用句はまさにこういうときに使うのだろう。

「以前、カウンセラーさんから教えてもらったのですが、心的外傷を克服するために、あえてトラウマとなったものに焦点を当て、それと向き合う曝露《ばくろ》療法と呼ばれるものがあるのです」

とんでもないことを言っているというのは自覚していた。

こんなこと、星野先輩にしか頼めない。

「安全な状況で直視することで、馴化《じゅんか》を促して、恐怖を乗り越えることができるらしいので、試してみたいといいますか……」

しばらくの沈黙のあと、意を決したような面持ちで、星野先輩はうなずいた。

「なるほど。わかった」

そう言ったあと、タオルケットをめくる。つづいて、腰のところで結んであった紐《ひも》をほどき、短パンと下着をずらす。

すると、性器がぴょこんと現れた。

これは私を傷つけるものでも、恐怖の象徴でもなく、星野先輩の体の一部なのだ。

そう思いながら、まじまじと観察する。

重力に逆らって、ぴんと張りつめているすがたは生々しく、グロテスクでありながら、どこかユーモラスにも思えた。

「触ってみてもいいですか？」

私の質問に、星野先輩は寝ころんだまま、驚きの声をあげる。

「えっ！」

それから、目を閉じると、曲げた腕で顔を覆って、観念したように答えた。

「いや、まあ、いいと言えば、いいけど」

おそるおそる、手を伸ばす。

そこだけ別種の生き物みたいだ。

星野先輩の一部だけれど、はじめて対面するので、少しよそよそしい。

手のひらで「いい子、いい子」と頭を撫《な》でるように、優しく触ってみる。

自分でも意外なほど冷静だった。

怯《おび》えることなく、驚きや恥ずかしさすら感じず、平常心を保ったまま、観察することができていた。

少しも怖くなんかない。

これはまったく怖がる必要のないものなのだ。

「握って」

少しかすれた声で、星野先輩が言う。

腕で顔を隠しているから、表情はよく見えない。

私はそれを手のひらで包みこむ。

見ても、平気。

触っても、平気。

自分がどこまで平気なのか、確かめたい。

「こんな感じでいいでしょうか」

「うん」

とても熱くて、どくどくと脈打つような感覚が伝わってきた。

「痛くないですか？」

皮膚が薄く、血管が浮き出て、粘膜や内臓っぽさもあり、デリケートな感じがしたので、少し心配になった。

「全然」

星野先輩は片手を伸ばして、私の手に重ねた。

「こういう感じで動かして」

手を添えられたまま、それを握って、上下に動かす。

しなやかだけど、硬くて、自分の体にはない、不思議な手触りだ。

星野先輩の手が離れたあとも、私の手はその動きをつづけた。

ぬるぬるとしたものが広がり、全体の滑りがよくなっていく。

「気持ちいいですか？」

「ああ、すごく……」

星野先輩が気持ちよさそうなので、こちらもうれしい気持ちになる。

「やばい……かも……」

せつなげな声で言って、星野先輩は吐息を漏らす。

自分の手の動きによって、こんな反応を見せるのだと思うと、なんだか面白くなってきた。

おいしいものを作って、食べてもらうのと、おなじようなことなのかもしれない。

相手が喜んでくれると、うれしい。欲望を満たしてあげたい。

どんどん動かしていくうち、星野先輩の息が荒くなり、小さく呻《うめ》いた。

「うっ……」

手に熱い液体が垂れてきて、射精したのだということを理解した。

さっきまで大きかった性器は、しゅるしゅると萎《しぼ》んで、くったりとなる。

「どんな感じですか？」

私が問いかけると、星野先輩は腕で顔を覆ったまま、絞り出すような声で答えた。

「羞恥心《しゅうちしん》と罪悪感で……。なんか、もう、ほんと、ごめん……」

その声の響きに、胸が痛くなった。

「罪悪感なんて感じないでください」

星野先輩はなにも悪いことなんてしていない。

私を傷つけることも、恐怖を与えることもなかった。

星野先輩の男性の部分と直面しても、愛《いと》おしいと思えたのだ。

それがどんなにうれしいか、うまく伝えられないのが、もどかしい。

「私が試してみたかったといいますか、好奇心で行ったことですから。なので、あの、全然、気にしないでください」

星野先輩は顔を覆っていた腕をあげて、私と目を合わせた。

ものすごく気まずそうな顔をしている。

「そこに、ティッシュあるから、取って」

ロフトベッドの横のあたりを指さして、星野先輩は言った。

ティッシュの箱を取って、星野先輩に渡したあと、私は洗面所に向かう。

手を洗おうとして、匂いに気づいた。

栗の花の匂いだ、と思う。

うちのマンションの敷地には栗の木が植えられており、梅雨の時期には黄みを帯びた白い花を咲かせ、独特の香りを漂わせる。

べたべたした手からは、雨の日に嗅《か》いだことがあるのと似た匂いがした。

この先、栗の木の下を通るたびに、今日のことを思い出しそうだ。

ハンドソープを使って、手を泡だらけにして、水で流す。

タオルで水気をぬぐったあと、手のひらを鼻に近づけてみたら、もう、石鹸《せっけん》の匂いしかしなかった。

部屋に戻ると、星野先輩はすでに着替えて、ベッドマットからシーツを取り外していた。

「洗濯しようと思って」

私の視線に気づいて、星野先輩はそう説明をする。

それから、またしても気まずそうな表情を浮かべ、目をそらすと、赤面した。

その反応を見て、こちらも気恥ずかしくなる。

落ちついて考えてみると、自分はとんでもないことをしたのではないだろうか。

いまさらながら、いたたまれない気持ちになり、なにも言えず、沈黙が流れる。

星野先輩はしばらく視線を宙に泳がせたあと、こちらを向いて、話しかけてきた。

「花宮さんの服も、洗うか？」

「はい。あ、でも……」

下着とかあるのに、おなじ洗濯機に入れるなんて、なんだかとても恥ずかしい気がして、ますます頰が熱くなる。

キスしたり、いっしょに寝たりして、あんな大胆な行動にまで出たというのに、下着を見られるのは恥ずかしいなんて、自分でもよくわからない感覚だ。

「干すのは、自分でしますので」

「ああ。ネット、使う？」

洗濯用のネットを受け取り、昨日の洋服や下着などを入れていく。

それらを洗濯機に入れると、星野先輩が自分のものを追加して、洗剤を投入した。

「この洗剤、香りが強すぎなくていいですね」

洗濯機のそばに立ち、私はそう感想を述べる。

「実家で使っていたから、なんとなく選んでいるんだが」

パッケージの説明を見ても、自然に優しいエコっぽい感じで、私の好みに合っていた。

「人工的な強い香りが苦手なのですが、これならだいじょうぶそうです」

「うちの母親も、柔軟剤の匂いが嫌いで、頭痛がするらしい。俺と父親はあんまり気にならないんだが。女性のほうが嗅覚《きゅうかく》が鋭いって言うよな」

「なぜでしょうね」

「男の浮気に気づくため、とか？　うちの父親はよく香水の匂いをつけて帰ってきては、母親に怒られていた」

「星野先輩のお父様は浮気者なのですか？」

「いや、そこのところ、俺にもなんとも言えないが、浮気ではなく、遊びというか、キャバクラみたいな店で、そういう接待とか、つきあいで必要だったとかで、本気で悪いことはしていなかったと思いたい」

自分のことじゃないのに、しどろもどろに言い訳をする星野先輩に、私は微笑みかけた。

「星野先輩は浮気したら一発でばれそうですよね」

「しないから！」

むきになってそう断言する星野先輩を見て、年上なのに可愛いと感じる。

そのとき、また下腹部に鈍痛を覚えた。

昨日の夜から、ときどき、痛みが走る。

「それはそうと、朝食はどうする？」

ばつが悪そうな顔をして、星野先輩は話題を変えた。

「菓子パンとか残ってるから、それ食ってもいいし、なんか買いに行ってもいいし」

「お任せします」

「そんじゃ、とりあえずパン食べるか。腹、減ったし。そのあと、買い物に行こう」

「そうですね。私、お昼はなにか作ります」

「マジで。やった！」

そんなに喜んでくれるなら、毎日でもごはんを作ってあげたいくらいだ。

星野先輩は部屋の隅に置いていたローテーブルを中央に移動させて、朝食の用意をする。

そのあいだに、私はスマホを確認した。

そして、母からのメッセージに気づく。

〈メモ、読んだよ！　楽しんでね！　いつ帰ってくる？　夕飯はどうしたらいい？〉

その文面に、軽く苛立《いらだ》ちを感じた。

星野先輩に昼食を作ってあげるのも、母に夕食を用意するのも、おなじようなことなのに、どうしてこんな気持ちになるのだろう。

まるで星野先輩のことを好きになればなるほど、母への思いが消えてしまうかのようだ。

そんな自分の心情に気づいて、悲しくなってくる。

「花宮さん？」

気遣うように声をかけられ、私は顔をあげた。

「これ、見てくださいよ」

星野先輩のほうにスマホの画面を向け、母からのメッセージを見せる。

「ふつうの母親だったら、娘が家出したら、もっと心配すると思いません？　なのに、うちの母はさばさばした性格だと思われたいからか知りませんけど、こんな感じなのです」

口に出すと、ますます、母に対する不満が沸きあがってきた。

母が奔放な生き方をしているせいで、娘である私も偏見の目で見られることが多かった。あの出来事のあとも「母親があああだから」とか「誘ったんじゃないのか」とかいうような誹謗《ひぼう》中傷を受けたのだ。

そんなことを思い出して、心のなかが黒い気持ちでいっぱいになる。

「そういうわけですので、今夜も泊めていただいてもいいでしょうか」

「ああ、うん。俺は全然、構わんが」

星野先輩と向かい合って、朝ごはんを食べながらも、私は母のことを考えていた。

母は悪くない。ずっと、そう思っていた。自由に生きることを非難して、常識を押しつけてくるひとたちのほうがまちがっている。

他人の言葉に振りまわされたり、傷ついたりするのは、無駄なこと。他人のことは気にせず、自分のやりたいようにすればいい。母がそう教えてくれたから、私もそんなふうに思おうとしてきた。けれど、うまくできなくて……。

さっき、自分が「ふつうの母親だったら」なんて言い方をしたことも、ショックだった。なにがあろうと、私だけは母の味方のつもりだったのに……。母を責めるひとたちとおなじような言い方をするなんて、自分の暗黒面を見つけてしまった気分だ。

それから、もうひとつ、母から言われて、心に引っかかっていることを思い出す。

星野先輩がこっそりしず姉ちゃんと会ったという件についても、考えると、いまだに心がちくりと痛んだ。

「あの、星野先輩」

ひとりで悶々《もんもん》と悩んでいても、結論は出ない。

本人に真偽を問うのが一番だろう。

パンを片手に持ったまま、私は顔をあげる。

「新歓のとき以外に、私の従姉《いとこ》と話をする機会って、ありました？」

その質問を聞いて、星野先輩の瞳《ひとみ》は左右に揺れ動いた。

「えっ、いや、それは」

言葉をつまらせた星野先輩の態度を見るに、答えは聞くまでもなかった。

「どうして、隠したのですか？」

「べつに隠したつもりはなく、聞かれなかったから言わなかったというか、わざわざ話すようなことでもないかと思って……」

「とてもわかりやすく目が泳いでいますよ」

私が指摘すると、動揺した声が返ってくる。

「なっ、なにもやましいことはないから」

思ったとおり、星野先輩は嘘をついたり、しらを切ったりするのが苦手なようだ。

けれども、防戦一方というわけではない。

「柴崎さんに口止めされたんだが、それでも聞きたいか？」

逆にそんなふうに質問をされて、今度はこちらが返答につまった。

どんな話をしたのか、すごく気になる。

でも、それを無理に聞き出そうとするのは、ふたりを信頼していない、ということになってしまうのかもしれない。

「たぶん、黙っておくことにしたのは、花宮さんに余計な気を遣わせたくないっていうか、柴崎さんなりの思いやりなんだろうって気がするし。それに、そもそも、たいした話はしてないから、本当に」

星野先輩の言葉を聞き、少し考えてから、私は口を開く。

「わかりました。では、星野先輩が判断して、これは話してもいいだろうと思えるところだけ、少し教えてください」

「うーん、そうだな」

しばらく悩んでから、星野先輩は打ち明けた。

「柴崎さんには、花宮さんのことを大切にするように言われて、俺はもちろんそのつもりだって答えた」

それを聞いて、顔が熱くなった。

いろいろと恥ずかしくなる。

星野先輩の言葉には照れるし、変な疑いみたいな気持ちに振りまわされた自分が、みっともなくて……。

そこに、洗面所のほうからピーピーと電子音が響いてきた。

洗濯の終了を知らせる音だろう。

「私、洗濯もの、干します」

「そうか。じゃあ、頼む」

朝食を済ませたあと、星野先輩が食器を洗って、私が洗濯ものを干すことになった。

ふたりで手分けをして、家事を行っていると、いっしょに暮らしているみたいだ。

ピンチハンガーの中央に自分の下着を干して、目隠しをするように星野先輩のトランクスやシャツで囲んでいく。

「ハンガー、足りるか？」

星野先輩に声をかけられ、私は振り向いた。

「はい、もう終わりますので」

ベランダには陽が差し込んで、洗濯ものを干しているだけで日焼けしそうだ。

すべて干し終えて、部屋に戻るためにスリッパを脱いだところで、また下腹部に痛みを感じた。それから、嫌な予感がしたので、お手洗いへと急ぐ。

確認してみると、やっぱり、生理がはじまっていた。

こんなに周期がずれるのはめずらしい。来週くらいだと思っていたのに、かなり早まったので、びっくりした。

ポーチに緊急用としてナプキンをひとつ入れてあったので、それを使うことにする。

ポーチには母からお守りとして渡された避妊具も入っていたけれど、結局、使うことはなかった。

鏡を見て、顔を確認する。血色が悪く、目の下のくまも気になった。

昨日から調子がおかしかったというか、母の言動に対して妙にイライラしたり、突拍子もない行動に出てしまったりしたのも、月経前症候群のせいで、ホルモンバランスの乱れによるものだったのかもしれない。

お手洗いから出たあと、これからどうすべきか考え、結論を出す。

「やっぱり、家に帰ります」

私が告げると、星野先輩は目を見開いた。

「えっ、なんで？」

「それは、その……」

本当のことは伝えづらくて、言葉を濁す。

「なにか、あったのなら、言ってほしい」

真剣な目をして、星野先輩はこちらを見つめ、問いただした。

「俺、花宮さんの気に障るようなことしたか？　さっぱり心当たりなくて、マジでわかんないから、ちゃんと伝えて」

「いえ、星野先輩のせいではないのです」

「じゃあ、なんで？　理由は？　言ってもらえないと、こっちも困るから」

そこまで言われると、ごまかすことはできない。

私は観念して、正直に答えることにした。

「生理に、なってしまったのです」

それを聞いて、星野先輩はぎょっとしたような表情を浮かべた。

「お、おう、そうか、そうなのか」

困惑しつつ、星野先輩は不安げな目つきで、私の下腹部に視線を向けた。

「痛いのか？」

あまり注目してほしくはないのだけれど、星野先輩が心配しているのは伝わってくるので、不快ではない。

「重だるい感じですが、我慢できないほどの痛みではありません。でも、いろいろと不調なので、今日は家に帰って、ゆっくりしておこうと思います」

替えのナプキンの問題もあるし、夜のあいだに漏れてシーツなどを汚してしまうかもしれないことを考えると、とてもじゃないけれど泊まる気にはなれなかった。

「ああ、わかった」

うなずいたあと、星野先輩はつけくわえる。

「花宮さんの家まで送るから」

「ありがとうございます。ちょっと貧血気味でくらくらするので、いっしょに来てもらえると心強いです」

「本当にだいじょうぶなのか。すげえ心配なんだが」

「毎月のことですから」

母以外のひとに、ここまでプライベートな話をするなんて、考えたこともなかった。

隠さなくていい。

無理しなくていい。

取り繕わなくていい。

星野先輩が受け入れてくれるおかげで、私はとてもリラックスした気持ちで、この部屋で過ごすことができた。

母が相手でも、こんなに本音を打ち明けることはできないかもしれない。

そんなふうに考えている自分に気づいて、認めざるを得なかった。

そうだ、私、母に対して、思っているのに言えないことがあるんだ……。

29

花宮さんを家まで送ったあと、せっかくならということで、部屋にあがり、昼食を作ってもらう流れになり、パスタをごちそうになってから、俺は帰路についた。

部屋に戻ると、ネットで生理について調べた。花宮さんは生理になったと言っていたのに、昼食を作ってもらってよかったのだろうかと気になったのだ。本人はべつに寝込むほどのつらさではないので、料理をするくらいは平気だと言っていたが……。

ネットの意見を見た感じでも、身動きできないほど痛くなるひともいれば、日常生活を支障なく送れるひともいて、個人差が大きいようだ。

ほかにもいろいろと調べものをしていたところ、雨音が響いてきたので、あわててベランダに出て、干していた衣類を取り入れる。

そして、花宮さんの忘れ物に気づいた。

先ほどは問答無用で手に取ってしまったが、これ、どうしたものか……。

とりあえず、女性用の下着を部屋に出しっぱなしにしておくわけにはいかないので、仕舞っておいたほうがいいだろう。花宮さんに連絡を取り、忘れ物のことを伝えようかとも考えたのだが、過剰にその存在を意識しているようで、どうにも気まずい。

あえてメッセージを送らなくても、今度、うちに来たときに伝えればいいよな、うん。そう自分に言い聞かせ、俺は花宮さんの衣類をひきだしの奥に仕舞って、見えないようにした。

そこに、インターフォンが鳴り、やましいことなどなにもないはずなのに、ぎくりとする。

平静を装って、玄関に向かい、宅配便を受け取った。

通販で注文した例のものが届いたのだ。しかし、今日はもう使う予定がなくなったので、雨のなかを配達してもらったことに申し訳ない気持ちになった。

段ボール箱を開封したあと、これはどこに仕舞っておけばいいのか……とまたしても思案に暮れる。

ひとり暮らしだから親に見つかる心配はないとはいえ、管理に困るところだ。

目立たず、しかし、いざというときに取り出しやすい場所が望ましい。部屋を見まわして、検討した結果、ゲーム機を収納しているラックのひきだしに入れておくことにした。ちょうどいい位置に空きスペースがあったのだ。

念のため、シミュレーションしておこう。

まず、こうベッドマットに寝転がった状態で睦《むつ》み合う。そして、手を伸ばして、取り出して、スムーズに装着する、と……。

よし、距離も近いし、ここで問題ないはずだ。

そうこうしているうちに、すっかり夜が更けていた。夕飯を作ろうかとも思ったが、面倒なので、冷凍チャーハンを電子レンジで温めることにする。

夕飯を食べながら『判例百選』をぱらぱらとめくっていると、メッセージの着信音が響いた。

〈もう寝ました？〉

スマホを手に取り、花宮さんのメッセージを確認して、俺はすぐさま返信する。

〈起きてる〉

〈いま、電話してもいいですか？〉

〈いいよ〉

しばらく画面を見ていたが、返事が表示されることはなく、代わりに電話の着信音が鳴った。

「星野先輩、こんばんは」

花宮さんの声が耳もとで響く。

わざわざ電話をしてくるなんて、緊急事態なのだろうか。

花宮さんの声からは、切羽詰まっているような様子は感じられなかったが、それでも心配になった。

「どうした？　なにかあったのか？」

「いえ、あの、特に用事とかはないのですが、声が聞きたくて」

思いがけない言葉に、なんと答えればいいのか、戸惑う。

「そ、そうか」

あまりに可愛いことを言われて、頬がゆるむのを止められない。

「これから寝るところだったのですが、昨日はいっしょだったのに、いまはひとりだから、なんだか、さみしくなってしまったのです」

「ひとりなのか？」

「あ、いえ、今夜は母が家にいるから、正確にはひとりきりというわけではありませんが、でも、自分の部屋ではひとりなので……。星野先輩はいま、なにしていましたか？」

「メシ食ってた」

「すみません。お食事中に」

「いや、もう食べ終わったし」

「昨日はいろいろとありがとうございました」

「こっちこそ。あと、今日の昼も、パスタ、うまかった」

忘れ物のことを話したほうがいいだろうかと思っていたところ、花宮さんが言った。

「それと、私、さっき気づいたのですが、洗濯もの、そのままで帰ってしまって」

「ああ、取り入れておいた」

「うっ、やっぱり……。すごく恥ずかしいのですが、でも、なんと言いますか、だんだん、星野先輩だから、まあいいや、という気分にもなってきました」

「まあ、俺も、いろいろと恥ずかしいところを花宮さんには見られたわけだしな」

いまさら下着がどうこうという問題ではないかもしれない。

「つぎのお泊まりのときまで、置いておいてください」

「うん、クローゼットに仕舞ってあるから」

「それで、つぎの機会なのですが、母が今月末に出張があるらしく、そのときにお邪魔できればと思っています」

「おう。俺はいつでも構わんが」

こういう段取りは、男のほうから積極的にアプローチして、どうにか約束を取りつけるものだという気もするので、とんとん拍子で話が進んで、逆に不安になる。

本当なら俺のほうから、もっと頑張って、誘うべきなのではないだろうか。

しかし、大切なのは花宮さんの気持ちだと思うので、こんなふうに意思表示をしてもらえるのは助かるところではあった。

「今日、夕立、すごかったですね」

「こっちも、かなり降った」

「帰りは、だいじょうぶでしたか？」

「ああ。もっと長居をしていたら降られたかもしれないから、あのタイミングで帰って、正解だったな」

「雷も、すごかったですね」

「こっちは、そんなに鳴らなかったけど」

「大きな音が苦手なので、私が過剰に反応してしまっただけかもしれません。星野先輩は電話は苦手じゃないですか？」

「うーん、べつに。そんなにかけるほうじゃないが、でも、まあ、使うときは使う」

「私、本当は、電話も苦手なのです。相手が見えない状態で話すのは緊張するし、いきなり電話がかかってくると、音にびっくりしてしまって」

「それなら、俺のほうからはあんまり電話しないほうがいいか」

「いえ、かけてください。電話、もらえると、うれしいです」

「わかった」

「電話って、声が聞けるのはいいけれど、切るときにさみしくなっちゃいますね」

そんなことを言われて、たまらないほど愛《いと》おしさがこみあげてくる。

「花宮さんって、意外とさみしがり屋だよな」

「私、ひとりっ子だし、孤独には強いタイプだと思っていたのですが……。しかし、そうですよね、たしかに、そのような言動を取っているかもしれません。すみません。彼氏彼女の関係における距離感というものが、まだ、よくわかっていなくて……」

「いやいや、そこ、謝るところじゃないから」

むしろ、さみしがってもらえるほうが、彼氏としてはうれしいというか、可愛い。

「星野先輩は、さみしくないですか？」

そう問われて、答えないわけにはいかなかった。

「俺も、まあ、さみしいって気持ちはある。早く花宮さんに会いたい。声を聞いたら、ますます、会いたくなった」

歯の浮くようなセリフを口にして、こっぱずかしい気持ちになる。世のカップルたちはこんなやりとりを日常的に行っているものなのだろうか。

「私も、会いたくてたまらないです。でも、束縛が激しいと男性は逃げていくものだと、母も言っていたので、気をつけるようにしますね」

「いや、いいよ。花宮さんがしたいようにすればいいって。さみしいんだったら、いつでも電話して。さみしいのに我慢するとか、本当の気持ちを隠すとか、そういうことされるほうが困る。俺は、花宮さんがいいふうになっているのが、いいんだから」

「星野先輩は、私を甘やかしすぎです」

笑いを含みつつ、少し呆《あき》れたような声で、花宮さんは言った。

「そうか？　俺はある意味、自己本位なことを言っていると思うんだが。わがままを言ってもらえるほうが、察するより楽だから、ちゃんと伝えてくれってことだし。甘えてくれると、こっちも助かる」

「そんなふうに言ってもらえたので、とても幸せな気持ちで眠れそうです」

「それはよかった」

「もっとお話をしていたいのですが、明日の朝がつらくなるので、そろそろ寝なければ……。このあいだ、前期試験の勉強であまり眠れなかったときなんて、朝食の目玉焼きを作っている途中に意識が飛んで、危うく黒焦げになるところでした」

「それは危険だな。まあ、試験中は寝不足になるのも仕方ないが。ってか、試験期間でも、花宮さんが朝食を作っているのか？」

「はい。母は仕事がありますので」

「ほんと、えらいよな。俺なんか、実家にいたときは親に頼りまくってたけど」

「いえ、私は……」

花宮さんはなにか言いかけたものの、言葉はつづかなかった。

「どうした？」

「なんでもないです。それでは、星野先輩、おやすみなさい」

「ああ、おやすみ」

スマホを耳に当てたまま、しばらく待ったが、一向に通話が切られる様子はなかった。

「あの、切らないのですか？」

花宮さんの声が聞こえてくる。

「えっ、こっちから切るべきだった？　すまん、花宮さんが切るのを待っていた」

「そうなのですね。わかりました。では、私のほうから切ります。おやすみなさい」

「ああ、またな」

ほんの少し沈黙が流れて、名残惜しそうな気配のあと、通話は切れた。

スマホを手に持ったまま、会話を反芻《はんすう》して、俺はしばし余韻を味わう。

電話をもらえると、うれしい。

その言葉に、ネムのことが、ふと頭に浮かんだ。

そして、考えずにはいられなかった。

あいつも、そう思ってくれるだろうか。

もしかしたら、これは残酷な行為なのかもしれない。自分が告白をして、振られた相手に、優しくされるなんて……。

しかし、俺は気になってしまうのだ。

ネムがどうしているのか。

だから、メッセージを送ることにした。

〈いま、電話していいか？〉

すると、すぐに電話がかかってきた。

「ホッシー？　どうした？　なんかあった？」

ネムが緊迫した声で、そう問いかけてくる。

「いや、べつに用があるわけじゃないんだが、なんとなく、どうしてるかなと思って」

「なんだ。びっくりした。トラブルかと」

「すまん」

まるでさっきの花宮さんとのやりとりを反転させたかのような会話に、苦笑せざるを得ない。

「なにもないなら、いいんだけど」

ほっとしたような声で、ネムは言う。

「元気か？」

そう問いかけると、ネムは答えた。

「まあ、それなりに。そっちは？」

「俺は絶好調ってところだ」

「本当に？　困っているなら、力になるけど」

特に用件はないと伝えたものの、まだ半信半疑という口調である。

急用でなければ電話なんてかけないので、当然の反応だろう。

「ネムのほうこそ、困っていたり、悩んでいたりすることはないか？」

「うん、だいじょうぶ」

「そうか。いや、いろいろと気になってな。ぶっちゃけると、俺、可愛い彼女ができて、いま、最高に幸せなんだ。でも、ネムのことを考えると、自分ばっかりこんなに幸せでいいんだろうかって気持ちになって……。だから、これは俺のまったくもって勝手な都合なんだが、ネムにも幸せになってもらいたい」

「なに、それ」

ネムの声の調子から、怪訝《けげん》な顔をしているのが、ありありと目に浮かぶ。

「俺はただ、自分の罪悪感を軽減したいだけなんだろう。ネムの力になれないことが、どうにも心苦しくて。それで、まあ、ちょっと話したいと思ったわけだ」

「ああ、そういうこと」

ネムは納得したような声でつぶやいた。

「そんなふうに負担を感じさせてしまうんだったら、告白なんかすべきじゃなかったな。気を遣わせて、ごめん」

そう謝られて、もどかしい気持ちになる。

俺の言いたいことは、どうにもうまく伝わっていないようだ。

「いや、それは全然いいんだ。ネムがひとりで悩んで、苦しんでいるってのに、こっちは気づかずに友達づきあいをしているほうが嫌だから、本当のことを打ち明けてくれたのはよかったと思う」

そこで少し反応を待ったが、ネムは黙ったままなので、つづけて話す。

「ただ、これが第三者的な立場で、ネムの悩み相談を受けたとかなら、俺も友達として、できるかぎりのことをしたと思うんだが、告白された当事者というところが、難しいというか、どうしようもなくて」

関係の不均衡さのようなものも感じて、どう言えばいいのか、探り探りの状態だ。

「ネムの力になりたいという気持ちはものすごくあるんだが、でも、告白されたのに、断るしかなくて、自己欺瞞《ぎまん》というか、申し訳なさと、やっぱ、罪悪感だよな、これ」

自分の胸中にあるもやもやとしたものを分析して、俺はそう判断した。

「その言葉だけで十分だよ。だれかのことを好きになれなくても、それはどうしようもないことなんだから、罪悪感を持つ必要なんかない」

淡々とした口調で、ネムは話す。

「そのままでいいんだ、ホッシーは。告白したあとも、こうして、友達としてつきあってくれてるだろ。気持ち悪がったり、避けたりしないで、そういうものだとして受け止めてくれた。それだけで十分だよ。器の大きさみたいなところに、ほんと、救われてるから」

伝えたい気持ちはあるのだが、適切な言葉が見つからない。

ネムはいいやつだ。

自信を持ってほしい。

そのようなことを伝えたかったのだが、告白を断っておきながら、俺が言うのもどうかという気がするし、上から目線になりそうな感じもして、口に出すのはためらわれた。

「難しいな。恋愛がからむと、途端に難しくなる」

俺が言うと、ネムも同意した。

「難しいね。だれかひとりを求める気持ちなんかじゃなく、博愛精神だけ持っていたいよ」

「それはそれで苦しそうだけど。世界のすべての人間を平等に愛するなんて、そっちのほうが大変だろ」

「たしかに、そうかも。神ならぬ身の人間には到底なしえぬこと、か」

俺たちが通っていたのはミッション系の学校だったので、聖書の教えなどを学ぶ時間もあり、ネムとはたまに宗教的な話題について語り合った。生徒の大半は信仰を持たず、宗教の用語を冗談のネタにして、笑いを取ることが多かったが、ネムが相手だと、俺もわりと真面目に自分の考えを話したものだ。

神が人間に対してあらわす無償の愛がアガペーで、それは限りない慈しみと幸福を与えるとされているが、俗世の凡人に可能なのはせいぜいが隣人愛くらいだろう。

「ネムに幸せになってほしい、っていう俺の気持ち、傲慢《ごうまん》だよな」

「心配しなくていいよ。幸せじゃないわけじゃないから」

「そうか」

「話せてよかった。ありがとう」

長年のつきあいから、ネムが話を切り上げようとしているのが伝わってきた。

これ以上は、深入りされたくないのかもしれない。

「じゃあ、またな」

「うん、また」

ネムの返事を聞いて、俺は電話を切る。

スマホを充電しながら、床に寝ころんで、天井を見あげた。

俺はちっぽけな人間だ。

久々に、それを痛感した。

幼いころは、いまより、もっと傲慢で、理想主義者だった。

正義のヒーローになりきって、よく遊んでいた。弱きを助け、悪を倒して、世界の平和を守る。そんな存在に憧《あこが》れていたのだ。

でも、成長するにつれて、おのれの無力さを思い知った。

自分にできることは限られており、たくさんのひとを助けたいなんて、思いあがりもいいところだ。

けれど。

せめて、ひとりの女性くらいは……。

好きになった相手が、自分を好きになってくれて、この手で抱きしめることができるなんて、奇跡みたいなものだと思う。

花宮さんを幸せにしたい。

神ならぬ身の人間にはとても難しいことだとわかってはいるのだが、俺はそう願わずにいられないのだった。

30

駅の改札を出たところで待ち合わせたあと、いっしょに夕飯のための買い物をして、星野先輩の部屋へと向かった。

会った瞬間から、いろいろと考えてしまって、妙にどきどきした。

「そっちも、持とうか？」

星野先輩が言ってくれたけれど、私は自分の荷物が入ったトートバッグの持ち手を握って、首を横に振る。

「いえ、だいじょうぶです」

「今日も暑いな」

「そうですね」

並んで歩いていても、買い物をしていても、会話をしていても、お互い、口には出さないものの、どうしても、このあとのことを考えて、照れるというか、気恥ずかしさみたいなものがあり、変に意識して、他人行儀になってしまう。

部屋に入ると、星野先輩は電気をつけて、エアコンのスイッチを入れた。私もつづいて、靴を脱ぎ、部屋に入り、邪魔にならない場所に荷物を置いた。

「花宮さんも、麦茶、飲むか？」

星野先輩が麦茶の入ったグラスを持ってきてくれたので、このあいだとおなじクッションに座り、それを飲む。

「すっかり、定位置だな」

私のほうを見ながら、星野先輩はそう言って、少し笑った。

「体調は、もう、いいのか？」

「はい。少し夏バテ気味でしたが、最近は食欲も戻ってきました」

今日はハンバーグを作るつもりだ。

その段取りについて考えていたところ、はたと気づく。

さっきの星野先輩の質問は、前回の件を指していて、生理痛や貧血のことを心配してくれていたのかもしれない。

自分のとてもプライベートな部分まで星野先輩には把握されているのだと思うと、恥ずかしくて、顔が熱くなる。

「私、お夕飯の準備しますね」

立ちあがって、キッチンに向かうと、星野先輩もついてきた。

「俺はなにしたらいい？」

「いいですよ。星野先輩は座って、待っていてください」

「いや、それは悪いし。なんか手伝うって」

私が料理をしているあいだ、星野先輩には好きに過ごしてもらおうと思ったのだけれど、手持ち無沙汰《ぶさた》なようなので、結局、いっしょに作ることになった。

私が玉ねぎを刻んで、星野先輩がフライパンで炒《いた》める。

「いちいち、玉ねぎを炒めるなんて凝ってるな」

「生のままのレシピもありますが、炒めるほうが甘みが出て、私は好きです」

そう答えながら、食パンを手に取って、キッチンを見まわす。

「おろし金はどこでしょうか」

私がたずねると、星野先輩は玉ねぎを炒めつつ、こちらに振り返った。

「ないけど」

「えっ、でも、以前、大根おろしを作っていませんでしたか？　自炊の写真で見た記憶があるのですが。サバの塩焼きといっしょに大根おろしが……」

写真を思い出して、私はそう言う。

パン粉を買ったところで、ひとり暮らしだと使い切れないかと思ったので、今回は食パンで代用するつもりだったのに、おろし金がないとは……。

「ああ、あれ、ミキサーでやった」

「そうなんですか。ミキサーで、大根おろしって作れるものなのですね」

「うちはいつも母親がそうやって作っていたから」

星野先輩は右手で木べらを動かしながら、振り返って、視線を棚のほうに向けた。

「そのミキサー、実家で使っていたやつだし、おなじようにやってみた」

「星野先輩のところ、ひとり暮らしにしては、たくさん家電がありますよね」

「母親は自分が新しいミキサーを買うために、俺に古いのを押しつけたというわけだ」

「パン粉も、ミキサーで作れるものなのでしょうか」

「やったことないが、できそうな気はするな」

「ミキサー、使ってもいいですか」

「ああ、もちろん」

ミキサーを棚から取ると、食パンの耳をちぎって入れる。そして、コンセントを挿して、スイッチを押すと、見事、粉々になって、パン粉ができあがった。

「わあ、うまくいきました。いつもとちがう環境で料理をするの、面白いです」

私が言うと、星野先輩がまた振り向いて、こちらに笑いかけてきた。

「そうか」

ただ一言、そうつぶやいただけなのに、星野先輩のまなざしがとても優しくて、胸がどきりとした。

目だけで伝わってしまうものが多くて、まともに顔を見ることができない。

私もたぶん、いま、星野先輩のことが大好きだということが、ばればれで、顔に出てしまっていると思う。

星野先輩はこちらに背を向け、フライパンのほうに視線を戻した。

「玉ねぎって、こんなもん？　もう少し炒めたほうがいいか？」

私はフライパンをのぞきこんで、玉ねぎの色を確認する。

「ばっちりだと思います」

水気がなくなり、透き通って、ほんのりと茶色くなり、絶妙な色合いだ。

「これ、どうしたらいい？」

コンロの火を止めて、星野先輩は木べらで玉ねぎをすくいあげる。

「ここに入れてください」

パン粉の入っているボウルを渡して、私は冷蔵庫を開けた。

「牛乳、少し使いますね」

「おう。冷蔵庫にあるやつ、なんでも使っていいから」

星野先輩がフライパンの玉ねぎを残さず丁寧にすくって、ボウルに入れていく。そこに、私は牛乳を注ぎ、ひき肉と卵も加えた。

「星野先輩、お肉を触るのは、抵抗ないですか？」

「ああ、べつに」

「肉だねを練るところ、お任せしてもいいでしょうか」

「わかった」

ハンバーグを成形する作業を星野先輩に任せて、私はトマトとアボカドを切って、サラダを作ることにした。

ふたりで作業をするには、少しスペースが狭い。でも、その分、近くにいられるから、親密さを感じることができた。

「いちおう、かたちを作ってみたが」

星野先輩が楕円《だえん》形にしたハンバーグの肉だねをこちらに見せる。

「これ、焼けばいいのか？」

「いい感じですね。では、焼いていきましょう」

私がコンロに火をつけて、フライパンがほどよく熱せられたところに、星野先輩がハンバーグを並べた。

「ふたりで作業すると、楽しいですね」

フライパンから聞こえてくる油のはねる音に耳を澄ましながら、私は言う。

「そうだな」

星野先輩も横に立って、ハンバーグの火加減を見守る。

しばらくすると、音が変化してきた。そろそろ、ひっくり返すタイミングだ。

「星野先輩、やります?」

フライ返しを手に取り、ひっくり返す動作をしつつ、私はたずねた。

「いや、どう考えても、花宮さんのほうが、うまいだろ。任せる」

「責任重大ですね。使い慣れていない道具なので、自信ないです。もし、崩れちゃったら、ごめんなさい」

フライ返しは、自分の家にあるものより硬くて、使いづらさを感じた。

ふたを取り、ハンバーグの弾力を確認して、まず、ひとつめをひっくり返す。しっかり焼き目がついていたので、なんとか成功できた。

それから、もうひとつ。こっちはフライ返しを差しこみにくい位置にあったので、ちょっと端のほうがひび割れて、崩れてしまった。

「私、こっちを食べますので」

「いいよ、俺が崩れたほうを食べるって」

「でも、上手にできたハンバーグのほうが微妙に量も多そうですし。というか、この崩れた部分も、よかったら、食べてください。私、こんなにたくさん食べるのは無理なので」

「ああ、そうか。二等分したが、花宮さんのほうは小さめに作るべきだったな」

星野先輩は肉だねを公平にふたつに分けてくれたのだけれど、私たちは体の大きさも、食べることのできる量も、ちがう。

「ハンバーグ、これに入れるか」

星野先輩が平皿を取ってくれたので、私はハンバーグを盛りつける。そして、フライパンでしめじを炒めて、ケチャップと醬油《しょうゆ》を入れ、煮詰めてソースを作ると、香ばしい匂いが漂った。

「おお、すげえ、うまそう」

星野先輩は舌なめずりせんばかりの勢いで、そう声をあげる。

ハンバーグにソースをかけ、サラダとご飯も用意して、ローテーブルに並べると、私たちは「いただきます」と手を合わせた。

ハンバーグは中心までしっかり火が通って、肉汁たっぷりでジューシーに仕上がっていたので、ささやかな達成感を得る。

「ああ、うまい。久々にちゃんとしたものを食べて、生き返った感じだ」

私の三倍くらいの速さで食べながら、星野先輩は顔をほころばせた。

「最近はなにを食べていたのですか？」

ちゃんとしたものじゃないものって、なんだろう。

「カップ麺《めん》とか冷凍食品とか。自炊したい気持ちはあるんだが、課題が終わらなくて、手抜きばっかりだ。後期の予習もやっとかないと、あとで地獄を見るし」

「大変ですね。私もどうにか今年は乗り越えられそうですが、来年が不安です」

「アドバイスできそうなところは協力するが、ノートがあるからどうだという問題でもないからな」

「自分が頑張るしかないですもんね」

星野先輩はすっかり食べ終わって、こちらをじっと見ていた。

私のハンバーグはまだ半分くらい残っている。

「遅くて、すみません」

「いいよ、ゆっくり食べて」

星野先輩はそう言ってくれるけれど、食べているところを一方的に見られるのは、なんだか少し恥ずかしい。

せめて会話があれば、視線にばかり気を取られないので、私は話題を振ることにした。

「星野先輩は、カレーやラーメンやハンバーグのほかに、なにが好きですか？」

質問を聞いて、星野先輩は苦笑を浮かべる。

「そうやって改めて自分の好物を列挙されると、味覚が子供っぽくて情けない気がするな。おいしければ、なんでも好きだが。和食だと、焼き魚とか、肉じゃがとか」

「では、苦手な食べ物はありますか？」

「俺、貝類があまり好きじゃないかも。アサリとか、たまに砂がジャリッとなるときあるだろ。あれが嫌」

「わかります」

その感覚は私も苦手なので、大きくうなずく。

「シジミの味噌汁《みそしる》も、実家でよく出たんだが、面倒だから好きじゃなかったな」

「カキはどうですか？」

「いまいち食べたいと思わないな、カキも。カキフライって苦いし。エビフライのほうがどう考えてもうまいだろ」

「実は、私、カキが食べられないのです」

「そうなのか」

「子供のころ、夏休みに海に行ったときに、旅館で出たカキにあたって、母が大変な目に遭って……。私は食べなかったので、なんともなかったのですが、母が苦しんでいるのを見て以来、カキを口にしようとは思えなくなりました」

「カキは一度あたると、つらすぎて、二度と食べられなくなるって言うよな」

「それが、本人はまったく平気で、母はそのあともよくカキを食べているのです」

母の不屈の精神というか、メンタルの強さには感服するしかない。

「ほかに食べられないものは？」

私は物心ついたころから母が手を焼くほどの偏食で、舌触りや匂いが苦手な食べ物が多い。けれど、好みの問題というか、絶対に食べられないというわけではなく、あまり細かく言うと、わがままだと思われそうだし、きりがないので、わかりやすいものを答えることにした。

「辛すぎるものは無理です。カレーはだいじょうぶだけど、キムチは厳しいですね。激辛の担々麵とか、唐辛子たっぷりのチゲ鍋《なべ》とか、あえて辛さに挑もうとするひとの気が知れません」

「辛さってのは、味覚ではなく、痛覚として感知されるらしい。で、痛みを感じると、それをやわらげるために、エンドルフィンなどの脳内麻薬が分泌される。つまり、激辛が好きなやつは痛みを快楽として感じる嗜好《しこう》の持ち主だというのが、高校のときの友達のあいだでは通説だった」

星野先輩の説明を聞いて、非常に納得した。

私は辛さだけでなく、痛みにも弱くて、できるだけ避けたいと思う。

「面白い考え方ですね」

「スリルなんかもそうだが、刺激を求める気持ちはエスカレートしやすいから、辛さも限界までチャレンジしたくなるんだろうな。まあ、俺にもわからん世界だが」

そんな話をしているうちに、私もようやくハンバーグを食べ終わった。

「ふう、おいしかったですね」

麦茶を飲み、ほっと一息ついて、グラスを置く。

「ああ、すごくおいしかった」

言いながら、星野先輩は身を寄せてきた。

「キスしていいか？」

突然の言葉に、一瞬、戸惑う。

えっ、いま？

食事をしたばかりで、口の状態が気になってしまうのだけれど……。

「だっ、だめです」

反射的にそう答えると、星野先輩は少しショックを受けたような顔になった。

その表情を見て、胸が痛んだ。

星野先輩とキスしたくないわけじゃない。

でも、急に言われて、心構えができていなかったし、いまの状態ではちょっと嫌だと思ってしまったのだ。

好きな相手とは、いつでもキスしたいと思うのが、ふつうなのだろうか。

ちょっとくらい嫌なことも、受け入れるものなのだろうか。

断ることで、星野先輩を傷つけるくらいなら、我慢すればよかったのかも……。

好きだから、悲しませたくない。

そう思いつつ、けれど一方では、ちゃんと自分の本当の気持ちを伝えたのは、正しいことだ、という気もした。

頭のなかをさまざまな考えが巡って、心がぐらぐらと揺れ動く。

「そうか」

しょんぼりしたあと、星野先輩はうなずいた。

「わかった」

気まずさを感じさせないような明るい声を出して、星野先輩は立ちあがる。

「じゃ、とりあえず、皿洗いでもするか」

その反応に、ほっとした。

私が嫌なことを嫌だと言っても、星野先輩は怒ったり、不機嫌になったりしない。

だから、そばにいて、こんなに心地いいのだろう。

私も立ちあがり、食器を持って、星野先輩のあとについて行く。星野先輩は食器を洗いはじめたので、そちらはお任せすることにして、ローテーブルを拭《ふ》くことにした。

「あ、そうだ、服」

食器を洗い終わると、星野先輩はそうつぶやき、クローゼットへと近づいた。

「花宮さんの服、ここに入れといたから」

星野先輩の洋服といっしょに、自分のものも仕舞われていて、こそばゆい気持ちになる。

「ありがとうございます」

「シャワーとか、好きに使って」

「はい」

シャワーを浴びたあと、髪を乾かして、歯も磨いて、部屋に戻ると、ベッドマットがすでに床に用意されていたので、どぎまぎした。

私と入れ代わるように、星野先輩が浴室に向かう。

待っているあいだに、ぼんやりと部屋を見まわす。本棚に置いてある物の位置が少しちがっていた。先日は気づかなかったサボテンを見つけて、うれしくなる。

星野先輩が浴室から戻ってきたので、私は振り返ったあと、またサボテンに視線を戻した。

「このサボテン、合宿のときのですよね」

「ああ、そうそう」

「このあいだも、部屋にありました？」

「いや。ベランダに置いていたんだが、調べてみると、直射日光に当てすぎるのもよくないらしく、部屋に入れることにした」

「たしかに、サボテンの生息地って、昼は暑くても夜は気温が下がるところが多いので、熱帯夜は酷かもしれません」

「最初は緑だったのに、黄色くなってきたから、やばいんじゃないかと心配になって」

「でも、いまは元気そうですよ」

「水やりのタイミングが、よくわからないんだよな。土の表面が乾いているかどうかって、いまいち、判別しにくいし」

「水をあげすぎると、枯れてしまうこともあるので、難しいですよね。いまはたぶん休眠期だと思うので、もう少し涼しくなったら、たっぷりあげてください」

「休眠期っていうのがあるのか？」

「冬場の休眠期には、水やりもせず、そっとしておいてあげるほうがいいのです。夏の暑すぎるときも、半分お休みしているみたいですね。うちのサボテンは、いつも勉強をする机に置いてあるのですが、たまに窓辺で日光浴をさせてあげています」

「ちゃんと世話をしているんだな」

「花を咲かせたくて。サボテンって、すごく可愛い花を咲かせるので、写真に撮るの、楽しみなのです」

「俺のところのは、どうだろうな。咲くのかな、こいつ」

サボテンを見つめて、そう言ったあと、星野先輩はタオルで頭をごしごしと拭いた。いつもは前髪で額が隠れているけれど、いまは濡《ぬ》れた髪が肌にはりついて、なんだか雰囲気がちがう。

どきどきしながら見ていると、眉《まゆ》の上から髪の生え際にかけて、うっすらと傷跡のようなものがあるのに気づいた。

「それ、傷ですか？」

視線を向けて、私は問いかける。

「傷？　ああ、これか。昔、怪我して、縫ったんだよな」

指先でなぞるようにして、星野先輩は額の傷跡に触れた。

「どうして、怪我をしたのですか？」

「野球の試合中にヘッドスライディングしたら、相手のスパイクで切れて、ぱっくりいった」

その情景を思い浮かべて、血の気が引き、背筋が寒くなる。

「うう、聞くだけでも痛いです」

「あと、肩を脱臼《だっきゅう》して、指も折れてたんだよな。ほら、中指、ちょっと関節がおかしいだろ。リハビリしたけど、治らなかった」

星野先輩はそう言って、両手を広げて、こちらに見せる。言われてみると、右手の中指だけ、第二関節が太くなっていた。

「野球って、危険なスポーツなのですね」

「プロでも、結構、怪我に泣かされる選手は多いからな。スライディングは得意なほうだったんだが、さすがにあれは危険なプレーで、コーチや父親にめちゃくちゃ怒られたし。でも、そんときは夢中で、後先考えずにやっちゃったんだよな」

星野先輩はそう話して、肩をすくめた。

子供のころの星野先輩のすがたを想像して、愛《いと》おしい気持ちになる。

「いまは、もう痛くないですか？」

「ああ、すっかり忘れてたくらいだ」

言いながら、星野先輩はキッチンに行き、冷蔵庫を開けた。

「花宮さんも、麦茶、飲むか？」

「はい、いただきます」

星野先輩はグラスをふたつ持って来ると、ローテーブルに置いて、となりに座った。

距離が近くなって、胸がどきどきして、止まらない。

でも、これは恐怖ではなく、緊張のためだということは、わかっている。

「髪、乾かさないのですか？」

会話の糸口として、私はまた質問をした。

「面倒だからいいかなと思って。夏だし、すぐ乾くだろ。そういえば、花宮さんはしっかり乾かしてるよな」

「ちゃんと乾かさないと、寝癖が大変なことになるので」

そんなことを話しているうちに、夜はどんどん深まっていく。

会話の途中で、ふと、沈黙が流れた。

お互い、つぎの言葉を探しながら、見つめあう。

その瞬間、考えていることはおなじだという気がしたのだけれど、星野先輩は私を抱き寄せようとはせず、視線をそらした。

「そろそろ、寝るか」

ベッドマットのほうへ行き、星野先輩は電気を消す。

その後も、なにかがはじまる気配はなく、並んで横になり、このまま睡眠の時間となりそうだったので、私は少し戸惑った。

もしかしたら、さっき、キスを断ったから、星野先輩としては、今日はもう、なにもしないつもりなのかもしれない。

どうしよう……。

私はもっと、星野先輩とふれあいたいと思っているのに。

「星野先輩」

「うん？」

こちらを見て、星野先輩が聞き返す。

「どうした？」

気遣うような声と、優しいまなざしを向けられ、胸が甘く締めつけられる。

恥ずかしくて、目が合わせられない。暗いから、あまりよくは見えないけれど、それでも距離が近い。

視線をはずして、私は言った。

「あの、もう、歯磨きしたので、キス、できます」

すると、すぐにキスされた。

驚いて、目を閉じる。

短いキスのあと、星野先輩が笑いをこらえるような声で言った。

「それ、気にしてたのか」

私は少し目を開けて、星野先輩のほうを見る。

「だって、嫌じゃないですか？　汚れた口で、そんなこと、するの」

「俺は全然、気にしないが」

私の髪を撫《な》でたあと、星野先輩はつづけた。

「でも、まあ、花宮さんが嫌なら、以後、気をつける」

そして、また、キスされる。今度は長いキスで、息が苦しくなりそうだった。

キスが変化する。やわらかな部分がふれあって、はじめての感触に全身が粟立《あわだ》った。

まぶたに力が入り、目をきつく閉じて、なにも見えなくなる。どきどきしすぎて、
胸の奥が痛い。こんなに密着していると、心臓の音まで伝わってしまいそうだ。

やわらかいキスが、何度も繰り返される。

「つづけても、いいか？」

吐息がかかるほどの距離で、ささやくように星野先輩は言った。

「少しでも無理だとか、嫌だとか思ったら、遠慮なく言って。すぐにやめるから」

私は声を出せなくて、こくりとうなずく。

キスが深くなって、食べられているみたいだ。これまでとはちがう激しいキスに、
頭がくらくらした。

気持ちいい、のかもしれない。自分が気持ちいいと感じているというより、星野先輩がとても気持ちよさそうなのが伝わってきて、それがうれしかった。

ボタンをはずされ、服を脱がされ、肌と肌が重なり、星野先輩の手が、私の体のあらゆるところに触れていく。

なにかを確かめるように、なにかを探すように……。

その感触が心地よく、とても大事に扱われているのを感じた。

彼の手は、与えようとしてくれている。

私から、なにも奪わない。

「つらくないか？」

星野先輩の言葉に、私はうなずいて、なんとか声を出す。

「はい、平気、です」

星野先輩はぎゅっと私を抱きしめたあと、少し身を離した。

手を伸ばして、なにかを取り出す。

避妊具をつけているのだと気づいて、その待っているあいだの時間に、じんわりと甘やかな気持ちが広がった。私の体を気遣ってくれているのがうれしくて、ますます、好きという思いが強くなる。

星野先輩がこちらに戻ってきて、私の足に触れた。そして、覆い被《かぶ》さる。大きな体が迫ってくるのを感じた瞬間、呼吸が止まり、全身が硬直した。

圧迫感と恐怖で、心臓が握りつぶされそうになる。

目をぎゅっと閉じて、どうにか息を吐く。少し、吸う。呼吸はできる。

でも、体は動かせない。

声を出したいのに、喉《のど》も凍りついたみたいだ。

「花宮さん？」

異変に気づいて、星野先輩が身を離す。

それから、私の背中を手のひらで支えるようにして、体を起こしてくれた。

「やっぱ、今日も、無理そうだな」

お互い、座った姿勢で、向かい合う。

「ごめん……なさい……」

私はなんとか言葉を絞り出した。

「いや、謝らなくていいって。このあいだより、だいぶ、平気そうだったし。少しは慣れてきたんじゃないか」

星野先輩はじっとこちらを見てくる。

観察するような視線だ。

「俺が思うに、花宮さんの反応はある条件下で起こるもので、対策は取れるのではないかと」

思いがけない言葉に、私は無言のまま、星野先輩を見つめる。

「トラウマについて少し調べてみたんだが、拒否反応が起こるときには引き金になる刺激のトリガーってやつがあるんだよな」

星野先輩はとても真剣な表情で、そんなふうに話した。

「これまでの反応を見たところ、花宮さんにとっては、押し倒されている体勢というか、覆い被さられて、逃げられなくなる状態が、トリガーになっているような気がするんだが、どうだろうか」

そう問われて、私は軽くうなずいた。

言われてみると、たしかに……。

「自由を奪われるような状態に恐怖を感じるというのは、まあ、わからないでもない。あと、俺、野球をやってたときに、イップスを経験したことがあるから、いつもできた動きが突然できなくなって、自分の体が自分のものじゃないみたいになるっていうのも、なんとなく想像できる」

「そうなのですね」

相槌《あいづち》を打ったあと、聞き慣れない単語について質問した。

「イップスって、なんでしょうか？」

「スランプみたいなやつ。スポーツ選手が精神的な原因でうまく体が動かせなくなる現象だ。俺の場合は、怪我がきっかけだった」

星野先輩はそう言うと、髪をかきあげて、額の傷跡に触れる。

「完治したあとも、悪いイメージがこびりついて、調子が狂うというか、脳の状態がおかしくなって、筋肉に命令が届かなくなった。で、うまくできなくて、焦って、また失敗するのドツボにハマっていく」

自分の体が、思いどおりに動かせない。

脳の命令が、筋肉に届かなくなる……。

それはたしかに、私の体に起きる反応と似ているかもしれない。

「そのイップスというものは、どうやって治すのですか？」

「克服するには成功体験で自信を持つことが大切だ、と言われた。新しいフォームを身につけるとか、うまいプレーを再現するとか、プラスの感覚を体に覚えさせることができれば消えていくらしい」

「上書きするということですよね」

「そうだな」

まさに、それも私が求めていることだった。

星野先輩と結ばれることで、嫌な記憶を消して、新しい記憶で上書きしたい……。

「キスは、問題ないだろ？」

そう言ったあと、星野先輩は実際に試してみる。

「こうやって、触られるのも、だいじょうぶなんだよな」

髪を撫でたあと、星野先輩の手がいろいろなところに触れていく。

「そうなると、やはり、体勢じゃないかと思うんだ、トリガーは」

キスのあいまに、星野先輩が話しかけてくるのだけれど、私は手のひらや指の感触に気を取られて、返事をする余裕なんてなく、うなずくだけで精いっぱいだった。

座ったまま、何度もキスして、少し離れたかと思うと、また、重なる。星野先輩に求められているのを感じて、体が引き寄せられていく。磁石みたいだ。

「それで、たとえばなんだが、俺が、こう、上になるのではなく、花宮さんが上になる状態なら、トリガーが作動せず、あのような反応も起きないのではないかと考えたわけだ」

理路整然と説明され、私はうなずいたのだけれど、よく考えると、とんでもない提案をされた気がする。

キスのあと、はっとして、顔をあげた。

大きく目を開けて、星野先輩のほうを見る。

ばつの悪そうな顔をして、星野先輩は目を泳がせた。

「いや、これは決して、俺が好きな体位だとかそういうわけではなく、花宮さんの状態を考えて、仮説を立ててみたというか、一案を示しただけであり、もちろん、無理にとは言わないし、べつに、今日でなくても……」

さっきまでは冷静沈着に話しているようだったのに、急にあたふたと焦りはじめた星野先輩を見ていると、なんだか可愛くて、くすりと笑ってしまった。

「わかりました。やってみます」

そう告げると、星野先輩は驚きと喜びの入り混じった表情になった。

「えっ？　いいのか？」

「うまくできるか、わかりませんが……」

「ああ、無理はしないでくれ」

星野先輩が横たわり、私はその上に乗っかるようにして、挑戦してみる。

自分がこんな行動に出るなんて、信じられない気持ちだ。星野先輩が相手だと、どんなことでもできる。

受け止めてくれる。

そう思えるから、どんどん大胆になれる。

勇気を持って、私はそれを行った。

肉体的な痛みは少しあった。でも、星野先輩がとても気持ちよさそうだから、私もうれしくて、幸せな気持ちがあふれてくる。

「うっ……」

感極まったような吐息を漏らしたあと、星野先輩は上半身を起こした。

そして、腰を引くようにして、つながっていた部分を離す。

「ごめん……」

「どうして、謝るのですか？」

「いや、ちょっと早すぎたかと」

後始末をしながら、星野先輩は言葉をつづけた。

「言い訳をさせてもらうと、花宮さんが可愛すぎて、視覚的な刺激がやばくて……。目を閉じていれば、たぶん、もっと耐えることができたと思うんだが、もったいなくて、つい、見てしまった」

「謝るようなことじゃないと思います」

私に対して、いつも星野先輩はそう言って、不安を消してくれる。だから、私もおなじように言った。

薄暗いなか、散らばった服を探して、身に着けていく。

ふたりで並んで、横になると、星野先輩は私の頭を優しく撫《な》でた。

「体、だいじょうぶか？」

「少し痛みはありますが、でも、思っていたより平気です」

「そうか」

じんじんとした痛みは残っているものの、高揚感のせいか、あまり気にはならない。

実際に行ってみると、あっけなくて、なにかが劇的に変化したわけではなかった。

けれど、それを成し遂げたことで、私は大きな満足感を得ていた。

自分の意思で行ったことだから、後悔なんて微塵《みじん》もなく、ただ純粋な喜びだけがあり、晴れ晴れとした気持ちだ。

「腕枕とか、する？」

星野先輩が腕を伸ばしてきたので、私はそこに頭を置く。

結ばれたあと、大好きなひとに腕枕をされているという状況は、まるで恋愛映画のワンシーンみたいで、うっとりとした。

けれど、星野先輩の腕は筋肉質で固くて、頭の角度に違和感があるというか、これで寝るのは無理だと思った。

しばらくそうしていると、うなじに汗をかいてきた。

そろそろ腕枕をはずしたいと思いつつ、せっかくのムードが壊れてしまうのは嫌だし、くっついていたい気持ちもあって、なかなか言い出せない。

「腕、疲れませんか？」

「いや、俺は平気だけど」

その返事を聞いて、読みの甘さを少し反省する。

誘導尋問のつもりが、あまりに下手すぎて、求める方向の答えを引き出せなかった。

「行為のあと、さっさと背を向けて寝てしまったり、スマホをいじりだしたりするような男性は体目当てで、腕枕をしてくれる男性は彼女のことをちゃんと好きだと思っている、というような説を読んだことがあります」

腕枕をされたまま、私はそう伝える。

「俺も、そういうの聞いたことがあるから、いちおう、腕枕しておいたほうがいいのかなと思った」

星野先輩が照れ笑いしているのが伝わってきて、私も少し笑った。

「ですよね」

どことなく形式的で、星野先輩が本当にやりたくてしているというより、マニュアルに従った行動だという気がしたのだ。

「星野先輩が、私のことを好きだというのは、十二分に理解していますので、もう、だいじょうぶです」

そう言って、首を持ちあげると、星野先輩は腕をひっこめた。

「ほかに、なにかしてほしいこと、ないか？」

星野先輩の質問に、少し考えて、私は答える。

「それでは、おやすみのキスを」

目を閉じると、くちびるではなく、額にキスされるのを感じた。

「おやすみ」

星野先輩の優しい声に包まれる。

もうこれ以上、ほしいものなんてなくて、なにもかもが完璧《かんぺき》で、満たされた気持ちで、私は眠りについた。

星野先輩とそういう関係になったということについて、私の顔を見れば、母は一発で見抜くだろうと思った。

だから、母と顔を合わせるのが、気恥ずかしかった。

母は勘が鋭い。観察力も、推理力もあるから、どんな隠しごともできない。

あの日も、私の様子がおかしいことにすぐに気づいて、適切な行動を取ってくれた。

母は私のために奔走して、相手に可能なかぎりの制裁を加えた。母のおかげで、私の身に起きたことは「なかったこと」にはならず、きちんと対処されたのだ。

母は少しも私を責めなかった。絶対的に私の味方だった。悪いのはすべて相手の男であり、私はなにひとつ悪くない、と言ってくれた。

そして、よくあることだ、とも……。たとえ望まないセックスをしたところで、自分は自分で、なにも変わらず、尊厳が失われることはないのだ、と母は教えてくれた。

けれど、そんな母に私は……。

「ただいまー」

キッチンの片づけをしていると、玄関で鍵《かぎ》の開く音がした。

母が廊下を歩く足音が近づいてきて、ひとり言のようにつぶやくのが聞こえた。

「はあ、疲れた」

星野先輩の部屋で目を覚ましたあと、お昼までだらだらして、帰らなきゃと思いつつ、離れがたくて、結局、夕方までいっしょにいた。そのせいで、夕飯の準備が遅くなってしまったけど、母の帰りも遅かったので、どうにか間に合うことができた。

「おかえり。ごはんできてるよ」

そう声をかけて、私はダイニングテーブルに料理を並べていく。

食事をしながら、母は出張先での出来事を面白おかしく話してくれた。

私は相槌《あいづち》を打つばかりで、自分のことは話さない。

「仕事があるのはありがたいことだけど、忙しすぎるのも考えものよね。そろそろ、休暇を取って、南の島にでも行きたいわ」

母は気づいているのだろうか。

出張のあいだ、星野先輩のところに行くことは伝えていたので、もちろん、推測はできると思う。でも、それを言うなら、前回のお泊まりのときにも機会はあったけれど、そういうことはしなかったのだ。

私と母は、一心同体に近いほど仲が良い。

それでも、星野先輩とのことを打ち明けるつもりはなかった。

「明日《あした》の朝はフレンチトーストにして。旅館で和の朝食を堪能《たんのう》したから、お米の気分じゃないのよ」

夕食のあと、母に言われて、少し反発を感じた。

心の奥にもやもやが広がり、家を出たいような気分になる。

けれど、さすがに、また星野先輩のところへ向かうわけにはいかない。

逃げずに、問題を解決するための行動をしよう。

母のことが大事。でも、自分の時間も大事だから。

意を決して、このあいだから考えていたことについて話す。

「あのね、これまではよかったんだけど、やっぱり、大学に行くようになったら、毎日、朝からちゃんとした料理を用意するのは、つらいところもあって……。これから、もっと勉強も大変になっていくみたいだし、試験もあるから、作れないときも多いと思うの。だから、朝ごはんはそれぞれ自分で用意するってことにしない？　夜は作れるときは作るから」

一気に言って、母の反応を待つ。

「えーっ」

母の美しい眉《まゆ》のあいだに皺《しわ》が寄り、不機嫌そうな声が響いたので、胃がきゅっと痛くなった。

この表情を見るのがつらくて、ずっと、言い出せなかったのだ。

幼いころから、私には消すことのできない、とても強い思いがあった。

母を喜ばせたい。

母の役に立ちたい。

母に嫌われたくない。

だって、母のことが大好きだから。

けれど、星野先輩の存在がその思いを揺るがした。

「まいがそんなことを言い出すなんて……」

母は苦い顔をして、不満をにじませた声を出す。

「このあいだ、元同僚の男と飲んだときに、奥さんがずっと専業主婦だったけれど子供が大きくなったから働きはじめて、そしたら、家事分担を求められるようになってしんどい、っていう愚痴を聞かされたのよね」

肩をすくめて、母は話をつづけた。

「そんなの当然でしょう、ちゃんと分担しなさいよ、なんて偉そうに話していたのに、まいがおなじようなことを考えているとは、まったく思いもしなかった自分の浅はかさが嫌になるわ」

そう言って、母はじっと私を見つめる。

たぶん、この瞬間、星野先輩が私に及ぼした影響について、母は理解したのではないか、という気がした。

「仕方ないわね」

ため息まじりに言って、母はうなずく。

「わかったわ。そうしましょう。まいには、まいの人生があるわけだし」

しぶしぶといった口調だけれど、そんな言葉が返ってきて、安堵《あんど》の気持ちが広がった。

それからというもの、朝食を作るという責務から解放され、自由な時間が増え、私の一日には余裕ができたのだった。

後期の授業がはじまってからは、朝食といっしょに作っていたお弁当もたまに休むようになり、食堂を利用することになったおかげで、友人も増えた。

今日もお弁当は作らなかったので、購買でパンを買って、部室に向かう。

定例会がはじまるまでに食べようと思っていたら、すでに椿先輩のすがたがあった。

「こんにちは。お昼、食べていいですか？」

「お好きにどうぞ」

気怠《けだる》げにスマホを触りながら、椿先輩は答える。

まずクリームパンを食べて、それから焼きそばパンをかじろうとしたとき、椿先輩がこちらを振り向いた。

「星野くんって、セックスうまそうよね」

「なっ……」

なんてことを言うのだろう、このひとは。

あまりのことに、二の句が継げない。

「笹川くんから聞いたの。ふたりがつきあいはじめた、って」

これで説明は済んだとばかりに、椿先輩は話をつづける。

「どういう写真を撮るかで、だいたい、わかるのよね」

いや、私が驚いているのは、情報源がどことかそういう問題ではなく、椿先輩と私の関係性においてこのような話題が適切なものであるのかという点についてなのですが……。心のなかでは突っ込みを入れつつ、焼きそばパンを持ったまま、私は言葉を探しあぐねる。

そんな間柄ではないように思うのだけれど、大学生ともなると、だれとでもこういう話を平然と行うものなのだろうか。いや、でも、たとえそうなのだとしても、時と場所というか、真っ昼間から部室で話題にするのはどうかと……。

「自分の撮りたい写真のために、まわりに迷惑をかけるような輩《やから》は、セックスもお粗末なわけよ。他者への想像力が足りないから、相手を満足させられない」

椿先輩は容赦のない口調で、自説を披露する。

「その点、星野くんは期待できると思う。彼の写真って、被写体ありきで、魅力を最大限に引き出すために、よく観察して、設定を細かく調整しているでしょう。そういうタイプって、自己満足のセックスじゃなく、相手のことを……」

「あ、あのっ」

椿先輩の分析はまだつづきそうだったけれど、私はそれを遮った。

「この話題をつづけるのは危険です。セクシャル・ハラスメントは、異性に対してだけでなく、同性間でも訴えられることがあるので、気をつけたほうがいいと思います」

「つまんないの」

椿先輩は口をとがらせて、ぷいと横を向く。

「可愛い後輩と自由に猥談《わいだん》もできないなんて、窮屈な世界で生きにくいわ」

「ざっくばらんなのは椿先輩の素敵なところだと思うのですが、私にはちょっと難しいので、べつの話題に……」

話題を変えようとしたら、部室のドアが開いた。

星野先輩かなと思って、そちらを見ると、笹川先輩だった。

「あら、残念。星野くんじゃないのか。せっかく冷やかしてやろうと思ったのに」

椿先輩の言葉を聞くと、笹川先輩は戸惑いがちに答えた。

「星野なら、さっき、七号館の裏手のベンチで見ましたけど」

笹川先輩はそう言って、七号館のある方向に目を向ける。

「例によって猫のベッドにされている状態だったので、今日の定例会には来られないかも」

笹川先輩が言っていたとおり、定例会がはじまっても、星野先輩は現れなかった。

定例会のあと、授業まではまだ少し時間があったので、ベンチを見に行くことにした。七号館の角を曲がると、星野先輩のうしろすがたを見つけた。

私はカメラを構えて、座っている星野先輩のところへと、そっと近づいていく。

その膝《ひざ》では、見覚えのある猫がまるくなっていた。

星野先輩と猫のすがたを、私は写真に収める。

「あ、花宮さん」

私に気づいて、星野先輩はうれしそうな声を出した。

「定例会、もう終わりましたよ」

言いながら、星野先輩と並んで、ベンチに腰かける。

そして、以前もおなじようにしたことを思い出す。

あのときは、まだ、星野先輩のことをよく知らなくて、全身が警戒モードになった。男性という生き物に不信感と恐怖があり、星野先輩もそのうちのひとりに過ぎなかったのだ。

だから、緊張して、逃げ出したくなったけれど……。

いまはまったくちがう。

星野先輩のとなりにいると、心がとても落ちついた。

ここが自分の居場所だ、と感じるのだ。

猫は前脚と尻尾《しっぽ》をくったりさせ、のんびりと目を閉じている。

私は顔をあげると、星野先輩に言った。

「どうして星野先輩のことを好きになったのか、いま、なんとなく、わかった気がします」

いつか、星野先輩が気にしていたのだ。

私が好きになった理由がわからない、と。

星野先輩はこちらを見て、少し心配そうな顔で、言葉のつづきを待っている。

「猫が教えてくれたのかもしれません」

私はうつむき、また、猫に視線を向けた。

「このひとのそばは安心できるよ、って」

だから、好きになっても、だいじょうぶ。

星野先輩の膝でくつろいでいる猫を見ていると、そんなふうに思えた。

「そうか」

納得したようにうなずくと、星野先輩は猫の背を撫《な》でる。

「じゃあ、こいつに感謝しないとな」

猫は目を開け、迷惑そうな顔で、こちらを見た。それから、前脚の爪を出して伸びをすると、星野先輩の膝からぴょんと飛び降りて、走り去っていく。

「あ、行っちゃいました」

私は猫が消えたほうを名残惜しく見つめる。

せっかく心地よさそうに眠っていたのに、申し訳ないことをしてしまった。

「そろそろ授業がはじまるから、俺らも行かないと」

「そうですね」

私と星野先輩は、同時に立ちあがる。

そして、ふたり並んで、おなじ方向を見ながら、いっしょに歩き出した。

了

あとがき

こんにちは。藤野恵美です。

本作をお手に取っていただき、ありがとうございます。

この『初恋写真』は、雑誌連載と単行本のときには『きみの傷跡』というタイトルでした。それが、文庫本になるときの編集会議で「タイトルを再考したほうがよいのでは」という意見があったそうなのです。恋愛小説で「傷跡」という言葉がついている本を読みたいと思うかな、と。

そのような事情で、今回、文庫化にあたっては『初恋写真』というシンプルで覚えやすく春のイメージにぴったりな恋愛小説らしいタイトルを担当編集者さんにつけてもらうことになったのでした。

さて、単行本のあとがきにも書いたのですが、私がこの作品を書く動機となったのは「スティグマを押しつけられることへの反発」ではないかと考えています。

性被害について、まわりが「一生の傷」や「台無しになった」と表現することは、スティグマにもなりかねません。

傷が消えないと決めつけるような言葉は、その後も人生を歩んでいかねばならない当事者に対して、あまりに酷ではないでしょうか。

たとえ傷を負ったとしても、それで人生が台無しになったりはしない。そんな願いをこめて、この作品を書きました。


ひとつの作品を書くと、また、つぎのテーマが見えてきます。

本作に登場したネムくんを主人公にした物語が頭に浮かんでいるので、書きはじめようと思っています。

今回、奇跡的なまでに「うまくいく」ふたりの物語を描いたのですが、その裏側でネムくんの身になにが起きていたのか……。

これから執筆予定で、本になるのはまだ少し先になりそうですが、そちらも楽しみに待っていただけますと幸いです。

藤野恵美

解説

石井《いしい》千湖《ちこ》（書評家）

誰かを好きになってしまったとき、どうやって自分の気持ちを伝えたらいいのか。どうしたら持続的な関係を育めるのか。大人になっても正解がわからない。恋ってほんとうに難しい。藤野恵美の『初恋写真』は、恋に不慣れなふたりが、お互いについて理解していく過程を双方の視点で丁寧に描いている。ピュアでフェアな恋愛小説だ。

ある大学の新入生歓迎祭の日。法学部二年生の星野公平が、友人の笹川勇太と、写真部のブースに待機している場面で物語の幕は開く。男子校出身の星野は、大学に受かりさえすれば、彼女もできて薔薇色の日々が待っていると信じていた。しかし、女子といい雰囲気になったと思っても勘違いばかり。他のサークルには新入生が集まっているが、地味な男子ふたりが並ぶ写真部のブースは閑古鳥が鳴いている。大学デビューに失敗し、現実の過酷さを思い知った星野の前に、ひとりの女子があらわれる。〈新歓祭のざわめきが消え、背景はぼんやりとかすみ、その女子だけがくっきりと浮かびあがっていた〉というくだりがいい。カメラのレンズの絞りを開き、光を取り込む量を増やすと、ピントの合う範囲が狭くなって被写体の背景はボケる。写真の主題を際立たせる手法を無意識に自分の目に用いて、星野は恋に落ちるのだ。

星野が一目惚れした相手は、法学部新入生の花宮まい。無骨な一眼レフを首から下げた華奢で儚げな女子だ。心に深い傷を負って高校を中退しており、〈まっさらな自分になって、新しい人生を踏み出して、過去の嫌なことはすべて忘れてしまいたい〉と考えている。

写真部に入った花宮と親密になるために星野は奮闘する。薔薇園の新歓撮影会や海辺の夏合宿などのイベントを通して、ふたりは少しずつ打ち解けていく。

恋愛はたいてい、片思いから始まる。せーので同時にお互いを好きになるなんて、滅多にない。星野と花宮の場合は、星野のほうが先に花宮を見初めた。しかも、星野は花宮の先輩だ。たった一年の違いとはいえ、学生時代には大きく感じる。一方的に好意を示すことは、圧力になりかねない。けれども、星野のアプローチは、読んでいてストレスがないのだ。

星野は〈そんなに美人でなくていいから、ふつうに可愛くて、ふつうに優しい女子とつきあいたい〉と語るような、恋に漠然とした憧れを抱いている〈ふつう〉の男子だ。笹川と一緒に〈いやいや、ふつうに優しい女子とか、めっちゃレアだから〉とツッコミを入れたくなってしまう。〈俺の愛機もペンタックスで、彼女もペンタックスユーザーだなんて、これはもう運命と言っても過言ではないかと〉というトンチンカンな発言もする。そんな星野がだんだん魅力的に見えてくるのは、彼が対話によって成長する人だから。

対話《ダイアローグ》とは、向かい合って話すことだ。対話をする人は、お互いに問いかけたり、応答したり、意見に反対したり、同意したりする。ふたりでしゃべっていても、一方通行なら独白《モノローグ》でしかない。対話が成り立つ条件は、双方が相手を対等な人間と見なしていること。星野は自分のコミュニケーション能力に劣等感があるようだけれども、誰の言葉でも耳を傾け、尊重することが自然とできている。全然、コミュ力は低くない。

たとえば、中学高校を通して仲の良かったネムこと伊東奏一郎が星野の家に遊びにくるくだり。恋愛トークになり、星野は花宮の話をする。ネムは星野に衝撃的な事実を打ち明ける。星野は混乱するが、ネムの言葉を拒絶しないし、わかったふりもしない。大事な友達を傷つけないように慎重に、自分の思ったことを真摯に伝える。

ネムと対話し、未知の一面に触れたことで、星野は自分の気持ちを片思いの相手に押しつけてはいけないと学ぶ。だから合宿中、花宮とふたりきりで行動するチャンスが巡ってきても、無理に距離をつめようとはしない。カピバラやカワウソを見て、サボテン狩りをして、穏やかな時間を過ごす。ささやかな接触はあるものの、大きな出来事は起こらない。ところが、この日を境にふたりの関係は決定的に変わったことが明らかになる。トラウマのせいで男性に対する恐怖心を捨てきれず、誰かを好きになることなんてできないのではないかと思っていた花宮が、星野に対する恋心を初めて意識するシーンは、光にあふれていて美しい。

そして星野と花宮の恋は成就した。めでたしめでたし……とはならないのが、本書の素晴らしいところだ。つきあいはじめたふたりが直面する深刻かつ繊細な問題を、物語の後半では掘り下げていく。恋人たちが困難に立ち向かうにあたって、やはり対話が重要になってくる。

ふたりが夏合宿で初デートもどきをしたときに、法律の〈信義則〉について話していたことを思い出す。信義則とは、信義誠実の原則。〈お互いに相手の信頼を裏切らず、誠意を持って行動しなければならない〉という法原則なのだそうだ。花宮は法学部の講義でその言葉を学んで、非常に共感したという。

星野と花宮の対話は、信義則にのっとっている。お互いを信頼して、恥ずかしいことでも苦しいことでも、一緒にいるために必要ならば言葉にする。行動にも移す。ふたりの生真面目すぎるやりとりは愛おしく、時にユーモアも感じさせる。好きな人に誠実であることって、なんてかっこいいのだろう。恋っていいなと心底思う。

花宮の母やいとこなど、ふたりの恋を見守る人々も、聡明で頼りになる。いかにもオタク男子なのに星野に的確なアドバイスをする笹川はとりわけ興味深い。

実は笹川勇太は、藤野恵美が高校生を主人公にして書いた「青春三部作」と呼ばれる小説の登場人物でもあるのだ。本書でほとんど語られなかった笹川の過去が気になる読者は、ぜひこの三部作を『わたしの恋人』『ぼくの嘘』『ふたりの文化祭』の順番で（順番は大事！）手にとってほしい。

どの作品でも、チャーミングな人たちの唯一無二の関係が描かれている。読めば読むほど、藤野恵美自身が物語に対して、信義則を貫いている作家だということがわかるだろう。

本書は、二〇二一年三月に小社より刊行された単行本『きみの傷跡』を加筆修正のうえ、改題し文庫化したものです。

初《はつ》恋《こい》写《しゃ》真《しん》

藤《ふじ》野《の》恵《めぐ》美《み》

令和５年　３月25日　初版発行

発行者●山下直久

発行●株式会社KADOKAWA
〒102-8177　東京都千代田区富士見2-13-3
電話　0570-002-301（ナビダイヤル）

角川文庫 23582

印刷所●株式会社暁印刷
製本所●本間製本株式会社

表紙画●和田三造

●お問い合わせ
https://www.kadokawa.co.jp/（「お問い合わせ」へお進みください）
※内容によっては、お答えできない場合があります。
※サポートは日本国内のみとさせていただきます。
※Japanese text only

ISBN 978-4-04-113556-3　C0193

◇◇◇

角川文庫発刊に際して

角川源義

第二次世界大戦の敗北は、軍事力の敗北であった以上に、私たちの若い文化力の敗退であった。私たちの文化が戦争に対して如何に無力であり、単なるあだ花に過ぎなかったかを、私たちは身を以て体験し痛感した。西洋近代文化の摂取にとって、明治以後八十年の歳月は決して短かすぎたとは言えない。にもかかわらず、近代文化の伝統を確立し、自由な批判と柔軟な良識に富む文化層として自らを形成することに私たちは失敗して来た。そしてこれは、各層への文化の普及滲透を任務とする出版人の責任でもあった。

一九四五年以来、私たちは再び振出しに戻り、第一歩から踏み出すことを余儀なくされた。これは大きな不幸ではあるが、反面、これまでの混沌・未熟・歪曲の中にあった我が国の文化に秩序と確たる基礎を齎らすためには絶好の機会でもある。角川書店は、このような祖国の文化的危機にあたり、微力をも顧みず再建の礎石たるべき抱負と決意とをもって出発したが、ここに創立以来の念願を果すべく角川文庫を発刊する。これまで刊行されたあらゆる全集叢書文庫類の長所と短所とを検討し、古今東西の不朽の典籍を、良心的編集のもとに、廉価に、そして書架にふさわしい美本として、多くのひとびとに提供しようとする。しかし私たちは徒らに百科全書的な知識のジレッタントを作ることを目的とせず、あくまで祖国の文化に秩序と再建への道を示し、この文庫を角川書店の栄ある事業として、今後永久に継続発展せしめ、学芸と教養との殿堂として大成せんことを期したい。多くの読書子の愛情ある忠言と支持とによって、この希望と抱負とを完遂せしめられんことを願う。

一九四九年五月三日

角川文庫ベストセラー

わたしの恋人　藤野恵美

保健室で出会った女の子のくしゃみに、どきんと衝撃が走った。高校一年の龍樹は、父母の不仲に悩むせつなとつきあい始めるが――。頑なな心が次第に自由を取り戻すまでを、爽やかなタッチで描く！

ぼくの嘘　藤野恵美

好きにならずにすむ方法があるなら教えてほしい。親友の恋人を好きになった勇太は、学内一の美少女・あおいに弱みを握られ、なぜか恋人としてあおいとデートすることになり。高校生の青春を爽やかに描く！

おなじ世界のどこかで　藤野恵美

SNSで「閲覧注意」動画を目にしてしまった中学生、子どもの成長を逐一ブログに書き込む母親、ネットアイドル……日常生活の一部となったネットの様々な側面と、人とのつながりを温かく描く連作短編集。

ふたりの文化祭　藤野恵美

部活の命運をかけ、文化祭に向けて九條潤は張り切っていた。一方、図書委員の八王寺あやは準備の盛り上がりに入れずにいた。そんな2人が一緒にお化け屋敷をやることになり……爽やかでキュートな青春小説！

君たちは今が世界《すべて》　朝比奈あすか

6年3組の調理実習中に起きた洗剤混入事件。犯人が名乗りでない中、担任の幾田先生はクラスを見回してこう告げた。「皆さんは、大した大人にはなれない」先生の残酷な言葉が、教室に波紋を呼んで……。

角川文庫ベストセラー

アンネ・フランクの記憶　小川洋子

十代のはじめ『アンネの日記』に心ゆさぶられ、作家への道を志した小川洋子が、アンネの心の内側にふれ、極限におかれた人間の葛藤、尊厳、信頼、愛の形を浮き彫りにした感動のノンフィクション。

夜明けの縁をさ迷う人々　小川洋子

静かで硬質な筆致のなかに、冴え冴えとした官能性やフェティシズム、そして深い喪失感がただよう――。小川洋子の粋がつまった粒ぞろいの佳品を収録する極上のナイン・ストーリーズ！

不時着する流星たち　小川洋子

世界のはしっこでそっと異彩を放つ人々をモチーフに、現実と虚構のあわいを、ほんのり哀しく、滑稽で愛おしい共感の目でとらえた豊穣な物語世界。バラエティ豊かな記憶、手触り、痕跡を結晶化した全10篇。

水やりはいつも深夜だけど　窪美澄

思い通りにならない毎日、言葉にできない本音。それでも、一緒に歩んでいく……だって、家族だから。もがきながらも前を向いて生きる姿を描いた、魂ゆさぶる6つの物語。対談「加藤シゲアキ×窪美澄」巻末収録。

ナラタージュ　島本理生

お願いだから、私を壊して。ごまかすこともそらすこともできない、鮮烈な痛みに満ちた20歳の恋。もうこの恋から逃れることはできない。早熟の天才作家、若き日の絶唱というべき恋愛文学の最高作。

角川文庫ベストセラー

一千一秒の日々　島本理生

仲良しのまま破局してしまった真琴と哲、メタボな針谷にちょっかいを出す美少女の一紗、誰にも言えない思いを抱きしめる瑛子――。不器用な彼らの、愛おしいラブストーリー集。

クローバー　島本理生

強引で女子力全開の華子と人生流され気味の理系男子・冬治。双子の前にめげない求愛者と微妙にズレてる才女が現れた！　でこぼこ4人の賑やかな恋と日常。キュートで切ない青春恋愛小説。

波打ち際の蛍　島本理生

DVで心の傷を負い、カウンセリングに通っていた麻由は、蛍に出逢い心惹かれていく。彼を想う気持ちと不安。相反する気持ちを抱えながら、麻由は痛みを越えて足を踏み出す。切実な祈りと光に満ちた恋愛小説。

B級恋愛グルメのすすめ　島本理生

自身や周囲の驚きの恋愛エピソード、思わず頷く男女間のギャップ考察、ラーメンや日本酒への愛、同じ相手との再婚式レポート……出産時のエピソードを文庫書き下ろし。解説は、夫の小説家・佐藤友哉。

シルエット　島本理生

人を求めることのよろこびと苦しさを、女子高生の内面から鮮やかに描く群像新人文学賞優秀作の表題作と15歳のデビュー作他1篇を収録する、切なくていとおしい、等身大の恋愛小説。

角川文庫ベストセラー

アノニム　原田マハ

ジャクソン・ポロック幻の傑作が香港でオークションにかけられることになり、美里は仲間とある計画に挑む。一方アーティスト志望の高校生・張英才のもとには謎の窃盗団〈アノニム〉からコンタクトがあり⁉

ファイナルガール　藤野可織

私のストーカーは、いつも言いたいことを言って電話を切る（「去勢」）。リサは、連続殺人鬼に襲われ生き残るというイメージから離れられなくなる（「ファイナルガール」）。戦慄の7作を収録した短篇集。

校閲ガール　宮木あや子

ファッション誌編集者を目指す河野悦子が配属されたのは校閲部。担当する原稿や周囲ではたびたび、ちょっとした事件が巻き起こり……読んでスッキリ、元気になる！　最強のワーキングガールズエンタメ。

校閲ガール　ア・ラ・モード　宮木あや子

出版社の校閲部で働く河野悦子（こうのえつこ）。部の同僚や上司、同期のファッション誌や文芸の編集者など、彼女をとりまく人たちも色々抱えていて……日々の仕事への活力が湧くワーキングエンタメ第2弾！

校閲ガール　トルネード　宮木あや子

ファッション誌の編集者を夢見る校閲部の河野悦子。恋に落ちたアフロヘアーのイケメンモデル（兼作家）と出かけた軽井沢である作家の家に招かれ……そして社会人3年目、ついに憧れの雑誌編集部に異動に⁉